Die Krimi-Cops
Knock Out

Vom Autoren-Team bisher bei KBV erschienen:

Stückwerk
Teufelshaken
Umgelegt
Bluthunde
Goldrausch

Die Krimi-Cops sind:
Carsten »Casi« Vollmer, Jahrgang 1967, aus Düsseldorf, Ingo »Inge« Hoffmann, Jahrgang 1978, aus Hilden, Carsten »Rösbert« Rösler, Jahrgang 1977, aus Düsseldorf, Martin Niedergesähs, Jahrgang 1977, aus Herongen und Klaus »Stickel« Stickelbroeck, Jahrgang 1963, aus Kerken. In ihren Büchern verarbeiten die Polizisten nach Feierabend mal komische, mal härtere Einsätze der zurückliegenden Schichten. Mit *Goldrausch* haben sie bereits den sechsten witzig-spannenden Kriminalroman um den Düsseldorfer Kriminalhauptkommissar Pit »Struller« Struhlmann und seinen Praktikanten Jensen verfasst. www.krimicops.de

Die Krimi-Cops

Knock Out

KBV

1. Auflage 2015
2. Auflage 2016
3. Auflage 2018

www.kbv-verlag.de
E-Mail: info@kbv-verlag.de
Telefon: 0 65 93 - 998 96-0
Fax: 0 65 93 - 998 96-20
Umschlaggestaltung: Ralf Kramp
Redaktion: Volker Maria Neumann, Köln
Druck: CPI books, Ebner & Spiegel GmbH, Ulm
Printed in Germany
ISBN 978-3-95441-258-7

Für
Rod Stewart

1. Kapitel

Schnell. Schneller!

Mit letzter Kraft krallten sich ihre nass-klammen, kalten Finger an den Mauervorsprung. Sie prustete fauliges Brackwasser von ihren Lippen und schloss die Augen. Ihre blanken, blutigen Füße erstrampelten sich Halt.

Schneller!

Es musste, es *musste* beim ersten Mal klappen! Sie *musste* raus aus dem Wasser! Weg von hier! Jeder Muskel ihres Körpers war angespannt, die nasse Kleidung hing schwer an ihrem Körper. Sie holte Schwung und wuchtete sich hoch. Ihre linke Hand rutschte ab, die Zehen wollten an der nassen Betonwand nicht greifen, sie drohte vollends zurückzurutschen, zurück in das kalte Hafenbecken.

Das … das wäre das Ende. Dann wäre doch noch alles umsonst gewesen. Entschlossen spannte sie jede schmerzende Faser in ihrem Leib an, biss die Zähne laut knirschend aufeinander, presste alle verbliebene Kraft in ihre Muskeln. Im allerletzten Moment brachte sie zitternd ihren Oberkörper nach vorne. Stück für Stück. Fast, fast hatte sie es geschafft. Fast. Sie spürte, dass sie vollends den Halt zu verlieren schien, dass sie kaum merklich langsam nach hinten rutschte, zurück ins …

Ein ohrenbetäubender Knall krachte hinter ihr durch die Nacht. Metall knirschte, es zischte, wütend grollte ein Fauchen über das eiskalte Wasser hinter ihr.

Hinter ihr? Hinter ihr … waren sie!

Der gewaltige Donnerschlag setzte letzte Kraftreserven frei, stieß sie nach oben über den Mauervorsprung. Ihr Oberkörper klatschte nass auf den groben Beton. Hastig zog sie ihr rechtes Knie, dann das ganze Bein über die Kante. Mühsam erstrampelte sie sich Zentimeter um Zentimeter, rutschte nach vorne, zog das zweite Bein nach.

Zweimal atmete sie – immer noch auf dem Bauch liegend – kräftig ein und aus, pumpte frische Luft in ihre Lunge. Das schmerzte. Und fühlte sich dennoch so gut an. So unwahrscheinlich gut, denn … sie lebte.

Aber sie hatte keine Zeit zu verlieren, noch war sie nicht in Sicherheit.

Ächzend rappelte sie sich auf. Geduckt hielt sie inne und strich fahrig eine strohblonde, nass-klebrige Haarsträhne aus dem Gesicht.

Sie fuhr zusammen.

Zwei Schüsse pfiffen wie Peitschenhiebe durch die Nacht. Ein dritter Schuss, ein vierter.

Schoss man auf sie? Hatten die Kerle sie entdeckt? War alles umsonst?

Sie ließ sich in die Hocke fallen, ihre Knie schmerzten. Sie drehte sich um und entdeckte auf der anderen

Seite des Hafenbeckens einen Feuerball, der wie eine hellrot strahlende Faust gen Himmel drohte. Von dort kam der mächtige Knall, dort fielen die Schüsse.

»Weit weg«, stieß sie aus.

Aber nicht weit genug! Schneller! Schneller jetzt!

Taumelnd richtete sie sich auf und rannte los.

»Aaaaah!«

Sie stoppte, riss eine Fußsohle in die Höhe und zog einen spitzen, rostigen Metallhaken aus ihrem Fußballen. Sie ignorierte das Blut, scherte sich nicht um die Schmerzen, sie wollte leben. Das war alles. Nur leben. Deshalb musste sie ...

»Weg von hier!«

Sie nahm sich eine Sekunde Zeit, um sich zu orientieren? Wo war sie? Sie kannte sich überhaupt nicht aus, hatte keine Ahnung, wo sie sich befand, hatte keinen blanken Schimmer, wie sie hierhergekommen war. Was war das für ein graues, dunkles Gebäude? Eine alte Fabrik? Verlassen? Egal, jeder Ort war besser als das Hier und Jetzt! Sie musste weg.

»Nur weg!«

Sie blickte sich kein weiteres Mal um, sondern schob eine dicke Plastikplane, die einen Eingang verdeckte, zur Seite und stolperte in das finstere Gebäude hinein. Die blasstrübe Dunkelheit verschluckte sie bereitwillig.

Hier gab es keine Lichtschalter, die sie sowieso nicht hätte betätigen dürfen. Aber durch die scheibenlosen Fensterlöcher fiel so viel Mondlicht in den Raum vor ihr, dass sie vorsichtig tastend nach vorne schreiten konnte. Langsam gewöhnten sich ihre Augen immer besser ans fehlende Licht. Eine Treppe? Hoch? Oder weiter?

»Nein!«

Entsetzt riss sie den Kopf herum. Hatte sie mit ihren Füßen auf dem trockenen Boden nasse, verräterische Spuren hinterlassen? Sie entspannte sich, nein! Nach wenigen Schritten hatten sich ihre zuvor klatschnassen Füße staubtrocken gelaufen, keine Abdrücke, keine Spuren!

So schnell es ging stieg sie die nackte Betontreppe ohne Geländer nach oben, erreichte den Treppenabsatz. Die Wunde im Fuß schmerzte. Egal!

Wohin jetzt? Links? Rechts?

Rechts! Weiter! Durch die Fenster ohne Scheiben tauchte im Stockwerk darüber bizarres, rotes Licht flackernd ihre Umgebung in schattenreiches Licht. Nach der Explosion da draußen schien jetzt irgendetwas lodernd zu brennen.

Sie blickte sich um. Es schien ein alter Bürotrakt zu sein. Dünne Holzwände teilten den großen Raum in kleine Nischen. Vereinzelt lagen Bürostühle im Weg, ein zerbrochener Schreibtisch.

Aufpassen! Überall Glasscherben!

Sie schnappte nach Luft. Was war jetzt das? Am Ende des Flurs. Geräusche! Da war jemand. Stimmen. Mehrere Stimmen. Verflucht, hatte sie schon wieder alles, alles falsch gemacht? Saß sie schon wieder in der Falle?

»Was?«

Ein Luftzug! Ein Rascheln! Sie wirbelte herum. Unmittelbar hinter ihr stand ein Mann. Und der legte blitzschnell eine Hand auf ihren Mund. Entsetzt stellte sie fest, dass der kräftige Mann so verhinderte, dass sie um Hilfe schreien konnte. Der Kerl drückte sie rückwärts gegen eine Wand, ihre Füße strampelten hilflos nach Halt.

Und weil die große Hand des fremden Mannes nicht nur ihren Mund verdeckte, sondern auch ihre Nase zudrückte, bekam sie keine Luft mehr. Panisch riss sie ihre Augen auf und versuchte, dem Mann in die Hand zu beißen. Was nicht gelang …

Dann explodierte irgendwo da draußen außerhalb des Gebäudes ein buntes Feuerwerk. Bizarre, farbige Lichtblitze warfen – einen Atemzug vor ihr entfernt – funkelnde Sprenkel in ein von grober Entschlossenheit verzerrtes Gesicht.

Das Gesicht war nicht einmal hässlich – das war merkwürdigerweise ihr letzter Gedanke, als das Lichtermeer verblasste und weicher, tiefschwarzer Dunkelheit wich.

* * *

»Su… Suuuuper!«

Der junge Mann im zerfransten Sweatshirt griff sich an die Kehle und fuhr mit seinem Zeigefinger die Speiseröhre entlang bis runter an seine Brust. Kerl, war das ein …

»Geiles Zeug! Hammer!«

Der Stoff blubberte und wubberte runter in den Bauch und wirbelte an Organen alles durcheinander, was noch halbwegs intakt war.

»Krass, Alter, krass!«

Beeindruckt den Kopf schüttelnd rückte er ein Stück zur Seite, denn das kleine, mit schweren Wackersteinen eingegrenzte Lagerfeuer, das er am Rand des Düsseldorfer Hafenbeckens entfacht hatte, schlug inzwischen gierig lodernde Flammen in den Julihimmel. Sein an den Rändern wässriger Blick fiel übers prickelnde Feuer hinweg auf einen fleckigen Schlafsack, der ein wenig abseits hinter ihm unter einem Fliederstrauch lag. Und auf den Inhalt.

»Ah … ja.«

Heike. Oder Meike? Ganz genau wusste er den Namen … nicht mehr. Die hätte er beinahe vergessen.

»Scheiße!«

Das war aber auch ein geiles Zeug.

Also, nicht die Heike oder Meike, sondern der Stoff. Ein Segen. Kristalle Gottes! Mit zittriger Hand führte er erneut die Selbstgestopfte an die Lippen. Er kniff die Augen zusammen. Ja, es würde schmerzen, aber … Suuuuper. Wo hatte er den krassen Stoff gekauft? Musste er sich merken! Das war noch besser als …

»Heike.«

Oder Meike?

»Verdammt!«

Das saustarke Zeug kratzte ihm fransige Löcher in die Magenwand. Die Augen tränten, seine Hände schwollen an, Schweiß brach ihm aus. Und das lag nicht nur am Lagerfeuer neben ihm. Durst. Durst! Die inzwischen knochentrockene Kehle brannte wie Feuer. Überhaupt Feuer! Das war ja nicht mehr normal, da in seinem Bauch. Das brannte wie …

Sein Blick fiel auf den ausgebeulten Schlafsack. Bewegte sich das Stoffteil? Verdammt, lebte der Sack, der Schlafsack?

»Ach ja, die Heike … oder …«

Wie auch immer! Er kniff die Augen zusammen. Schwer waren sie, die Augäpfel. So schwer. Die Augäpfel zogen ihn nach vorne, drohten aus seinem Kopf zu fallen. Hingen nur noch an ihren dünnen Fäden. Nerven … Sehnen?

»Aufstehen.«

Er musste aufstehen, sich bewegen, seinen Kreislauf ein bisschen in Schwung bringen. Kerl, war das ein geiles Gift. Er musste sich unbedingt merken, wo er den …

Taumelnd brachte er seinen Körper in die Senkrechte, unsicher schwankte er hin und her. Fahrig griff er sich unters Sweatshirt, rieb sich den Bauch, versuchte sich den Schmerz aus dem Körper zu massieren. Schmerz. Und dieses andere Gefühl. Die Hitze hatte nicht nur den Bauch, sondern mit einem Mal auch noch andere Körperregionen erreicht.

»Heike«, flüsterte er und spürte mit einem Mal angenehm wohlig eine riesige Erektion in seiner Hose.

Aber: »Alles zu seiner Zeit, Baby.«

Er atmete tief ein und aus. Erst musste er … das hier … unter Kontrolle kriegen. Die Hitze war fast unerträglich. Ungelenk zog er sich – nach links und rechts stolpernd – das Sweatshirt über den dröhnenden Kopf. Ihm war so heiß.

Und dort lag Heike. Oder Meike.

Sein Bauch brannte. Wenn nur diese verdammten Augen nicht wären! Wie in einem billig gezeichneten Comic hingen ihm die Augäpfel aus dem Gesicht, flitschten in Richtung Boden, hoch und runter. Das tat weh. Sehr weh. Noch schlimmer war das Loch in seinem Bauch.

»Was …?«

Er hatte ein Loch im Bauch. Ein Loch? Ein Loch, das immer größer wurde. Die Ränder fraßen sich durch die Bauchdecke, zerätzten die Haut. Das schmerzte. Und brannte wie Feuer.

»Feuer?«

Feuer! Er brannte tatsächlich. Verdammt, er stand mit einem Bein im Lagerfeuer.

»Heilige Scheiße!«

Er stolperte entsetzt zur Seite, fiel fast zu Boden. Für einen Moment schob sich der dichte Drogenvorhang auseinander. Er entdeckte entsetzt seinen qualmenden Turnschuh, die Jeanshose klebte am Bein. Verflucht, er steckte mitten in einem verfickten, grausigen Drogenalbtraum. Das war alles nicht echt! Außer dem Feuer.

»Reiß dich zusammen! Ganz ruhig.«

Mühsam versuchte er, seine heftige Schnappatmung in den Griff zu bekommen. Er musste raus aus diesem breiigen, widerlichen Sumpf, der ihn langsam zu ersticken drohte. Sein tränenwässriger Blick fiel auf den regungslosen Schlafsack, auf die regungslose Meike. Oder Heike. Die, die, die hatte es gut. Die war schon tot …

»Tot!«

Er krümmte sich, ließ den Joint, den er immer noch in seinen krampfenden Fingern gehalten hatte, zu Boden fallen, drückte mit beiden Händen die klaffende Wunde in seinem Bauch zusammen. Die wahnsinnigen Schmerzen rissen den schweren Drogenvorhang noch ein Stück weiter auf. Seine zitternden Hände pressten seinen nackten Bauch zusammen. Er fuhr hoch.

Jetzt kam der Tod!

Dröhnend.

Er hob den Blick. Er … kam tatsächlich.

Groß und schwarz kam er auf ihn zu. Ein riesiger, schwarzer Schatten. In rasender Geschwindigkeit. Seine Ohren funktionierten wieder. Er hörte ein gigantisches Krachen, ein ohrenbetäubendes Knirschen.

Er stolperte ein paar Schritte zurück.

Ein riesiges, dunkles Maul öffnete sich, schnappte nach ihm. Der Tod baute sich vor ihm auf. Ekliger Schleim wurde ihm heftig ins Gesicht gespuckt.

Er war unfähig, sich zu bewegen. Sämtliche Hitze war aus seinem Körper gewichen. Er blinzelte mit den schmerzenden Augen. Das schwarze Monster hielt nur wenige Schritte vor ihm inne, es schien zu warten. Schien ihn zu beobachten, zu lauern, das Antlitz zur Fratze verzerrt.

Wie magische Puzzleteile setzte sich die Wirklichkeit vor seinen Augen langsam wieder zusammen. Er spürte seinen Körper. Ja, er war richtig froh, als er den lodernden Schmerz in seinem rechten Bein spürte. Er hatte mit dem Bein mitten in der Feuerstelle gestanden. Natürlich musste das wehtun. Dieser Schmerz war so erleichternd real.

Plötzlich bewegte sich das schwarze Monster vor ihm. Es spie einen grellen Feuerball zum Himmel. Und es löste sich etwas vom …

Er bückte sich. »Nein!«

Kein Tod! Kein Teufel! Er würde noch nicht gehen. Hastig griff er nach unten auf den Boden. Die Eisenstange, mit der er das Lagerfeuer angestochert hatte, lehnte an seinem Rucksack. In Griffweite. Sekundenbruchteile später lag das Metallteil in seiner Hand.

Der Tod vor ihm heulte auf. Jaulte. Tief und bedrohlich. Ein Schatten sprang auf ihn zu.

Er riss die Eisenstange hoch.

Der Schatten nahm die Gestalt eines Menschen an. Es krachte.

Einmal. Zweimal ...

Blitze schlugen in seinen Körper. Sich um sich selbst drehend, wirbelte er zu Boden. Er stürzte kopfüber ins Lagerfeuer. Die Realität war keinen Deut besser als sein Albtraum, dachte er, als der Schmerz so groß wurde, dass er ihn kaum noch spürte. Sein Körper brannte, ihm wurde kalt.

Im Hintergrund krachte plötzlich ein bunt leuchtendes Feuerwerk vom Himmel. Sein Blick wurde brüchig. Das Letzte, was er sah, war der Schlafsack. Mit der regungslosen ...

Er würde ihr jetzt folgen und schloss seine Augen.

2. Kapitel

Christian Jensen öffnete langsam und schläfrig die Augen und suchte mit halb geschlossenen Lidern seine kleine Appartementwohnung auf der Stresemannstraße ab. Was war das für ein fürchterlicher Lärm?

»Ach so, der Wecker.«

Jensen reckte sich den rechten Arm lang und verpasste dem mutmaßlichen Randalierer auf seinem Nachttisch eine kräftige Lasche. *0:13 Uhr* schrie ihm das grüne Display entgegen. Viel zu früh! Wecker waren von der Natur gar nicht vorgesehen.

Aber … der Lärm blieb. »Oh, das Telefon.«

Das hieß jetzt doch aufstehen. Tranig klappte Jensen einen weiteren rechten Arm, der auf seinem nackten Oberkörper lag, vorsichtig zur Seite. Und stutzte. »Oha.«

Er war ja gar nicht alleine! Verdammt, er hatte Besuch. Und was für einen! Weiblich! Fahrig strich er über seine Augen. Mist. Er hatte doch gar nicht einschlafen wollen, sondern nur mal ganz kurz im Bett seine Äuglein zugemacht. »Auweia.«

Das war jetzt natürlich ein wenig dumm gelaufen. Hoffentlich war sie nicht sauer. Aber immerhin war sie nicht abgehauen, hatte ihn nicht in seiner Wohnung alleine zurückgelassen, hatte sich zu ihm ins Bett gelegt. Jensen grinste. Er wertete das mal als ein gutes Zeichen.

Das Telefon lärmte immer noch. Er wollte den fantastischen, zum Arm dazugehörenden restlichen Teil des zauberhaften Körpers nicht wecken. Noch nicht. Stattdessen glitt er vorsichtig, sehr vorsichtig aus den Federn und ruckelte seine rot-weiß gestreifte Fortuna-Düsseldorf-Boxershorts hoch. Weil er nur eine knappe Stunde gepennt hatte, gab er seinem schwächelnden Kreislauf fünf Sekunden Zeit, sich ebenfalls stöhnend aufzurichten und schlich leise zum Telefon. »Ja?«

»Ich bin es. Es gibt Arbeit!«

Jensen runzelte die Stirn und wechselte nach nebenan in die kleine Küche. Das war Pit Struhlmann, Struller, der Kriminalhauptkommissar, dem er in seinem Abschlusspraktikum zugewiesen war.

»Arbeit?«, fragte Jensen verwirrt.

»Ja, du weißt schon, die Sache, für die du bezahlt wirst.«

»Äh«, murmelte Jensen und spürte Blutdruck. »Du hattest doch gesagt, dass wir nach dem *Bluthunde-Fall* ein paar Tage Pause machen, um die Überstunden abzufeiern. Ich wollte ein bisschen, äh, ausschlafen.«

»Tja, das Leben! Geschlafen wird am Ende des Monats! Im Hafen gibt's eine Leiche.«

»Eine Leiche?«

»Ja. Ein Mensch. Hat vor Kurzem noch gelebt, jetzt ist er tot. Das nennt man dann Leiche. Der Mensch ist nicht ganz freiwillig gestorben. Du erinnerst dich grob, was wir beruflich machen? Polizei Düsseldorf, Kriminalkommissariat 11, Mordkommission?«

Jensen warf einen sehnsüchtigen Blick auf sein Bett. Und auf den nackten, urlaubsbraun gebrannten Inhalt. Lange, dunkelrote Locken ergossen sich üppig-wild und malerisch leuchtend übers Kopfkissen. »Pit, ich bin nicht alleine, hier, zu Hause. Ich habe Besuch. Weiblichen.«

»Oma Jensen?«, fragte Struller am anderen Ende entsetzt.

»Nein. Eine Kollegin. Wir waren mit unserem Kurs gestern Abend in der Altstadt. Die Kollegin kommt aus Gronau und ist nach dem Feuerwerk mit zu mir.«

»Ach so. Knick, Knack. Ich verstehe. Wie auch immer. Dienst ist angezeigt.«

»Aber meine Kollegin ...«

»Schreib ihr einen Zettel! Wenn sie wach wird, soll sie sich ein bisschen nützlich machen. Durchwischen, spülen oder ein bisschen was aufräumen«, schlug Struller vor.

Jensen warf um die Ecke einen Blick auf seine Klassensprecherin, die natürlich ganz sicher nicht auch nur einen einzigen Gedanken daran verschwenden würde, sich seiner Bude anzunehmen. Wobei es seine Junggesellenhucke tatsächlich dringend nötig hätte. Aber es hieß ja, Männer, die Putzlappen anfassen, werden impotent. »Äh, du hast da einen ganz falschen Eindruck von meiner Kollegin.«

»Wie dem auch sei, Sportsfreund. Spring jetzt unter die Brause, dusche dir flott den Liebesschweiß vom

Körper und mach dich auf den Weg. Wir treffen uns in fünfundzwanzig Minuten auf dem Parkplatz vor dem Polizeipräsidium.«

»Aber …«

»Abba ist immer noch eine Popgruppe, mach hin!«

Jensen hörte Struller den Telefonhörer auflegen, drückte an seinem Apparat den Aus-Knopf und wankte – sich nachdenklich am Bauch kratzend – zurück ins Bett. Das war jetzt natürlich doof. Ihm hatte für später nach dem Ausschlafen ein gemeinsames Frühstück vorgeschwebt. So ein ganz gemütliches, ausgiebiges, reichhaltiges Frühstück im Bett. De luxe, quasi. Ab und an lustvoll unterbrochen durch eine kleine, sportliche Aktivität. Ein entspannter, frühmorgendlicher Meinungsaustausch unter Kommilitonen.

Jensen fuhr mit spitzem Finger langsam die Konturen eines scharfen Tattoos nach, das sich am sportlichen, dunkel gebräunten Oberarm seiner hübschen Kollegin beginnend mit hohem Aufforderungscharakter sündig heiß die Schulter hinaufschlängelte.

»Denk nicht mal dran«, knurrte seine Kollegin düster, ohne sich zu bewegen oder ihre Augen zu öffnen.

Jensen zuckte zurück. Na dann. Konnte er auch ein bisschen arbeiten gehen.

* * *

Einmal Tempo aufgenommen brauchte Jensen nur knapp fünfzehn Minuten, um frisch wie der junge Frühling im Treppenhaus die Stufen runterzuhuschen. Den letzten Absatz übersprang er, denn dort stapelten sich die neuesten Exemplare des *Rheinboten*. Er riss die Haustür auf und zog erschreckt einen Fuß zurück, den er auf den Treppenabsatz setzen wollte.

»Was ist das denn für eine Scheiße?«, knurrte er und schwankte einen Schritt zurück.

»Keine Scheiße«, summte eine Stimme.

Jensen fuhr herum. Neben ihm stand ein Junkie. So einer von der untoten Sorte. Weiße Haut. Zumindest da, wo keine offenen Wunden und eitrige Pickel ein wenig Farbe ins Spiel brachten. Langes, schütteres Haar, dunkle Augen, die in den Höhlen versanken, gebeugte Haltung. Die Jeans hatte Löcher, das Sweatshirt auch. Und als er jetzt den Mund wieder öffnete, konnte Jensen keinen einzigen, vollständigen Zahn erkennen. Nur eine Reihe dunkler, bröseliger Grabsteine.

»Sieht aus wie Kotze«, erklärte der Bursche trocken.

Jensen fluchte. »Scheiße, ja. Mensch, was ist das denn für eine Farbe? War das ein Alien?«

Der Junkie zog die Schultern hoch. »Für zehn Euro mach ich das weg.«

Jensen schnappte nach Luft. Eine ganz freche, üble Bemerkung lag ihm ganz weit vorne auf der Zunge. Andererseits hatte er selbst keine Zeit, jetzt mit einem Eimer voll Wasser zur Tat zu schreiten, bevor der klebrige Stoff eklige Löcher in den Treppenabsatz ätzen würde. Schnaufend zückte er sein Portemonnaie, frickelte einen Zehner ans Licht und reichte ihn dem Junkie, der ihn mit zittrigen, fahrigen Fingern hastig ergriff.

»Aber nachher ist hier sauber!«

»Kannst nachher vom Treppenabsatz essen, Alter.«

Das würde er dem Kerl überlassen, dachte Jensen, verkniff sich aber die Bemerkung, denn es war davon auszugehen, dass der arme Hund kulinarisch alles andere als wählerisch sein durfte. Und in diese Wunde wollte Jensen wirklich kein Salz streuen. Kaputte Junkies gehörten im Düsseldorfer Bahnhofsviertel leider zum Stadtbild, aber das war lange kein Grund, ihnen gegenüber anmaßend rüberzukommen! Deshalb tippte er sich zum Abschied an die Stirn und dachte, als er ein paar Meter weiter sein Fahrzeug erreichte und aufschloss, dass es gleich mit Struller im Hafen kaum schlimmer werden konnte.

* * *

Struller steuerte mit zusammengekniffenen Augen den Zivilwagen vom Polizeipräsidium in Richtung Frachthafen. Was nicht ohne Anspruch war. Für alle Beteiligten. Nicht nur für Jensen, der sich mit blassem Blick auf den Beifahrersitz gekrampft hatte, sondern in der Hauptsache für alle anderen Verkehrsteilnehmer, von denen um kurz vor eins noch eine ganze Menge unterwegs waren. Mit Fahrzeug und ohne. Beim rasanten Abbiegen in die Speditionsstraße rettete sich ein älterer Mann in gelben Gummistiefeln – mit Angelrute und Fangeimer – so gerade eben noch in einen Hauseingang.

»Wo kam der denn her?«, knurrte Struller.

»Von links«, flüsterte Jensen.

»Warum läuft der nicht auf dem Gehweg?«

Jensen zog Luft. »Er lief doch *auf dem Gehweg*!«

Sein Tutor war ein anerkannt guter Kriminalist, einer, der seine Schweine am Gang erkannte und dessen Aufklärungsquote beeindruckend war. Struller hatte sie alle schon festgenommen. Den einbrechenden Vater, den missratenen Sohn, das ungeborene Kind, quasi generationsübergreifend wirklich alle. Aber Auto fahren, Auto fahren konnte Struller nicht. Wahrscheinlich hatte er die Führerscheinprüfung zu Fuß abgelegt.

Beim Abbiegen in die Kesselstraße umkurvte Struller haarscharf Faserspuren-Haralds weißen Spurensicherungskombi, den dieser ein wenig unglücklich im Einmündungsbereich abgestellt hatte.

»Den alten, senilen Säcken sollte man die Fahrerlaubnis entziehen!«, maulte Struller und schaffte es so gerade eben noch, den Wagen in der Spur zu halten.

»Ja«, stimmte ihm Jensen zu.

»Wir sind da«, summte Struller schließlich und fuhr den Wagen auf der Kesselstraße rechts ran.

Allerdings so nah an einen Baustellenzaun, dass Jensen über die Sitze kletternd ebenfalls auf der Fahrerseite aussteigen musste. Das hatte Struller allerdings schon nicht mehr mitbekommen, denn er war schon strammen Schrittes vorausgeeilt, was Jensen nun die Gelegenheit gab, das modische Tip-Top-Outfit seines Chefs zu bewundern. Struller trug abgewetzte, braune Slipper, die einen Schuhputz so nötig hatten wie Fortuna Düsseldorf einen Mittelstürmer. Seine Jeans war einen Tick zu weit, und über seinem hellblauen Hemd trug er eine ockerbraunbeigesandfarbene Sommerjacke, wie es sie in dieser Farbnuance seit über zwanzig Jahren nicht mehr käuflich zu erwerben gab. Die rechte Tasche der Jacke hing ausgebeult tief nach unten, vermutlich, weil Struller dort mehrere gebrauchte, blauweiß-karierte Stofftaschentücher bunkerte. Seine dunklen, vollen Haare waren eine Spur zu lang und hatten am Hinterkopf ein Schlafnest geformt. An dieses Outfit musste Jensen sich nun gewöhnen, denn Struller würde es in den nächsten Tagen nicht wechseln.

»Ah, der Star von der Kriminalpolizei trifft auch schon ein«, wurde Struller vom Einsatzleiter am Tatort gegrüßt. »Dann kann ja nichts mehr schiefgehen.«

Jensen sah, dass Struller seine hellblauen Augen müde verdrehte. Polizeihauptkommissar Alfred Gerlach war offensichtlich nicht unbedingt der Kollege, den Struller am Tatort anzutreffen gehofft hatte. Der baumgroße Gerlach mit dem kantigen Kinn und den dünnen, roten Haaren rund um eine sich zügig ausdehnende Glatze war ein überheblicher Spinner und arroganter Schaumschläger. Alfred Gerlach persönlich hatte das SEK erfunden und seinerzeit die RAF – quasi im Alleingang – zur Aufgabe gezwungen. Er erzählte ihm ausgelieferten Berufsanfängern, dass er einen handelsüblichen Polizeihubschrauber mit verbundenen Augen auseinanderschrauben und wieder zusammensetzen konnte. In weniger als zwei Stunden. Während des Flugs. Ein Angeber.

»Nichts mehr schiefgehen? Abwarten«, sagte Struller. »Was liegt an?«

»Nichts Schönes«, sagte Gerlach, strich sich durch den Haarflaum und nickte in Richtung Jensen. »Praktikant?«

»Japp. Christian Jensen. Er ist …«

»Von denen hab ich auch drei am Hals. Wird immer schlimmer. Als hätte ich noch Zeit, mich um die artgerechte Aufzucht vom Nachwuchs zu kümmern. Das ist die reinste Krabbelgruppe bei mir auf der Wache. Ich bin froh, dass die meisten stubenrein sind. Die da oben werden immer bekloppter! Ist deiner auch so faul?«

»Er trägt rote Unterhosen und sieht aus wie der ehemalige Sänger von *Oasis*. Sonst geht's ganz gut.«

Jetzt verdrehte Jensen die Augen. Verärgert stellte er darüber hinaus fest, dass er von Gerlach nicht mit Handschlag begrüßt wurde, wie es unter Kollegen eigentlich üblich war. Dann eben nicht.

Jensen trat einen Schritt zur Seite und widmete sich dem Tatort, der durch einen voltstarken Scheinwerfer der Feuerwehr hell ausgestrahlt wurde. Die Kesselstraße ging von der Holzstraße ab und endete in einem Wendehammer vor dem Hafenbecken Nummer 6. Ungefähr in der Mitte zwischen Holzstraße und Wendehammer hatte sich ein silberfarbenes Motorboot in die Ufermauer geschraubt. Der nunmehr komplett verbeulte Bug ragte über die Kante der Kaimauer nach oben in die Luft. Das sah aus wie ein Hai, der sich giftig in einen Landungssteg verbissen hatte. In der hinteren Hälfte des Bootes hatte eine Explosion die Aufbauten fransig gesprengt. Feuerwehrleute hatten einen Brand gelöscht, der im Kopf bohrende Geruch von verbranntem Kunststoff hing ungesund und dumpf in der Luft.

Fünf Meter weiter kokelte am Rand der Zufahrtstraße eine mit Steinen eingefasste Feuerstelle. Daneben bedeckte eine silberfarbene Aluminiumdecke einen

Körper. Im Licht der Strahler erkannte Jensen, dass ein schwarz versengter Turnschuh am unteren Ende der Feuerdecke herausragte. Nicht schön.

Neben der Decke lag eine Eisenstange, daneben stand ein Rucksack.

Jensens Blick wanderte weiter. An der anderen Seite der Auffahrt stand ein rot-weißer Rettungswagen der Feuerwehr. Auf den Eingangsstiegen des Fahrzeugs saßen ein Sanitäter und eine uniformierte Kollegin, die sich um eine hagere, weibliche Person kümmerten, die am ganzen Körper zitterte. Sie war circa zwanzig Jahre alt, hatte wild vom Kopf stehende, blonde Haare und stand augenscheinlich vollkommen neben der Spur. Ein weiterer, hochgewachsener Sanitäter legte ihr gerade eine Blutdruckmanschette an.

Im Hintergrund kommandierte der in einem weißen Einwegoverall gekleidete Faserspuren-Harald die Jungs seiner Spurensicherung über den Tatort.

»Dann schieß mal los!«, forderte Struller Gerlach auf.

»Um 22.55 Uhr ging über 110 ein Anruf ein, irgendwas hat furchtbar gekracht, am Hafenbecken 6. Das ist hier. Offensichtlich hat der Anrufer gehört, wie sich das kleine Motorboot dort in die Kaimauer gebohrt hat. Zwei Minuten später rief er noch mal an. Er glaubte, mehrere Schüsse gehört zu haben. Als der erste Streifenwagen eine knappe Minute später eintraf, fanden die Kollegen das Boot verlassen und eine regungslose, männliche Person, die bäuchlings in der Feuerstelle lag. Sie ziehen ihn schnell zur Seite, drehen ihn auf den Rücken und erkennen zwei Einschusslöcher in der Brust.«

»Aha«, knurrte Struller.

Einschusslöcher: nicht gut, dachte Jensen.

Der Polizist deutete auf die hagere Frau am Rettungswagen. »Und die beiden Beamten finden die da.«

»Eine Zeugin?«

Gerlach krauste die Nase. »Ich glaube nicht, dass die in ihrem Zustand allzu viel mitbekommen hat. Die ist breiter als die A 57 bei Kaarst. Als die Beamten sie im Schlafsack fanden, hat sie felsenfest gepennt. Hat Ewigkeiten gedauert, bis die Kollegen sie geweckt hatten. Drogen bis zur Oberkante Unterlippe, nehme ich mal an. Sie geht mit einem Krankenwagen gleich erst mal weg zur Untersuchung ins Martinus-Krankenhaus.«

Struller seufzte. »Dann guck ich mir den Toten mal an.«

Struller nickte Jensen zu, beide gingen ein paar Schritte und beugten sich über die Aludecke. Struller zog sie behutsam zur Seite, Jensen hielt die Luft an. Eine üble Duftwolke schlug ihnen entgegen. Es roch ganz, ganz fies nach verbranntem Fleisch.

Faserspuren-Harald stürmte heran. »Struller, was machst du an meiner Leiche?«

»Gucken!«

»Du machst die Spuren kaputt«, maulte Harald und schlug Struller auf die Finger. »Lass mich! Was willst du wissen?«

»Habt ihr Ausweispapiere gefunden?«

»Im Portemonnaie des Toten war ein dunkel angesengter Anhörungsbogen. Unser Mann ist auf der Elisabethstraße beim Schwarzfahren erwischt worden. Wir haben über die Kriminalwache die Daten aus dem

Schreiben mit dem Foto aus seinem Kriminalaktendatensatz verglichen. Die Angaben stimmen.« Harald reichte Jensen einen welligen Zettel. »Kilian Bergstreckl. Ohne festen Wohnsitz. Geboren in Augsburg.«

Struller deutete auf den rot eingefärbten, nackten Oberkörper. »Die Todesursache?«

Harald nickte. »Zwei Treffer. Große Wirkung.«

»Quasi tödlich.«

»Korrekt. Wegen des Trefferbildes tippe ich, dass die Schüsse aus nächster Nähe abgegeben worden sind.«

»Ungepflegte Gesamterscheinung.«

Harald schob die Oberlippe des Toten hoch. »Ganz schlechter Zahnzustand.«

»Bist du jetzt auch noch Pferdezüchter?«, konnte sich Struller einen kleinen Kalauer nicht verkneifen.

Mit einem Kugelschreiber deutete Harald auf mehrere, kleine, eitrige Wunden am Körper des Toten. »Einstichstellen. Unser toter Freund war ein Junkie. Ich tippe auf Heroin. In Anbetracht des starken körperlichen Verfalls und der schlechten Zähne war er dazu wahrscheinlich auch noch Konsument von Crystal Meth.«

»Meth?«, schniefte Struller. »Ich hatte gehofft, wir bleiben hier in Düsseldorf von diesem Scheißzeug verschont.«

»Sah lange so aus«, schüttelte Faserspuren-Harald den Kopf. »Jetzt ist es am Markt. Der Mist ist schweinebillig. Die Einheit gibt's am Bahnhof für fünf Euro. Macht dich sofort abhängig und direkt kirre im Kopf. Dir fallen die Haare aus und du verlierst deine Zähne. Dreckszeug. Ich hab mich neulich mit einem aus dem

Drogenkommissariat unterhalten: Wir werden hier in Düsseldorf gerade mit dem Mist überflutet.«

»Geht er in die Gerichtsmedizin?«

»Nein, Pit. Ich nehme ihn zu mir mit nach Hause. Doc Stich untersucht ihn dann in meinem Partykeller. Ich lade ein paar Freunde ein, meine Frau reicht Gebäck. Danach gucken wir Fußball.« Faserspuren-Harald holte Luft. »Natürlich geht der Tote in die Gerichtsmedizin.«

Struller lag eine passende Bemerkung schon abschussbereit auf der Zunge, aber im selben Moment schrie ein Polizist: »Verdammt, hier ist noch eine Tote!«

Auf dem Motorboot ruderte der Kollege wild mit den Armen. Alle stürmten los.

Faserspuren-Harald schrie: »Bleibt von den Spuren weg! Lasst mich vorgehen! Aufpassen, die Eisenteile am Boot sind noch heiß vom Feuer!«

Knurrend boxte sich der Spurenboss durch die anwesenden Kollegen und kletterte über die zerbeulte Reling ins Motorboot.

Der uniformierte Kollege deutete vor seine Füße. »Sie lag in einer der beiden Klappbänke.«

Struller und Jensen folgten Faserspuren-Harald, der eine der beiden länglichen, aufklappbaren Sitzbänke im Bugbereich des Bootes in Augenschein nahm. Dort drin lag ein weißer Leinensack, den der Polizist am Kopfende geöffnet hatte. Nun starrten die Ermittler in ein totes Paar Augen.

»Weiblich. Vielleicht 20 Jahre alt, rote Haare. Kein Puls, sie ist tot.«

Struller winkte sicherheitshalber den Notarzt heran.

»Verdammt«, schniefte der Polizist.

»Wie in einem Sarg«, flüsterte Jensen.

»Wieso finden wir sie erst jetzt?«, bellte Struller.

Alfred Gerlach, der ebenfalls hinzugetreten war, pumpte Luft in seinen Brustkorb. »Wer sollte hier nachgucken? Wer ist hier verantwortlich? Dem reiß ich den Arsch auf!«

Struller tippte dem Dienstgruppenleiter gegen die aufgeblähte Brust. »Du. Du bist verantwortlich. Du leitest den Einsatz, dann bist du auch verantwortlich. Dann reiß mal schön!«

Der Polizist lief puterrot an. Einige seiner jüngeren Kollegen drehten sich grinsend weg. Jensen lächelte offen.

Faserspuren-Harald schüttelte den Kopf. »Keine auf Anhieb sichtbaren Verletzungen. Zeichen von Leichenstarre. Allzu lange ist die Frau noch nicht tot, vielleicht zwei, drei Stunden.«

Der Notarzt schüttelte den Kopf. »Nichts zu machen.«

Jensen schluckte und lenkte die Aufmerksamkeit aller auf ein neues Problem. »Da ist noch eine zweite Klappbank. Nicht, dass …«

Faserspuren-Harald sprang an die Truhe und klappte mit den Fingerspitzen den hölzernen Deckel vorsichtig auf. Schröder, der massige Fotograf der Spurensicherung, knipste. Alle anwesenden Augenpaare senkten sich ins Innere des Kastens.

»Leer«, stellte Faserspuren-Harald für alle fest und zog behutsam einen zweiten, diesmal beigefarbenen Leinensack heraus, der wie ausgestrampelt am Fußende der Kiste lag. Der Sack war am Kopfende geöffnet. Ebenfalls leer, keine Leiche.

Struller strich sich über den Kopf. »Was hat das denn jetzt zu bedeuten?«

Faserspuren-Harald stellte fest: »Mehrarbeit.«

Struller richtete sich auf und kniff seine Augen zusammen. Er hatte etwas gesehen. Unauffällig musterte er aus den Augenwinkeln einen Haufen alter Steine, die etwas abseits Richtung Holzstraße wild durcheinander gelagert wurden. Genau genommen musterte er allerdings nicht den Steinhaufen, genau genommen hatte er einen Schatten bemerkt. Eine Person duckte sich in diesem Moment wieder zurück in ihre Deckung. Definitiv war das nicht nur ein nerviger Gaffer, entschied Struller blitzschnell.

Struller drehte sich langsam zu Jensen und quetschte mit zusammengedrückten Lippen. »Neun Uhr. Steinhaufen. Dahinter hockt eine Person, die uns heimlich beobachtet. Die will ich haben, Sportsfreund. Sei unauffällig!«

Jensen schniefte und zog sein Mobilphone aus dem Hemd. Einen eingehenden Anruf vortäuschend, stieg Jensen vom Motorboot und nickte heftig mit dem Kopf. Struller wendete sich scheinbar zur Seite, behielt aber den Schutthaufen im Augenwinkel.

»Das ist, weil ich kein vernünftiges Personal mehr habe. Nur Anfänger«, brummte Gerlach entschuldigend.

»Der Fisch stinkt immer vom Kopf her«, antwortete Struller, womit er sich endgültig die Sympathien seines Kollegen verscherzte.

Die Person hinter dem Steinhaufen war augenscheinlich männlich, aber mehr konnte Struller nicht erkennen. Jetzt sah er plötzlich, wie sie sich rückwärts bewegte. Offensichtlich hatte die Person genug gesehen oder sie hatte mitbekommen, dass sie aufgefallen war. Der Kerl drehte sich um und ging zügig davon.

Struller rief Jensen zu. »Der Kerl hat was bemerkt und haut ab. Hinterher!«

Jensen versenkte sein Handy im Hemd und rannte los. »Komm mit!«, rief er einem Kollegen aus der Tatortabsperrung zu, der sofort mit ihm zusammen zur Verfolgung ansetzte.

»Der Kerl da!«, zeigte Jensen nach vorne, wo der Unbekannte circa hundert Meter Vorsprung hatte.

Es ging über den unbefestigten Grund an die Rückseite eines leer stehenden Fabrikgebäudes.

»Die alte Papierfabrik!«, rief ihm der Kollege zu.

Der Unbekannte vor ihnen sprang eine kurze Außentreppe hoch und flüchtete ins Innere des Gebäudes.

»Du links ums Gebäude rum, ich renne ihm hinterher!«, kommandierte Jensen.

»Pass drinnen auf! Da ist alles verwinkelt«, rief der Kollege ihm zu. »Viele Löcher im Boden!«

Jensen sprang die Stufen hoch, stürzte durch einen mit einer dicken Plastikplane geschützten Türeingang und stand mitten in einer riesigen Halle. Alles, was früher zum Inventar der Fabrik gehört hatte, war entfernt worden. Nur vereinzelt lagen noch Türen und kantige Metallstreben herum. Durch die vielen Fenster, deren Scheiben allesamt eingeschlagen waren, drang milchiges Mondlicht in den Raum. Langsam gewöhnten Jensens Augen sich an die Dunkelheit, sodass die weichgrauen Konturen besser zu erkennen waren.

»Stehen bleiben! Polizei!«, rief Jensen aufs Geratewohl laut in den Raum hinein, nestelte eine schmale Taschenlampe aus seiner Hosentasche und knipste sie an.

Niemand reagierte auf sein Rufen, nichts war zu hören. Der Lichtkegel seiner Leuchte schlug auf den staubigen Boden. Vorsichtig tapsend durchquerte Jensen den düsteren Raum. Unvermittelt musste er einem Loch ausweichen, das sich im Boden befand. Ungesichert ging es dort eine Etage abwärts. Höllengefährlich. Wieso war das hier alles nicht vernünftig gesichert? Das war lebensgefährlich.

An den Wänden hatten sich die Sprayer der Stadt verewigt, eine Ecke hatte irgendwem als Klo gedient. Alles war mit muffigem Staub überzogen. Lediglich seine Schritte hallten durch die Halle, die etwa zweihundert Meter lang war und – von quadratischen Betonpfeilern unterbrochen – komplett eingesehen werden konnte. Der Lichtkegel seiner Funzel tanzte durch den Raum. Da war keiner langgelaufen.

»Was …?«

Erst jetzt entdeckte Jensen auf der rechten Seite einen Torbogen, der in eine zweite Halle führte. In der sah es genauso aus. Sie war über hundert Meter lang. Hatte er dort gerade am Ende des Raums einen Schatten huschen sehen?

»Stehen bleiben!«

Jensen beschleunigte und sprang über einen aufgebrochenen Zigarettenautomaten hinweg. Mehrere Matratzen an der Wand zu seiner Linken deuteten darauf hin, dass Stadtstreicher hier Obdach fanden. Jensens Lunge ächzte. Er erreichte das Ende der Halle und gelangte in ein Treppenhaus. Der Aufgang nach oben fehlte, es ging nur abwärts. In ein rabenschwarzes Untergeschoss.

»Mist!«

Der kleine Lichtkegel rauschte über den grauen Beton und über Unmengen Schutt.

Ein Geräusch! Vor ihm – gar nicht weit weg – hatte etwas gescheppert!

Jensen beschleunigte. Vor seinen Füßen flackerte hektisch der helle Lichtkegel. Er stutzte. Der Keller war nach wenigen Metern schon wieder zu Ende. Jensen hielt inne. Im Lichtkegel tanzten die Staubpartikel. Tanzten … und schraubten sich nach oben.

Jensen blickte hoch.

Ein Gegenstand rauschte auf ihn herab. Blitzschnell sprang Jensen beiseite. Im letzten Moment knallte eine alte, verbeulte Schubkarre neben ihm mit lautem Krachen zu Boden. Einer der beiden Griffe ratschte über seine Schulter und riss einen Winkel in sein Shirt. Und in seine Haut.

Aber: »Glück gehabt!«

Jensen riss die Taschenlampe hoch und lauschte. Fußtritte entfernten sich von der Öffnung über ihm. Benutzte der Kerl keine Leuchte? Konnte der Sack im Dunkeln sehen?

Jensen hörte, wie Gerlach draußen laute Befehle durch die Nacht bellte, die Verfolgung des Unbekannten lief auf vollen Touren. Vielleicht war es ja sogar der Mörder, der gerade vor ihnen davonlief. Und wenn, dann war der Schweinehund bewaffnet, fiel Jensen gerade siedend heiß ein …

Der Strahl seiner Taschenlampe glitt über den Betonboden und kletterte dann die Wände hinauf.

»Aha.«

Jensen entdeckte in der Wand unter dem Deckenloch zwei halbrunde, rostige Eisenbügel, die dem Flüchtigen offensichtlich als Stufen gedient hatten, um sich nach oben zu ziehen. Das tat Jensen jetzt auch. Schnell erreichte er die Öffnung. Beim Hochziehen ratschte er sich am Bauch ein weiteres Loch ins Shirt.

»Scheiße.«

Schließlich war er mit einem letzten, kräftigen Ruck wieder im Erdgeschoss. Es war nahezu stockfinster, weil er sich in einem separaten Raum ohne Fenster befand. Quadratisch war er, der Raum. Und zugemüllt. Jensen rümpfte die Nase. Auch hier deutete einiges darauf hin, dass der Raum als Schlafstelle und Toilette genutzt wurde. Jensen wischte eine hungrige Fliege beiseite und hielt sich links, denn links befand sich eine Art Durchreiche im Mauerwerk, durch die der Flüchtige geklettert sein musste. Jensen stieg hindurch. Dann ging es einmal nach links, dann wieder nach rechts, bevor er in eine dritte, von hellem Mondlicht durchflutete Halle gelangte. Nach Luft schnappend war er froh, endlich wieder mehr als einen kegelförmigen Ausschnitt von seiner Umwelt zu erkennen. Durch mehrere offene Fenster drang Frischluft ins Gebäude, Jensen atmete tief ein.

Er fuhr herum.

Und bemerkte den Schatten hinter sich, die erhobene Hand und den länglichen Gegenstand darin. Dem folgenden Schlag auf den Kopf konnte er nicht ausweichen.

In Jensens Schädel explodierte eine Bombe.

Er fiel nach vorn auf den Boden. Der Unbekannte trat ihm mehrmals in die Seite. Jensen schnappte nach Luft, es wurde zügig dunkler. Mit letzter Kraft brachte Jensen geistesgegenwärtig seine Arme nach oben, um seinen Kopf zu schützen. Und genau dahin krachte die Fußspitze als Nächstes. Voll hätte sie seinen Kopf getroffen. Jetzt lähmte der Schmerz seinen linken Arm.

Gleich würden die Lichter ausgehen.

Noch ein Tritt …

Aber der Einschlag blieb aus. Vor Schmerzen blinzelnd erkannte Jensen mit verschwommenem Blick, wie die männliche Person davonrannte. Jensen versuchte, sich stöhnend aufzurappeln, aber das dröhnende Hämmern im Kopf befahl ihm, doch lieber ein paar Sekunden Pause zu machen. Er senkte seine Stirn auf den Betonboden.

Dann ein Schatten von links, Jensen zuckte zusammen.

»Alles klar?«, fragte der Kollege aus der Tatortabsperrung, der mit ihm den Unbekannten verfolgt hatte und der jetzt von der anderen Seite an ihn rangetreten war.

»Da lang ist er«, ächzte Jensen und deutete in Richtung des Endes der Halle. »Sei vorsichtig! Der Kerl ist wahrscheinlich bewaffnet!«

Der Kollege spurtete los, in einer Hand hielt er seine Schusswaffe. Von hinten hörte Jensen rufende Stimmen. Die Verstärkung nahte, weitere Kollegen näherten sich ihm.

»Hierhin!«, krächzte er und rappelte sich vorsichtig hoch.

In seinem Kopf drehte sich alles. Er tastete seine Seite ab, aber da war nichts gebrochen. Glück gehabt.

Ein weiterer Polizist erreichte ihn. »Wo ist er hin, Mann?«

Jensen deutete nach vorne.

In diesem Moment grollte ein Schuss durch die Halle.

»Der Kollege«, stammelte Jensen.

Mehrere Polizisten rannten an Jensen vorbei.

»Einen Notarzt! Verdammt, wir brauchen einen Notarzt!«, brüllte Sekunden später ein Polizist hektisch in sein Funkgerät.

Jensen ließ sich zurück in den Staub sinken und schloss seine Augen.

* * *

Auf dem Flur des Martinus-Krankenhauses klopfte Struller sich eine halbe Stunde später vorm Wartezimmer eine Ernte aus der orangefarbenen Schachtel. Sein Blick fiel auf das runde Nichtraucherzeichen. Seufzend drückte er die Zigarette wieder zurück ins Häuschen. Dann öffnete sich die Schiebetür zum Behandlungszimmer.

»Und?«, fragte Struller.

Jensen winkte ab. »Eine Beule am Hinterkopf, zwei, drei blaue Flecken in der Seite, eine Prellung am Arm, ein Kratzer. Halb so wild. Wie geht es dem Kollegen, der angeschossen wurde?«

»Komm mit. Der Arzt wartet auf uns.«

Struller und Jensen wechselten durchs Treppenhaus die Etage nach oben. »Kannst du den Flüchtigen beschreiben?«

Jensen schniefte. »Vielleicht um die zwanzig bis dreißig Jahre alt. Männlich, kurze Haare. Sehr schlank, fast hager, aber sportlich. Der war mit 'nem guten Tempo unterwegs.«

»Hm«, machte Struller. »Wiedererkennen würdest du ihn nicht?«

»Leider nicht«, knirschte Jensen.

Sie erreichten den Flur zur Intensivstation in der ersten Etage. Vor der Schleuse warteten mehrere Polizisten, die mit betretener Miene und blassen Gesichtern schweigend ihrem angeschossenen Kollegen die Daumen drückten. Struller drückte neben dem verriegelten Eingang zur Station eine Ruftaste und nannte auf Nachfrage seinen Namen. Eine Krankenschwester drückte den Öffner, es summte.

Auf der anderen Seite der Schiebeschleuse wartete Gerlach mit in die Hüften gestemmten Armen und winkte die beiden hinter sich her in ein Arztzimmer. »Mann, hat das gedauert.«

Der asiatische Stationsarzt saß an seinem vollgepackten Schreibtisch, trug einen weißen Kittel und dunkle Nachtschicht-Ränder unter seinen Augen. Mit schlaffer Geste bot er den dreien einen Platz an und klappte müde eine Krankenakte auf. »Ich möchte Ihnen nichts vorgaukeln, die Lage ist ernst. Sehr ernst. Die Kugel hat Ihren Kollegen im Bauch getroffen. Es ist ein Durchschuss, aber der Mann hat viel Blut verloren, weil eine Arterie getroffen wurde. Wir fürchten, dass die Kugel eine der beiden Nieren gestreift hat. Die Milz haben wir entfernen müssen.«

»Besteht Lebensgefahr?«

Der Arzt nickte. »Leider kann ich Lebensgefahr nicht ausschließen.«

Gerlach atmete schwer, Jensen strich sich durchs Gesicht.

»Die nächsten Stunden werden entscheidend sein«, fuhr der Arzt fort. »Wir müssen abwarten, ob, und, wenn ja, was an inneren Organen verletzt worden ist. Selbstverständlich ist Ihr Kollege nicht ansprechbar. Der junge Mann hat nur deshalb eine Chance, weil er ein sehr fitter Bursche ist. Das ist alles, was ich im Moment sagen kann.«

»Danke«, sagte Gerlach.

»Wegen möglicher Angehöriger …«, setzte der Arzt an.

»Die habe ich bereits informiert«, erklärte Gerlach.

»Sehr gut.«

Schweigend verließen die drei Polizisten das Arztzimmer.

»So eine verfluchte Scheiße«, krachte Gerlach. »Wieso läuft dieser Idiot dem Flüchtigen alleine hinterher? Das ist so nicht vorgesehen. Wenn der wieder auf den Beinen steht, reiße ich dem den Arsch auf. Von hier bis hinter Wuppertal.«

»Drücken wir die Daumen«, brummte Struller.

Der Dienstgruppenleiter schnaufte. »Ihr sollt keine Daumen drücken oder drehen, sondern das Dreckschwein finden. Und dann möchte ich die Sau für mich alleine haben. Ein halbes Stündchen reicht.«

Struller schniefte.

Gerlach trat ganz nah an ihn ran und klopfte Struller mit dem Zeigefinger auf die Brust. »Und dir, Freundchen, empfehle ich dringend, mich nicht noch einmal vor versammelter Mannschaft so dummdreist anzusaugen, wie vorhin auf dem Boot. Das lasse ich mir nicht gefallen! Hast du mich verstanden?«

»Reißt du mir sonst den Arsch auf?«, fragte Struller.

»Worauf du dich verlassen kannst«, zischte der Möchtegernproktologe, stapfte an Struller und Jensen vorbei und verschwand mit energischem Schritt wutschnaubend durch die Schleuse.

Struller zuckte mit den Schultern und klatschte bereits zum Aufbruch in die Hände. »Dann wollen wir mal. Mensch, der hat es aber mit dem Arschaufreißen. Vielleicht, weil er selber einer ist.«

Jensen seufzte niedergeschlagen.

Struller schniefte. »Sportsfreund, denk nicht mal daran, dass es deine Schuld ist, dass der Kollege angeschossen wurde. So was passiert. Jagdfieber. Meistens haben wir Cops Glück. Der Kollege hatte heute keines. Genauso gut hätte es dich noch schlimmer treffen können.«

»Wir hätten uns nicht trennen dürfen!«

Struller zuckte mit den Achseln. »Vielleicht hätte ich dich nicht hinter dem Kerl herjagen dürfen. Das kannst du drehen, wie du willst. Hinterher bist du schlauer. Komm jetzt, wir gehen runter zu Doc Stich in die Gerichtsmedizin, vielleicht hat er schon ein paar Ergebnisse für uns.«

* * *

Doc Stich, der aschblonde Leiter der Düsseldorfer Gerichtsmedizin, stand am Hintereingang der Pathologie bei geöffneter Tür und trug eine Zigarette an den Lippen. »Was willst du denn jetzt schon für Ergebnisse haben, Struller? Bist du bekloppt?«

»Nein, aber in Eile!«

»Ich kann nicht hexen!«

»Mach was mit der Glaskugel! Was hast du?«

Doc Stich seufzte, kratzte seine Zichte an der Mauer aus und führte die beiden Polizisten in einen weiß und bis unter die Decke gekachelten Untersuchungsraum, der durch eine große Strahlerleiste grell ausgeleuchtet wurde. »Der männliche Tote, Kilian Bergstreckl, war ein Junkie. Langzeitjunkie. HIV positiv, Leber kaputt, Hepatitis C und Schlimmeres. Man könnte sagen, es ging jetzt ein bisschen schneller als geplant. Die Blutuntersuchungen dauern noch an, aber diverse frische und ältere Einstichstellen in der Ellbogenbeuge, am Bein und überall da, wo es sonst noch Erfolg verspricht, deuten darauf hin, dass der Mann Heroin gespritzt hat. Der wirklich ganz schlechte Allgemeinzustand lässt darüber hinaus vermuten, dass er Crystal Meth in hoher Dosis konsumiert hat. Das hatten wir in letzter Zeit häufiger. Ein Teufelszeug. Bringt dich um.«

»Kenne ich aus *Breaking Bad.*«

»Das Zeug ist schlimmer.«

»Was ist mit den Schüssen?«

»Die waren beide für sich genommen tödlich. Da wird eure Spurensicherung weiterhelfen können.«

»Harald ist dran. Und weiter?«

»Nichts weiter. An den tödlichen Schüssen ist er gestorben.«

»Ja. So wirken tödliche Schüsse. Das Mädchen?«

Doc Stich ging ein paar Schritte weiter und trat an eine zweite Bahre. Ein Laken bedeckte die sich darunter abzeichnende Tote. Jensen spürte einen Kloß im Hals und registrierte erfreut, dass der Mediziner die Decke dort ließ, wo sie war.

»Das Mädchen ist zwischen zwanzig bis fünfundzwanzig Jahre alt. Sehr guter Allgemeinzustand. Ausgeprägte Muskulatur, könnte eine aktive Sportlerin gewesen sein.«

»Keine Drogensüchtige?«, fragte Jensen.

»Auf keinen Fall!«

»Todesursache?«

»Sie ist erstickt.«

»Erwürgt?«

»Nein. Sie hat keine Luft mehr bekommen, weil ihr Brustkorb zusammengedrückt wurde.«

Struller hob überrascht die Augenbrauen. »Zusammengedrückt? Der Effekt wie bei einer Massenpanik?«

»So was in der Art. Ich habe ungewöhnliche Druck- und Quetschmale im Brustbereich entdeckt. Nichts Spitzes, eher etwas Weiches wurde mit erheblicher Kraft und großflächig so auf sie gedrückt, dass der Brustkorb sich verengte und die Lungenflügel sich nicht mehr füllen konnten. Daran ist sie erstickt.«

»Wie in einem Schraubstock«, flüsterte Jensen.

»Besser eine Art festes Kissen. Im späten Mittelalter gab es Foltervorrichtungen, deren Mechanik genau auf diese …«

Struller unterbrach den Arzt. »Die Eiserne Jungfrau. Doc, halte deine geschichtlich sicher relevanten Vorträge bei der VHS. Gibt es weitere Verletzungen?«

»Ich wollte es nur verdeutlichen«, murmelte Doc Stich. »Außerdem hatte die Eiserne Jungfrau im Inneren spitze Haken, die sich langsam in den Körper gebohrt haben. Das ist bei dir also wieder nur gefährliches Halbwissen, Struller. Eine klassische Eiserne Jungfrau schließe ich aus.«

»Jungfrauen sind ja im Allgemeinen eher selten geworden«, wusste Struller festzustellen. »Du sagtest, sie sei eventuell eine aktive Sportlerin. Vielleicht sind es Sportverletzungen, die mit ihrem Tod nichts zu tun haben.«

»Denkst du, ich bin ein Anfänger?«

Struller schwieg. Nein, das dachte Struller nicht. Der immer ein wenig bärbeißige Gerichtsmediziner war eine Koryphäe auf seinem Gebiet. Leider ließ er sich die Leichenteile immer einzeln aus der Nase ziehen ...

»Ältere Sportverletzungen habe ich auch gefunden«, fuhr der Mediziner endlich fort. »Ich würde – wie gesagt – auf Fußball tippen. Es gibt jede Menge entsprechend typischer, frischer Verletzungen an den Extremitäten, die darauf hinweisen. Sie kann andererseits auch brutal festgehalten worden sein. Vielleicht war sie mit einem groben Seil gefesselt.«

»Gibt es Hinweise auf ihre Identität?«, fragte Jensen.

Der Doc blickte Jensen an. »Die Nummer ihres Reisepasses hat sie sich nicht in den Nacken tätowieren lassen.«

Jensen verdrehte die Augen. Der Gerichtsmediziner konnte ihn nicht leiden.

»Aber kommt mit, ich zeige euch noch was!«

Doc Stich führte die beiden Männer in ein Nebenzimmer. An einer von hinten hell beleuchteten Wand hingen mehrere farbige Fotos. Der Gerichtsmediziner tippte auf eines der Bilder. »Dieses Tattoo fand ich auf ihrem linken Oberarm.«

Die drei reckten die Nase. »Sieht aus wie ein Wappen«, grummelte Struller. »Drei Buchstaben IFK. Dazu blaue und weiße Streifen und ein Tier.«

Jensen tippte auf das Board. »Das Tier ist ein Löwe! IFK Göteborg. Das Wappen gehört zu einem Fußballverein aus Schweden.«

»Ein Fußballverein? Das passt zu meiner Einschätzung, dass sie Fußball gespielt hat«, nickte der Arzt.

»Wer ist denn Fan einer schwedischen Fußballmannschaft?«, fragte Struller.

»Eine Schwedin«, erklärte Jensen.

Die Tür zum Labor öffnete sich. Lena Radok, die hübsche Assistentin vom Doc, trat ein. Hui, wie senkte sich die Temperatur im Raum, als sie neben Struller dessen Praktikanten erblickte. Da klirrte die eisige Kälte aber mal so richtig. Struller war ein bisschen überrascht, denn vor wenigen Tagen waren ihm die beiden auf Bertie Spurtmanns Hochzeit noch sehr verliebt vorgekommen. Also, ineinander. Tja. Im Moment wirkte die Beziehung allerdings eher … abgekühlt.

»Hallo Pit, schön dich zu sehen. Das Ergebnis der Bluttests, achte auf Punkt 3.6«, sagte Lena sachlich knapp, würdigte Jensen keines Blickes, händigte Doc Stich ein Klemmbrett mit Liste aus und verließ grußlos den Raum.

Struller hob eine Augenbraue. »Jensen: Beziehungsstatus?«

»Es ist schwierig. So ein Ich-möchte-sofort-mit-dir-zusammen-ziehen-Problem.«

»Tja, Sportsfreund, wenn sonst ständig irgendwelche Kolleginnen bei dir übernachten.«

»Psst. Das darf Lena nie erfahren.«

Struller schüttelte sein Haupt. »Anfänger! Sie ist eine Frau, Jensen. Sie weiß es schon. Was ist mit Punkt 3.6, Doc?«

Doc Stich blickte auf die Checkliste. »Das hatten wir letztens auch schon häufiger. GHB.«

»Was?«

»K.-o.-Tropfen«, erklärte Jensen. »GHB oder auch Liquid Ecstasy ist ein Wirkstoff, der im Rahmen von Straftaten wie Sexual- oder Eigentumsdelikten genutzt wird, um die Opfer zu betäuben oder wehrlos zu machen. Der Wirkstoff wird den Opfern unbemerkt in die Nahrung oder ins Getränk gemischt. Das Zeug kann man künstlich herstellen, es befindet sich allerdings auch in geringen Maßen natürlich im Körper. Deshalb ist der Wirkstoff nur nachweisbar, wenn er so schnell und frühzeitig wie jetzt im Körper festgestellt wird. Er baut sich nämlich zügig ab und bei kleinen Abweichungen weiß man nie, ob der Stoff jetzt körpereigen war oder fremd zugeführt wurde.«

»Wird man davon ohnmächtig?«, wollte Struller wissen.

»Nein. Die augenscheinliche Wirkung auf andere ist, dass man denkt, die Person sei volltrunken«, führte Doc Stich weiter aus. »Das Opfer torkelt, lallt, wirkt wie über zwei Promille. Eine Frau zum Beispiel ist und bleibt bei Bewusstsein, kann sich später in der Folge aber an nichts erinnern.« Er machte eine entschuldigende Geste. »Manche kranken Typen haben einfach mehr

Spaß, wenn sich die Frau bei der Vergewaltigung noch ein wenig selbstständig bewegt. Das kommt dann insgesamt ein bisschen lebendiger rüber.«

»Krank«, fluchte Jensen wutblass.

»Absolut«, stimmte ihm der Doc ausnahmsweise zu.

Auch Struller merkte, wie ihm der Kamm schwoll. Was war das denn für ein mieser Fall? Mit welchen abartigen Typen hatten sie es denn jetzt wieder zu tun?

»Und?«, stellte Jensen leise die nahe liegende Frage.

Doc Stich nickte. »Ja. Und mehrfach. Lena ist dabei festzustellen, ob von einer oder von mehreren Personen.«

Wie aufs Stichwort öffnete sich erneut die Tür zum Labor. Lena kam mit einer neuen Liste herein, die sie Doc Stich reichte. Auch Lena war blass.

Doc Stich formulierte, warum. »An ihrem Körper wurden drei verschiedene DNA-Spuren festgestellt. Zwei vaginal und eine oberflächlich auf der Haut.«

»Reichen die Spuren aus, um sie beweiskräftig einer verdächtigen Person zuordnen zu können?«, fragte Struller.

»Ja.«

»Dann lasse ich die Proben sofort dem Landeskriminalamt zukommen, damit sie mit unseren Datenbänken abgeglichen werden können. Bei drei Spuren sollte hoffentlich ein Treffer dabei sein.«

Lena baute sich vor Jensen auf und sah ihm direkt in die Augen. »Jetzt mach wenigstens einmal, einmal alles richtig!«

* * *

Der Raum war fensterlos, die Decke niedrig, der Putz blätterte von den Wänden. Eine einzelne Glühbirne baumelte trostlos an der Decke. Gleich daneben knatterte ein altersschwacher Ventilator die stickige Luft durcheinander.

Der Kerl mit dem schwarzen Adlertattoo auf der blanken Brust war sauer. Echt sauer. »Bist du bescheuert, auf einen Polizisten zu schießen?«

Der drahtige Mann in Sportklamotten rutschte unruhig auf seinem billigen Stuhl vor und zurück. »Mann, ich …«

»Die werden alles, was sie zu bieten haben, auf uns hetzen!«

Der Drahtige wand sich wie ein Aal. »Tut mir leid.«

»Schäferhunde, Pferde, jedes Schwein setzen die in Bewegung!«

Außer den beiden Männern befand sich noch eine dritte Person im Raum. Ein übergewichtiger Kerl mit schwarzer Hautfarbe grunzte unartikuliert. So ein ratterndes Grunzen, wie wenn ein Panzer gestartet wird. Ein Leopard Zwei. Der Kerl war nicht dick, sondern fett. Sein gigantischer Schatten alleine mochte schon über zwanzig Kilo wiegen.

Der in den Sportklamotten griff sich an den Knöchel. »Die waren hinter mir her. Ich hatte mir in der verfickten Halle den Fuß umgeschlagen, der Bulle hätte mich fast gekriegt.«

»Ich fasse es nicht!«

»Der war schnell!«

Die Ohrfeige kam ansatzlos. »Ich geb dir schnell. Was hattest du Idiot da zu suchen?«

Der Drahtige hielt sich die Wange. »Ich wollte doch nur wissen, ob die Kleine wirklich tot ist.«

Patsch.

»Du bist ja noch doofer als ein Haufen Scheiße! Natürlich war die Kleine tot!«

Gleich würde der tätowierte Adler auf der breiten Brust mit den Flügeln schlagen.

»Das war ein Unfall«, meldete sich der schwarze Fleischberg mit überraschend piepsiger Stimme, die so gar nicht zu seinem massigen Körper passte. »Wir sind dann ein bisschen in Panik geraten.«

Der Breite ließ vom Drahtigen ab und trat auf den Dicken zu. Ganz nah kam er ran, fast berührten sich ihre Nasenspitzen. Mit der blanken Wand im Rücken hatte der Dicke keine Möglichkeit, nach hinten auszuweichen. Er senkte den Blick und starrte armselig den Betonboden an.

»Wir sind auch noch nicht miteinander fertig, du Hüpfburg! Ein Unfall? In Panik geraten? Ich werde bekloppt! Habe ich es nur mit hirnlosen Arschlöchern zu tun?«

»Ja«, murmelte der Dicke.

»Ja, was?«

»Ja, Chef!«

»Ach, halte die Fresse, du Idiot!«

Der Dicke zog den Kopf ein und war froh, dass Adlertattoo sich wieder dem Drahtigen zuwendete. »Und zur Hölle, wieso hattest du eine verfickte Knarre dabei?«

»Hatte ich doch gar nicht. Zuerst. Die lag in einer Schublade. Im Boot. Unterm Steuer. Hinten durch. Die hatte ich dort mal gesehen. Wussten doch alle, dass da eine Knarre liegt.«

Sein fahriger Blick flog durch den Raum, fand den Dicken, der ängstlich die Augen schloss.

»Und als die Scheiße mit dem Boot passierte, hab ich sie genommen. Und dann stand da der Drogen-Penner am Ufer und kommt mit einer erhobenen Eisenstange auf mich zu …«

Der Mann mit dem Adler schniefte, trat einen Schritt zurück und strich sich angespannt über die beiden Narben an der rechten Hand, dort wo die zwei Finger fehlten. Er war nicht zufrieden. Er war ganz und gar nicht zufrieden. Nicht, dass das hier *irgendwen* interessieren würde, nein! Aber es würde *seinen* Chef interessieren. Mehr als das! *Brennend* würde es ihn interessieren. Und wem würde man den Kopf vom Rumpf reißen? Dieser hohlen, holländischen Hungerlatte oder dem Schnitzelbomber? Nein, ihm, verflucht noch mal, ihm! Und nur, weil diese notgeilen Hirntoten ihre schimmeligen Schwänze nicht unter Kontrolle hatten! Er durfte überhaupt nicht daran denken …

»Wo ist die Knarre jetzt? Und wo ist eigentlich der Wodkapisser?«, blökte er. »Der sollte auch längst hier sein?«

»Kommt später, sagt er. Irgendwas mit seinem Auto«, flüsterte der Drahtige und massierte seinen Knöchel.

»Mit seinem Auto? Seit wann hat der Kanisterkopf ein Auto?«

Hüpfburg zuckte mit den Schultern. »Weiß nicht. Er ist ziemlich sauer auf uns, weil wir mit dem Boot dort im Hafenbecken aufgetaucht sind. Weil er ja …« Der Dicke senkte Kopf und Stimme. »Wir wussten nicht weiter.«

Der Breite mit dem Adler auf der Brust seufzte und beugte sich noch mal zum Drahtigen hinunter. Finster drohte er mit der entstellten Hand. »Ich frage dich jetzt noch einmal. Was wolltest du da?«

Der Drahtige zog den Kopf ein und furzte aus Versehen leise. »Ich habe … mein Messer dort verloren.«

Der Fleischballon hielt die Luft an.

»Dein Messer?«, zischte der Adler.

»Ja. Es ist ein Butterflymesser, mit geriffeltem Griff. Noch fast neu. Da können gar nicht viele Fingerabdrücke von mir drauf sein.«

Patsch.

»Da kann bestimmt niemand sagen, dass das meins ist.«

Patsch. Patsch.

»Sieht aus wie jedes andere Butterflymesser, kann jeder kaufen.«

Patsch. Patsch. Patsch.

Dieser dämliche Kiffer!

Hüpfburg zuckte bei jedem Schlag zusammen und ahnte, was auf ihn zukommen mochte. Sein immer leicht gerötetes Gesicht verlor deutlich an Farbe.

Der Mann mit dem schwarzen Adler wechselte das Thema. »Und jetzt noch einmal, damit ich es irgendwie verstehe. Die Kleine mit den hellblonden Haaren, wo ist die?«

Der Drahtige sackte noch weiter in sich zusammen. Und das war jetzt kein Furz. Das war mehr.

»Die stand auf einmal mitten im Boot. Die muss sich befreit haben. Ich dachte doch, die ist tot. Oder zumindest betäubt. Und ich brüll die noch an, aber da springt die Schlampe mit Anlauf ins Wasser und schwimmt ans Ufer. Ich wollte das Boot stoppen, aber da klemmte plötzlich alles, deshalb bin ich ja gegen ...«

»Und wo ist die Schlampe jetzt?«, wollte der Mann mit dem Adler wissen und spürte, wie seine rechte Hand sich zur Faust ballte. Es würde hier ganz sicher nicht bei Ohrfeigen bleiben.

»Irgendwo da.«

»Wir haben schon fast alles abgesucht«, versuchte der Fette zu helfen. »Aber wegen dem ... äh ... Unfall, sind da ja überall die Bullen und da können wir ja jetzt nicht mit der ganzen Truppe, ich meine, ... äh ... nach der Kleinen suchen gehen.«

»Die muss ja immer noch da sein. Irgendwo«, ergänzte der Drahtige beflissen. »Sie ist ja noch gar nicht wieder aufgetaucht. Das würden wir doch wissen. Ich meine, wo soll sie sonst auch sein?«

Für diese dämliche Frage hätte das Klappergestell eigentlich schon wieder eine Lasche verdient. »Ihr macht euch jetzt sofort auf den Weg und schafft mir die blonde Schlampe ran!«

Die beiden Männer rappelten sich auf. Adlerbrust trat ganz nah an den Dünnen heran, legte seine dreifingrige Hand auf dessen Unterarm. »Und die Knarre, wo ist sie jetzt?«

»Die hab ich abgegeben. Die hat jetzt ...«

Plötzlich öffnete sich im Rücken der Männer die Zimmertür.

»Was willst du denn hier?«, erboste sich der Mann mit dem Adler.

Der Dicke schluckte, der Drahtige hoffte, dass man nichts riechen konnte.

Der Mann, der jetzt den Raum betrat, erklärte den dreien ganz genau, was er wollte.

3. Kapitel

Jensen gähnte und fuhr sich über die müden Augen. Ein bisschen Schlaf wäre nicht schlecht gewesen, aber Chef Struller hatte nach durchgearbeiteter Nacht beschlossen, sich den Tatort am Hafenbecken noch einmal bei Tageslicht anzusehen. Während Jensen ein zweites Mal herzhaft gähnte, legte Struller seinerseits eine Hand über seine Augen, um sie vor der herzlosen Morgensonne zu schützen, die schon hellwach mit aller Kraft vom Himmel auf sie beide runterballerte.

Er streckte sich. »Gehen wir den Ablauf noch einmal durch.«

»Okay«, sagte Jensen. »Es ist Nacht. Fast dunkel. Viel an Beleuchtung gibt es nicht. Bergstreckl sitzt an seinem Lagerfeuer. Er steht erheblich unter der Einwirkung von Drogen. Die blonde Frau, – sie kann sich nach ein paar Stunden Rauschausschlafen zumindest an ihren Namen erinnern, sie heißt Heike Bauerfeind und hat Bergstreckl erst wenige Stunden vor dem Vorfall an der Freitreppe in der Altstadt kennengelernt –, sie schläft ein wenig abseits des Lagerfeuers in ihrem

Schlafsack. Sie ist ebenfalls bis oben hin mit Drogen vollgepumpt und bekommt nichts mit. Plötzlich rast das Boot in die Kaimauer.«

»Ich vermute einen technischen Defekt«, ergänzte Struller. »Das werden unsere Jungs der Kriminaltechnischen Untersuchungsstelle beim Landeskriminalamt genau ermitteln.«

»Es könnte natürlich auch sein, dass es zwischen dem Mann am Steuer und einer weiteren Person auf dem Boot zu einem Handgemenge gekommen ist. Der Steuermann verliert die Gewalt über das Boot – und es kommt zum Unfall.«

Struller nickte.

»Die Tote scheidet aus, aber in der zweiten Klappbank lag auch ein Leinensack. Leer. Vielleicht gab es eine Auseinandersetzung zwischen dem Steuermann und dieser Person.«

»Möglich. Harald ist noch dabei, einige Fingerabdrücke zu untersuchen. Er hat auf dem Boot eine ganze Menge davon gefunden, hoffentlich bringen sie uns weiter. Eine andere Möglichkeit: Zwei Personen geraten in Streit und beide flüchten vom Boot. Es können auch mehrere Personen beim Unfall das Boot verlassen haben.«

Jensen nickte. Dumm, dass die Junkietante noch nicht mal das hatte aussagen können. Er fuhr fort. »Hier geraten sie an Kilian Bergstreckl. Einer erschießt ihn aus nächster Nähe. Der Melder, der um 22.55 Uhr über 110 die Leitstelle angerufen hat, meint vier Schüsse gehört zu haben. Kollegen haben ihn übrigens aufgesucht und befragt, weitere Angaben zum Sachverhalt konnte der Zeuge nicht machen, *gesehen* hat er nichts. Der Täter oder die Täter flüchten. Aber wie? Zu Fuß? Wir sind mitten im Hafen! Ich lass die Taxifahrten checken.«

Struller nickte. Und trat ein paar Schritte zur Seite. Hier hatten die beiden Schlafsäcke von Bergstreckl und seiner Begleiterin gelegen. Für Letztere glücklicherweise weit genug von jeder Lichtquelle entfernt, um gesehen zu werden. Das hatte ihr wahrscheinlich das Leben gerettet.

»Von hier aus gingen in der Nacht keine Taxifahrten, sagt die Taxizentrale«, vermeldete Jensen und versenkte sein Handy im Hemd.

Struller strich sich durchs Haar, drehte sich … und hielt inne.

»Hallo Herr Hauptkommissar Struhlmann!«, grüßte ihn eine männliche Person, die wie aus dem Nichts von der Seite an die beiden Polizisten herangetreten war.

Jensen runzelte die Stirn. Wer war das denn? Zwischen fünfzig und sechzig Jahre alt, dunkle, gebräunte Haut, lange, schwarze, strähnige, in der Mitte gescheitelte Haare. Groß und kräftig, Jeanshose, ein weites, graues Baumwollshirt. Er trug einen weißen Schal um den Hals. Bei diesen Temperaturen?

»Gregorius Scharfenstein? Darf ich fragen, was Sie hier machen?«, grüßte Struller den Mann verhalten und längst nicht so aufgeräumt.

Jensen schniefte. Jedenfalls schien Struller den Mann zu kennen.

»Ich halte mich zurzeit in der Gegend auf«, summte der Mann.

»Zurzeit?«, fragte Struller und trat ihm interessiert entgegen.

»Mein Verfahren, diese leidige Sache – das dürften Sie wissen – läuft ja noch. Ich mache mich ein bisschen rar.«

Jensen hob die Augenbrauen. Das Verfahren? Was für ein Verfahren? Woher kannte Struller den blasierten Kerl? Aufmerksam stellte er fest, dass Struller den Mann nun gewähren ließ, als dieser mit in die Hosentaschen versenkten Händen durch den mutmaßlichen Tatort schlenderte. Gut, hier war nichts mehr abgesperrt, aber provokant war das schon. Überhaupt hatte der Mann etwas Provozierendes an sich. Wieso stellte sein Tutor den Burschen nicht in den Senkel?

Struller schürzte die Lippen. »In der Gegend ist dann genau wo?«

Scharfenstein nickte mit dem Kopf vage nach hinten Richtung Holzstraße. »Ich habe dort ein kleines Zimmer.«

»Ach?«

»Ich würde Sie gerne auf eine Tasse Kaffee einladen, aber erstens hab ich seit Längerem nicht mehr richtig aufgeräumt, daher ist die Wohnung nicht in dem Zustand, dass ich Besuch empfangen könnte. Und zweitens haben Sie sicher viel zu tun. Hier ist das gestern passiert? Das mit der Schießerei?«

»Ja. Was mitbekommen?«

»Bitte, Herr Kriminalhauptkommissar, in meinem Alter schlafe ich nachts um diese Zeit. Die Uhrzeit dieses … Unglücks … wurde übrigens im Radio genannt.«

»Der Knall oder das Feuerwerk der Rheinkirmes haben Sie nicht ans Fenster gelockt?«

Scharfenstein lachte bleckend. »Mein Bedarf an Feuerwerk ist reichlich gedeckt. Ich wollte jetzt nur wissen, wer in diesem Fall die Sachbearbeitung hat.«

»Wieso?«

»Ich bin neugierig.« Er nestelte an seinem weißen Seidenschal herum. »Falls ich etwas bemerke, weiß ich zudem jetzt, an wen ich mich wenden muss. Ihre Telefonnummer habe ich ja. Der Fall scheint mir in guten Händen zu sein.«

Struller hielt den Mann, der sich nun zum Gehen wegdrehte, am Arm fest. »Wenn Sie etwas gesehen haben, Scharfenstein, dann raus damit! Das ist hier kein Kindergeburtstag!«

Der Mann grinste frech. »Ich gehe in mich, das kann ich versprechen.«

Struller nickte. »Ich warte. Aber nicht lange.«

Der seltsame Kerl kniff Jensen aufreizend ein Auge und entfernte sich mit federndem Schritt.

Jensen trat an Struller heran. »Woher kennst du den Kerl?«

»Aus einer Strafsache, vor ein paar Monaten, das Verfahren läuft noch.«

»Du hast ihn mit Samthandschuhen angefasst. Das war eine sehr, sehr merkwürdige Unterhaltung, Chef.«

»In der Tat«, räumte Struller ein und blickte dem Mann nachdenklich hinterher. »Gregorius Scharfenstein ist ein Spezialfall. Sehr von sich eingenommen, ganz dicht ist der nicht. Wenn ich den hart anpacke, – wie es sonst meine geniale Art ist –, dann hat Schweinchen Schlau-Scharfenstein schon damit gerechnet, fühlt sich bestätigt und hat Oberwasser. Und du weißt, wie ich es hasse, wenn sich einer mir überlegen fühlt. Nein, Sonderfall Scharfenstein braucht eine sensible Spezialbehandlung. Ich gebe ihm Zeit.«

Sensible Spezialbehandlung? Zeit geben? Mal eine ganz neue Facette, dachte Jensen und fragte. »Wie meint der das alles?«

Struller strich sich geistesabwesend übers unrasierte Kinn. »Ich glaube, Scharfenstein hat uns auf seine ganz eigene Art und Weise mitgeteilt, dass er irgendetwas weiß. Er hat was gesehen oder etwas gehört.«

»Sollen wir ihn dann nicht verhaften? Soll ich ihm folgen?«

Struller schüttelte den Kopf. »Nein. Scharfenstein ist ein Zocker. Ihm jetzt zu folgen, würde nichts bringen. Er wollte uns nur mitteilen, dass er etwas weiß. Das hat er gemacht.«

»Sollten wir ihn nicht trotzdem auf die Wache schleifen?«

Struller porkelte eine Schachtel Zigaretten ans Tageslicht. »Das würde nichts bringen. Er hätte auf jeden Fall damit rechnen müssen, dass wir ihn einbuchten. Das Risiko nahm er in Kauf. Nein, wir sind schon zwei Züge weiter. In seinem Spiel.«

»In *seinem* Spiel?«

»Ich fürchte, so wird er es sehen. So was wie Schach. Immer drei, vier Züge im Voraus. Aber wieso spielt er hier? Das kann nicht der Kerl sein, den du verfolgt hast und der auf den Kollegen geschossen hat?«

»Auf keinen Fall. Der Mann aus der Fabrik wirkte deutlich jünger, war sportlicher und schlanker, fast hager.«

Struller nahm einen Zug auf Lunge. »Schon der zweite Mann, der sich für den Tatort interessiert. Wir werden unauffällig einige Kameras installieren lassen. Mal sehen, wer sich mit der Zeit noch alles hier blicken lässt.«

Jensen formulierte die naheliegende Frage. »Kann dieser Scharfenstein etwas mit den Toten zu tun haben?«

»Ich glaube nicht. Weshalb hätte er sich uns derartig verdächtig präsentieren sollen? Scharfenstein ist ein arroganter Selbstdarsteller, der sich extrem wichtig nimmt. Er weiß etwas und will, dass wir das wissen. Bei passender Gelegenheit werde ich ihm die Beine wegtreten, aber im Moment müssen wir auf seinen nächsten Zug warten.«

»Von was für einem Verfahren hat Scharfenstein gesprochen?«, wollte Jensen wissen.

Struller schnippte die Kippe ins Hafenbecken. »Wir sind hier fertig, ich zeige dir bei Gelegenheit im Büro eine Akte. Ich hab mir in seiner Sache ein bisschen was zusammengestellt. Aber zuerst möchte ich wissen, wo dieses verfluchte Motorboot überhaupt herkam und wem es gehört.«

* * *

Zur Dienststelle der Wasserschutzpolizei wählte Struller eine Abkürzung. An einer Dauerdemonstration zur Rettung des Weltfriedens vorbei pflügte er den Dienstwagen flott über die Rasenfläche des Düsseldorfer Parlamentufers. Geschickt wich er einigen sich wild im

Wind drehenden Kunstwerken aus Aluminium aus. Jensen hielt die Luft an, aber sein Tutor schaffte es, den Wagen gerade noch rechtzeitig in den Stand zu bringen, bevor er über die Uferabsperrung in den Rhein hätte stürzen können.

»Darf ich auf der Rückfahrt mal ans Steuer?«

»Wieso?«

»Du bist der Boss. Wer führt, muss frei von Arbeit sein!«

»Hast du das auf der Polizeischule gelernt?«

»Ja«, sagte Jensen. »Das ... und Autofahren.«

Struller schenkte seinem Praktikanten einen Blick, der das Potential zum Faustschlag hatte. Gemeinsam sprangen sie die Stufen des einem Leuchtturm nachempfundenen, runden Dienstgebäudes der bebooteten Polizisten hoch.

»Ahoi!«, grüßte Struller aufgeräumt, als er die mit einem einzelnen Kollegen besetzte Leitstelle betrat.

»Wie witzig, wie originell«, gab der Kollege zurück. »Wenn ich für jeden Blödmann, der hier reinkam und ›Ahoi‹ gerufen hat, einen Euro bekommen hätte, wär ich Millionär.«

Struller hob überrascht die Augenbrauen. Warum war der Bademeister denn so unentspannt? Waren dem die rot-weiß geringelten Schwimmreifen ausgegangen? Hier bei der Entenpolizei hatten die Jungs doch ihre entspannte Welt in Döschen. Oder in Bötchen.

»Stören wir gerade?«, fragte Jensen.

»Vielleicht entdecken die Seefahrer ja gerade Amerika«, mutmaßte Struller.

Der Mann am Funk seufzte. »Was kann ich tun?«

»Wir brauchen ein paar Auskünfte.«

Der Mann kraulte sich durch den Vollbart. »Sehe ich aus wie die Auskunft?«

»Nein, überhaupt nicht, Popeye«, grunzte Struller.

Jensen zückte sicherheitshalber seinen Dienstausweis. Man kannte ja die unberechenbare Mentalität der Seeräuber. »Mordkommission«, fügte er sicherheitshalber hinzu.

Der Mann seufzte wieder. Er seufzte augenscheinlich sehr gerne. »Mordkommission? Klingt spannend.«

»Tja, bestimmt genauso spannend wie auf ein Funkgerät zu starren, das seit Stunden starr und tot vor sich hinschweigt.«

So nach und nach hatte sich Struller die Aufmerksamkeit des Kollegen der Wasserschutzpolizei erarbeitet. Immerhin hob der Seemann den Kopf und musterte sie aus kleinen Knopfaugen heraus mit einem müden Blick, den er sich für nervende Landratten reserviert zu haben schien. »Und um was geht es?«

»Um Mord.«

»Ach was?«

»Gestern Abend gab es einen Zwischenfall im Hafenbecken 6. Ein Motorboot rast ungebremst aufs Ufer«, erklärte Jensen.

»Schroff ist das Riff und schnell geht ein Schiff zugrunde«, zitierte Struller Hans Albers.

»Ein an Land stehender, junger Mann wird erschossen. Bei der Absuche des Bootes wird eine weitere, weibliche Leiche entdeckt«, versuchte Jensen ein wenig Sachlichkeit in die Situation zu bringen.

»Hab ich auf *Antenne Düsseldorf* gehört.«

»Keine Flaschenpost? Kann man von einem Motorboot eine Halterfeststellung machen?«, mischte sich Struller wieder ein.

»Wenn man die amtliche Kennzeichnung hat.«

»Reicht der Name?«

»Red ich undeutlich? Ich brauch die amtliche Kennzeichnung.«

»JP 5000«, sagte Jensen, der sich die mit schwarzer Farbe vorne rechts am Bug aufgepinselte Bezeichnung gemerkt hatte.

Der Mann beugte sich über seinen Computer. »Dauert, muss erst hochfahren.«

»Dann nutz ich die Zeit für eine weitere Frage«, brummte Struller und lehnte sich auf den Tresen, nachdem er dort eine Spendenbox in Bootsform zur Seite geschoben hatte, in der Geld für die DLRG gesammelt wurde. »Wer hat Zugang zum Hafenbecken 6?«

»Wie meinst du das?«

»Kann jeder mit seinem Bötchen in den Hafen reinschippern? Muss man sich irgendwo anmelden? Gibt's da Piraten? Oder Haie?«

Seufzer. »Jedes Boot, das vom Tiefgang her reinpasst, kann da eine Runde drehen.«

»Werden da häufig Runden gedreht?«

»Normalerweise nicht. Aber gestern war Feuerwerk, da wimmelt es auf dem Rhein und seinen Nebenflächen von Booten, von denen aus das Spektakel bewundert wird.«

Der Drucker knatterte.

»Das Ergebnis der Abfrage ist da.«

»Das ging ja schnell.«

Der Seemann seufzte. »Du nervst, Kollege.«

Struller beugte sich über den Tresen. »Und du stinkst nach Fisch!«

Der Wasserpolizist reichte Struller gelangweilt den Ausdruck. »Nichtschwimmer, aber *La Paloma* pfeifen!«

»Bernd Preuninger. Adresse in Oberkassel«, las Struller und tippte sich an die Stirn. »Danke, Kollege. Wenn wir noch Fragen haben, melden wir uns.«

Seufzer.

»Versuch's besser telefonisch. Ich find dich doof«, summte der Mann von der Wasserschutzpolizei.

* * *

Jensen fuhr den Wagen an die Bordsteinkante und deutete durch die Windschutzscheibe zur Seite. »Kaiser-Wilhelm-Ring 31, hier wohnt Bernd Preuninger.«

Preuningers Haus war eines der alten Jugendstilhäuser, die die Häuserfront am linksrheinischen Ufer Düsseldorfs zu einer der schönsten – und teuersten – Deutschlands machten. Beeindruckend und trutzig, edel und vornehm, mit unverbaubarem Blick über die Rheinwiesen und den Fluss bis rüber auf die andere Altstadtseite der City.

Struller und Jensen durchschritten einen schmalen Vorgarten und stiegen eine enge Steintreppe hoch zur Klingelleiste. Zwei Firmen hatten im Gebäude ihren Sitz. Jensen drückte die Klingel mit der geschwungenen Schrift.

»Preuninger.«

Ein etwa fünfzigjähriger Mann mit vollem, dunkelbraunem Haar, das hinten zum Zopf gebunden war, öffnete ihnen die schwere Holztür. Aber nur einen engen Spaltbreit. Gekleidet war der Mann mit einem grün-gelb gestreiften Bademantel. »Ich gebe nichts.«

»Wir sammeln keine Spenden«, erklärte Jensen und angelte nach seiner Dienstmarke.

»Kein Bedarf, ich bin streng katholisch.«

»Wir sind auch keine Zeugen Jehovas, zum Kuckuck«, grantelte Struller.

Jensen präsentierte seine Marke. »Wir sind von der Polizei.«

Der Mann lachte. »Habe ich falsch geparkt?«

»Sozusagen«, knurrte Struller. »Entgegen der Fahrtrichtung und im Fußgängerbereich.«

»Äh …«

»Vielleicht dürfen wir reinkommen, um Ihnen das ausführlich zu erklären«, schlug Jensen vor.

Der Mann trat langsam einen Schritt zur Seite. »Ja, dann … Kommen Sie rein, bitte.«

Durch einen hellen, sterilweißen Flur gelangten die Männer in ein geräumiges Wohnzimmer, das von einer riesigen Fensterfront nach hinten in den Garten hinaus geprägt wurde. Die Zimmerdecke mit Stuck war vom exquisiten Holzboden so weit entfernt, dass sie mit bloßem Auge kaum zu erkennen war.

»Sie besitzen ein Boot mit dem Kennzeichen JP 5000?«, fragte Jensen.

»Ich glaube schon. Es heißt *Novo Homini.*«

»Der ungewöhnliche Mensch«, übersetzte Jensen, der auf dem Gymnasium Latein gehabt hatte.

Klugscheißer, dachte Struller.

»Ich …«

»Was ist *das* denn?«, fragte Jensen plötzlich dazwischen und deutete auf einen Lampenständer …

»Ein Lampenständer«, antwortete Bernd Preuninger nonchalant.

Jensen trat näher heran und begutachtete das Möbelstück, das sich … zitternd bewegte.

»Das ist ein Mensch!«

Struller trat hinzu und musterte den nackten Mann, der einen Lampenschirm auf dem Kopf trug.

»Das ist ein Lampenschirm«, beharrte Preuninger, schlug seinen Bademantel zurück und setzte sich mit betont gelangweilter Miene hinter seinen Schreibtisch.

»Hallo?«, fragte Jensen den Lampenschirm, der ganz, ganz sicher ein Mensch war. Ein nackter Mensch. Mit kleinen Härchen auf der Brust, einem sich zitternd senkenden Brustkorb. Und eben einem Schirm aus Schweinsleder um den Kopf herum. »Wer sind Sie?«

»Was machen Sie da?«, fragte Preuninger.

»Ich frage …«

»Was soll das? Haben Sie schon mal einen Lampenschirm reden hören?«

Struller schnalzte mit der Zunge. »In *Aladin*. Bei Walt Disney.«

»Bitte, meine Herren«, mahnte Preuninger. »Bleiben Sie sachlich! Was liegt an?«

Struller und Jensen lösten sich von dem … menschlichen Lampenständer.

»Es geht um Ihr Boot«, setzte Struller an.

»Mein Motorboot steht im Schuppen«, behauptete Preuninger und strich sich über den Pferdeschwanz. »Mir fehlt im Moment ein wenig die Zeit.«

»Was für ein Schuppen?«

»Der Bootsschuppen. Ich habe einen Lagerplatz am Rhein. Rotterdamer Straße. Hausnummer weiß ich nicht, da liegt das Boot.«

»Wann haben Sie das Boot das letzte Mal benutzt?«

»Moment. Das muss 2013 gewesen sein. Oder 2012.«

»Wann haben Sie das Boot zuletzt gesehen?«, konkretisierte Struller seine Frage.

»Beim Bootsfest, im April. Da wird die Saison eröffnet. Da ist vielleicht was los. Sehr viel Nautik, teure Polohemden, sehr provinziell. Das wäre vielleicht eher was für Sie«, sagte Preuninger mit belustigtem Blick auf sein extravagantes Möbelstück.

Der Lampenschirm gluckste leise.

»Wer besitzt einen Schlüssel zum Boot?«

»Ich besitze einen. Natürlich. Und vor Ort gibt es einen Bootswart, bei dem haben fast alle Bootseigner einen Reserveschlüssel hinterlegt. Ist irgendetwas mit dem Boot passiert?«

»Extravagante Hobbys sind teuer.«

Preuninger lehnte sich in seinem Bürostuhl zurück, winkte großzügig mit weitgreifender Geste durch den ganzen Raum. »Ich verfüge über ausreichende Mittel, meinen Leidenschaften zu frönen. Oder haben Sie den Eindruck, hier fehlt es an Geld?«

»Ihr Lampenschirm hat nichts anzuziehen«, mahnte Struller an. »Wenn wir den Schlüssel bitte einmal haben dürfen?«

Bernd Preuninger stand auf und raffte seinen Bademantel vorne zusammen. »Momentchen.«

Struller beugte sich zu Jensen und flüsterte. »Er geht jetzt ans menschliche Schlüsselbrett.«

Aber Preuninger trat lediglich an eine durch und durch hölzerne Kommode und öffnete eine durch und durch hölzerne Schatulle, die darauf stand. »Hier ist der Schlüssel.«

Jensen nahm ihn entgegen. »Den leihen wir uns mal aus.«

»Worum geht es denn überhaupt?«, echauffierte sich Preuninger nun doch. »Falsches Parken, das war doch wohl ein Witz?«

»Nicht ganz. Es wurde wirklich sehr ungewöhnlich geparkt. Aber im Zusammenhang mit Ihrem Boot interessiert uns insbesondere der Inhalt eines Lagerkastens. Dort haben wir nämlich eine Leiche gefunden.«

Der Lampenständer schnappte hörbar nach Luft.

»Was?«, schrie Preuninger und ließ sich zurück in den Stuhl fallen.

»Ihr Boot wurde bei einem Unfall im Düsseldorfer Hafenbecken beschädigt. Und in einem der beiden Klappkästen auf dem Deck haben Polizeibeamte eine weibliche Leiche gefunden«, wiederholte Jensen ein wenig ausführlicher.

Bernd Preuninger war blass geworden. »Ich habe das Boot, wie gesagt, seit Monaten nicht mehr bewegt, seit Jahren. Jemand muss mein Boot benutzt haben. Natürlich ohne mein Wissen. Missbräuchlich. Und zu der Toten kann ich gar nichts sagen. Haben Sie einen Namen?«

»Noch nicht, wir ermitteln. Vermissen Sie jemanden?«

»Nein.«

»Haben Sie ein Alibi?«

»Für wann?«, umschiffte Preuninger – bewusst oder unbewusst – Strullers Fangfrage.

»Gestern Nacht, gegen 23.00 Uhr.«

»Da war ich auf einer … Ausstellung.«

»Möbel?«, fragte Jensen.

»Äh … Ja.«

»Da gibt es sicher Zeugen?«

»Ich stelle Ihnen eine Liste zusammen.«

Schrank, Regal, Beistelltisch, dachte Jensen.

»Das ist sehr gut«, freute sich Struller.

Preuninger zog eine Schublade am Schreibtisch auf und hielt plötzlich inne. »Hängt das mit der Schießerei im Hafen zusammen? Von der im Radio die Rede war?«

»Ja genau. Das ist der gleiche Sachverhalt«, bestätigte Struller.

»Ich hab das in den Nachrichten gehört, aber nie gedacht, dass mein Boot damit in Verbindung steht.« Schnell notierte Preuninger mehrere Namen auf ein Blatt Papier.

Struller strich sich mit dem Finger über den Nasenrücken. »War der Lampenschirm gestern auch auf der Party? Dann könnten wir ihn gleich befragen.«

Preuninger blickte kurz auf. »Nein. Das, äh, war ein südenglischer Abend.«

»Chippendale?«

»Ja, eher. Viel schweres Leder.«

»Ich verstehe«, sagte Struller.

Jensen ging derweil im Büro auf und ab und studierte mehrere Fotos an den Bürowänden. Auf einem Bild stapelten sich mehrere nackte Männer zu einem Bücherregal. Das Bild kannte er aus dem Internet, aber hier hing ganz offensichtlich das Original. Auf einem anderen Foto stellten mehrere Personen im Schnee einen kompletten Schlitten mit Rentier im Gespann und Weihnachtsmann nach.

»Ich bitte aber ausdrücklich um ein Höchstmaß an Diskretion«, murmelte der Hausherr und blickte Struller und Jensen dann offen an. »Viele Kleingeister sind mit unserer Form der Sexualität überfordert.«

Der Lampenschirm nickte sacht.

»Beim sogenannten Lebendmöbel handelt es sich um ein erotisches Rollenspiel aus dem Bereich BDSM«, führte Preuninger aus. »Wie der Name schon sagt, benutzt der Top seinen Bottom als einen Gebrauchsgegenstand, welcher im weitesten Sinne als Möbelstück verstanden werden kann. Der lateinische Fachbegriff lautet übrigens Forniphilie.«

Struller steckte die Liste ein. »Ich weiß in etwa, was Sie meinen.«

»Das bezweifle ich«, seufzte Bernd Preuninger.

»Wir sind so diskret wie möglich, machen Sie sich keine Sorgen«, verabschiedete sich Struller.

Jensen winkte zum Abschied. »Wir finden alleine raus.«

»Übrigens«, hielt Struller beim Gehen noch einmal kurz inne. »Ihr Lampenständer hat einen Ständer.«

* * *

Knappe zwanzig Minuten später standen Struller und Jensen oberhalb eines kleinen Bootshafens an der Rotterdamer Straße. Edle Yachten, flotte Rennschlitten und kleine Bötchen tanzten auf den Wellen des großen Stroms.

»Ach, die Seefahrt«, seufzte Struller. Und setzte hinzu:

»Auf jedem Schiff, das kreuzt und segelt,
gibt's einen, der die Putzfrau vögelt.
Und ist das Schiff auch noch so klein –
Einer muss die Putzfrau sein!«

»Du bist ein großer, großer Poet, Pit«, lobte Jensen.

»Das ist wohl wahr, mein Freund.«

Eine schmale Steintreppe führte hinunter an einen schwankenden Bootssteg aus Metall, der auf der Wasseroberfläche schwamm. Hier unten roch es nach frischem Rheinwasser. Jensen tippte auf eine Tafel zu ihrer Linken. »Hier ist eine Übersicht.«

Struller fuhr mit dem Finger über die Spalten und tippte auf ein Viereck ganz am Ende der Übersicht. »Nummer 33, B. Preuninger. Das muss das Bootshäuschen sein.«

Vorsichtig marschierten die beiden Cops über den Bootssteg. Der Steg war weiterhin aus Metall. Unter ihnen war der Rhein zu sehen, der fröhlich durch sein Bett plätscherte. Da konnte einem schon schwindelig werden. Aber apropos Bett: Jensen gähnte ein weiteres

Mal herzhaft und hoffte inständig, dass auch sein Tutor langsam müde wurde. Sie hatten nonstop durchermittelt. Was hatte Struller denn für eine Kondition? Wurde der Knilch nie müde? Vampir oder was? Sie gehörten in die Federn. Er auf jeden Fall! Außerdem fiel ihm ein, dass zu Hause immer noch Besuch auf ihn wartete. Das hoffte er zumindest. Ob es sinnvoll gewesen wäre, eine Nachricht zu hinterlassen? Vielleicht sollte er mal kurz anrufen …

»Wir sind da«, stoppte Struller Jensens Gedankengang und deutete auf einen schmalen, aber hohen Holzschuppen, der im Wasser schwankte. Das Holz war hellblau gestrichen, eine rote 33 rechts neben einer großen Flügeltür verriet ihnen, dass sie richtig waren. Die Tür war mit einem massiven Bügelschloss gesichert.

Jensen friemelte Preuningers Schlüssel aus seiner Jeans und versuchte, ihn ins Schloss zu schieben.

»Pass auf Spuren auf«, raunzte Struller.

»Ich bin kein Anfänger.«

»Bist du doch!«

»Der Schlüssel passt nicht ins Schloss«, stellte Jensen fest. »Der Schlüssel ist viel zu breit für den Schlitz. Das Bügelschloss wurde ausgetauscht.«

»Hm«, machte Struller.

Das hatte er sich fast gedacht. Wäre es anders gewesen, hätten sie Preuninger gleich aufs Büro zerren können, denn das hätte bedeutet, dass er in die Sache verstrickt gewesen wäre. Das mochte sehr wohl trotzdem so sein, Struller nahm es aber nicht an.

Er zückte sein Handy und rief Faserspuren-Harald an. »Harald, schwing die Hufe! Es gibt Arbeit für dich. Du musst dir ein Bügelschloss ansehen. Spurenträger. Rotterdamer Straße, am Rhein, da gibt es einen Yachthafen, ein Bootshaus, die Nummer 33 … Was? Es gibt noch andere Fälle? … Ja, aber die sind alle nicht so wichtig wie meiner. Hau rein! Hier zieht es wie Hechtsuppe!«

Jensen war ums Bootshaus herumgegangen. »Hier ist ein Fenster. Kann man durch reingucken.«

»Und? Kein Boot?«, fragte Struller.

»Kein Boot. Nur eine Lagervorrichtung und darunter viel Wasser. Dann war das im Hafen tatsächlich das Boot vom Preuninger.«

»Okay. Harald? Bist du noch dran? Hier gibt es auch noch ein Bootshaus, das du dir … Gummistiefel? Keine Ahnung, pack sie ein!«

Struller drückte den Aus-Knopf und schnalzte nachdenklich mit der Zunge. »Preuningers Motorboot wird rausgeholt. Damit die unbefugte Ingebrauchnahme zunächst mal keiner bemerkt, wird das Schloss nach dem Knacken ausgetauscht. Sieht alles aus wie immer. Niemand hat den Diebstahl bemerkt.«

»Das bedeutet, dass mit dem Boot möglicherweise nicht nur eine einzelne Spritztour gemacht wurde, sondern dass es für eine längere Zeit oder mehrmals benutzt worden ist.«

»Richtig. Aber wofür?«

»Sicher nicht nur, um es im Hafenbecken auf den Bordstein zu krachen.«

Plötzlich wippte der Steg unter ihren Füßen.

»He, ihr zwei!« Mit großen, weiten Schritten marschierte ein Mann auf sie zu. Zielstrebig. Verantwortlich. Der Hausmeister. »Wat macht ihr hier?«

»Den kleinen Freischwimmer!«, rief Struller.

Der Mann trug eine speckige, schwarze Lederkappe und hatte eine Stimme wie ein Bulldozer. Unter seiner schwarzen Lederkutte pumpten mächtige Muskelberge. »Ich geb euch gleich Freischwimmer, du Clown. Ich ruf die Bullen!«

Jensen zückte seinen Dienstausweis. »Polizei ist schon da. Sind Sie hier der Hausmeister?«

»Hausmeister? Ich bin der Bootswart, wenn du das meins!«

»Ahoi«, sagte Struller.

Der stämmige Bootswart begutachtete mit prüfendem Blick den Ausweis. Der Kerl war um die fünfzig, bestimmt an die zwei Meter groß und schien direkt einer rustikalen Jack-London-Verfilmung entsprungen. Er hielt Jensens Ausweis ins Sonnenlicht und brummte mit tiefer Stimme. »Scheint echt zu sein.«

»Das will ich hoffen«, jauchzte Jensen. »Und wie heißen Sie?«

»Mathiowetz.«

»Herr Mathiowetz, wir …«

»Mathiowetz reicht.«

»Gestern gab es einen Unfall. Verwickelt darin war ein Motorboot, das eigentlich in diesen Schuppen gehört.«

Des Mannes Blick folgte Jensens Zeigefinger. »Wieso *eigentlich*?«

»Ja, weil es eben nicht im Schuppen stand, sondern durchs Hafenbecken gefahren wurde.«

»Quatsch!«

»Die JP 5000.«

Der Blick des Hünen senkte sich aufs unversehrte Bügelschloss. »Das Boot steht im Bootshaus.«

»Gucken Sie mal durchs Fenster«, forderte Jensen den Schiffchef auf.

Schnaufend trat der Berg ans Fenster. »Teufel, der Schuppen ist leer.«

»Bei Neptuns sieben Töchtern, kein Boot!«, jubelte Struller.

Mathiowetz deutete aufs Schloss. »Es ist aber abgeschlossen.«

»Das Schloss wurde aufgebrochen und durch ein neues ersetzt.«

»Wann soll das denn passiert sein?«

»Sagen Sie es uns!«

Mathiowetz strich sich übers Kinn. Bartstoppeln schmirgelten Haut. »Weiß ich doch nicht. Is mir noch nicht aufgefallen. Ich geh doch nicht rum und guck in die ganzen Bootshäuser. Ab und zu kontrollier ich die Schlösser, aber dass da eins ausgetauscht worden ist, das hab ich doch nicht mitgekriegt. Der Preuninger, dem das Boot gehört, ist sowieso ein Komischer. Hab den noch nie mit dem Boot fahren sehen.«

»Er hat noch andere Hobbys«, erklärte Struller. »Lampen und Möbel und so.«

»Aha.«

»Gibt es hier rund um die Uhr eine Aufsicht?«

Mathiowetz lachte krachend. Die Möwen auf der anderen Rheinseite schreckten auf. »Rund um die Uhr? Wer soll das denn bezahlen? Der Einzige, der hier regelmäßig nach dem Rechten gucken tut, bin ich. Ich hab das hier unter Kontrolle. Äh ... meistens.«

»Herr Mathiowetz, Sie werden jetzt auf meine Kollegen von der Spurensicherung warten. Wir, Jensen, mein Sportsfreund, machen Feierabend. Wir holen jetzt ein bisschen Schlaf nach. Und treffen uns heute Abend um zehn am Präsidium. Ich möchte mir den Tatort zur originalen Tatzeit angucken. Ich kann mir nicht vorstellen, dass es keine Zeugen gibt, bei dem, was in der Nacht los war.«

»Ähm, können *Sie* nicht auf Ihre Kollegen warten?«, fragte Mathiowetz mit sichtlichem Unbehagen. Wahrscheinlich hatte er wie jeder andere Mensch seinen Tag anders verplant.

Struller wippte, der Boden schwappte unter ihnen. »Wir? Hier warten? Auf keinen Fall. Ich werde unheimlich schnell seekrank.«

* * *

Mathiowetz blickte den beiden merkwürdigen Polizisten hinterher und kratzte sich nachdenklich unter der schwarzen Lederkappe. »Mist«, flüsterte er und fügte in Gedanken hinzu, dass das aber jetzt schnell gegangen sei. »Andererseits …«

Andererseits hatten sie ein paar sehr unangenehme Fragen *nicht* gestellt. Ein gutes Zeichen!

Mathiowetz beobachtete, wie die beiden Bullen die schmale Betontreppe hochkraxelten und dann in ihren Dienstwagen stiegen. Nachdem der Wagen davongefahren war, schritt er zügig zurück in seine Bootshütte am Ende des Stegs, die ein großes, farbiges Schild über der Eingangstür als *Rezeption* kenntlich machte. Hastig griff er zum Telefonhörer und hämmerte mit seinem dicken Zeigefinger eine Nummer in die Tastatur.

»Hallo?«, meldete sich der Teilnehmer am anderen Ende.

»Ich bin es. Zwei Bullen waren hier und haben sich nach dem Boot erkundigt. … Ja, das, was nicht mehr da ist. Natürlich. … Ja, verflucht, ich finde auch, dass das schnell ging. Und mich kotzt es an, jetzt in irgendeine verfluchte Kacke … Ja, ich weiß! Natürlich … Und sag mir nicht, dass ich ruhig bleiben soll!« Mathiowetz lauschte und mit jeder Sekunde stieg sein Blutdruck. »Diese Affen! Ja … Ich bleib ja ruhig. Ich hab dir von Anfang an gesagt, dass ich auf diese kranke Scheiße keinen Bock habe. Ich wollte von Anfang an nur, dass … Sag mir nicht, dass ich ruhig bleiben soll!«

Mathiowetz legte auf und strich sich einen Schweißfilm von der Stirn. »Ich bin ja ruhig. Ich. Bin. Ja. Ruhig«, flüsterte er und spürte, wie seine Knie zitterten.

Dieser ganze, kranke Quatsch war ihm von Anfang an gegen den Strich gegangen. Mit jeder Sekunde wurde ihm klarer, in was für einen dämlichen Schlamassel ihn diese Ochsen geführt hatten.

»Scheiße!«

Er hatte doch nur vorgehabt … Nachdenklich strich er sich übers stoppelige Kinn. Er war gezwungen, alles, aber auch wirklich alles zu hinterfragen. Er musste reagieren, um unbeschadet aus dieser verschissenen Nummer rauszukommen.

»Großes Besteck«, murmelte er.

Ganz in Gedanken griff er hinter ein Bücherregal und rupfte eine Flasche Asbach ans Tageslicht. Nachdenklich schraubte er den Verschluss ab und setzte sich die Flasche an die Lippen.

»Großes Besteck. Da hilft nur großes Besteck.«

Aber auch nach dem dritten, kräftigen Schluck, fand er, hatte sich seine Situation keinen Deut verbessert.

Dann klingelte das Telefon.

Mathiowetz ruckte die speckige Lederkappe gerade, atmete tief ein und ahnte, wer anrief. Denn es war ja klar, dass nicht nur er selbst jetzt reagieren musste!

* * *

Während des Heimwegs kam Struller ins Grübeln. Nach dem irren *Teufelshaken*-Fall und der üblen *Bluthunde*-Story hatte er gehofft, dass es die nächsten Mörder ein wenig konventioneller angehen würden. Ehefrau überfährt den fremdgehenden Ehemann mit dem Zweitwagen. Oder was simpel Gewalttätiges unter Kegelbrüdern. Im Suff. Auf der Bahn. Mit der Kugel. Aber dem war ganz offensichtlich nicht so. Dieser Fall hatte noch nicht mal trockenen Boden unter den Schuhen.

»Eine Leiche auf einem Boot zurückzulassen? Einen Junkie einfach wegzupusten? Ging es dämlicher?«

Entsprechend unzufrieden und mit der Gesamtlage hadernd, steuerten seine Füße von ganz alleine nicht sein erstes, sondern sein zweites Zuhause an. Kraftvoll stieß Struller in Unterrath die Kneipentür zum *Aquarium* auf. Sein bester Freund und Kneipenwirt stand hinterm Tresen, The Who ließen es krachen. *My Generation*.

»Tag Krake, Tag Pete, Tag Roger!«

»Du kommst mir gerade recht«, grüßte Krake in einer Stimmung zurück, die zum Song passte.

Es war erst kurz nach elf am frühen Morgen, aber gleichwohl daddelte schon ein kneipenblasser Glückssucher mit totem Blick am Spielautomat, zwei jugendliche Schulschwänzer spielten Billard. Sonst war die Kneipe noch leer.

Struller schraubte sich auf seinen Barhocker. »Bist du schlecht drauf?«

»Kann man so sagen.«

»Mach mir trotzdem ein Alt.«

Krake schob ein Bierglas unter den Zapfhahn. »Bei der Polizei arbeiten auch nur noch Trottel!«

»Hä?«

»Alle bekloppt!«

Struller zuckte teilnahmslos mit den Schultern. Ihm fielen da tatsächlich auf Anhieb ein paar intelligenzferne Mitstreiter ein, die der liebe Gott ein wenig unaufmerksam auf den letzten Drücker ganz kurz vor Feierabend zusammengeschraubt hatte.

»Bei mir ist eingebrochen worden«, erklärte Krake und klebte das Bier vor Struller auf die Theke.

»Ach? Was wollten die denn hier klauen? In deiner Kaschemme gibt es doch nichts zu holen.«

»Die Nacktfotos von dir. Letztes Jahr Silvester. Du erinnerst dich? Die Sache mit dem Staubsauger«, brummte Krake.

Der Mann am Spielautomat holte mit viel Getöse am Automaten eine Serie.

Struller nickte. »Ich erinnere mich. Da warst du ziemlich eifersüchtig. Wie lange wart ihr vorher zusammen? Der Staubsauger und du? Dreieinhalb Jahre?«

»Ein Fenster hat der Gauner aufgehebelt, die Kasse hat er aufgebrochen, das Kleingeld hat er mitgenommen. Als ob es hier ein Vermögen zu holen gäbe. Ich hab ja noch mehr so Spezialgäste wie dich, die immer nur anschreiben lassen.«

Struller nippte am Bier. »Und? Haben sie den Täter schon?«

Krake winkte ab. »Den kriegen die doch sowieso nie. Ich hab sooo einen Hals.«

Krake deutete mit beiden Händen an, wie dick sein Hals war. Da ihm allerdings der linke Arm nach einem Verkehrsunfall mit Straßenbahn am Schillerplatz seit einigen Jahren fehlte, musste Struller sich die linke Hand dazu denken. So sah das bei Krake zwar ein wenig unvollständig aus, aber Struller konnte ahnen, wie dick der Hals sein sollte. Sehr dick.

»Es wird viel eingebrochen, Krake.«

»Ja. Die Gauner müssen ja auch nicht damit rechnen, dass sich ihnen polizeiliche Qualität entgegenstellt. Selbst wenn sie Spuren hinterlassen.«

»Ach? Was für Spuren?«, fragte Struller neugierig.

»Das ist es ja, was mich so fassungslos macht. Was für Trottel!«

Struller verdrehte seine Augen. »Wieso waren das Trottel?«

»Fehlendes Gehirn?«, schlug Krake vor. »Zu viel Zeit auf dem Schießstand verbracht? Zu viel Blei eingeatmet? Sag du es mir! Warum verblödet man als Polizist?«

»Tja …«, setzte Struller an, da gab es viele Gründe.

Krake beugte sich über den Tresen. »Stell dir vor, sie haben auf dem Fenstersims einen Handflächenabdruck festgestellt und mit einer Folie sichergestellt. Jetzt kriege ich heute Vormittag ein Anschreiben, dass ich zum Präsidium kommen soll, damit man von meiner Hand einen Vergleichsabdruck nehmen kann.« Krake blickte Struller an. »Es handelt sich um den Abdruck einer linken Hand.«

»Oh.« Struller verstand. Und grinste. »Und gehst du hin?«

»Ich könnte hingehen und denen einen Handflächenabdruck geben. Aber mit der rechten Hand. Mitten in die Fresse!«

»Tja, im Umgang mit Körperlich-Teiltalentierten ist immer ein hohes Maß an Sensibilität erforderlich.«

Krake schniefte. »Ich gebe dir gleich teiltalentiert was auf die Zwölf! Deine Kollegen sind doch offensichtlich zu dämlich, ein Loch in den Schnee zu pissen! Wie wollen die dösigen Trantüten denn einen Einbrecher zur Strecke bringen?«

»Vielleicht wollen sie dich als Verdächtigen ausschließen!«

»Hallo? Der Handflächenabdruck! Wie soll ich bei dem Spurenbild das Ding denn drehen? Ich weiß doch gar nicht, wo mein linker Arm abgeblieben ist.«

»Vielleicht klemmt er ja immer noch unter der Linie 708.«

»Kann schon sein.«

»Wie das in der Bahn manchmal müffelt.«

»Möglich.«

Struller exte sein Bier. »Mach mal noch eins. Und tu mal einen von deinen ekligen Bremsklötzen dazu. Ich hab noch nicht gefrühstückt. Aber mit Senf. Ohne kriegt man die Dinger ja nicht runter.«

Krake beugte sich über den Tresen. »Ich verrate dir ein Geheimnis. Das ist, weil ich Rasierklingen druntermische.«

»Hm. Scharf«, summte Struller.

»Und trink nicht so schnell«, mahnte Krake.

»Ich hab keine Zeit, langsam zu trinken. Ich hab wieder einen Fall. Mann, Mann, Mann. Ein Motorboot macht einen Unfall. Ein Junkie steht am Ufer und wird erschossen. Im Boot finden wir einen Leinensack mit Leiche und dann wird noch auf einen Kollegen geschossen.«

»Hui«, summte Krake und füllte ein Glas.

»Aber jetzt hat der Täter ein ernstes Problem. Nämlich mich!«

Die Mikrowelle mit der Fricko drin sagte *Pling,* weil sie fertig mit Warmmachen war.

»Ich finde es nämlich doof, wenn auf Kollegen geschossen wird.«

»Hm. Ist das die Sache aus dem Hafen? Kam schon im Radio und ich hab was auf RP-Online gelesen?«, fragte Krake.

Die Small Faces stimmten *Tin Soldier* an.

»Genau die Sache.«

Krake beugte sich über die Theke. »Das mit dem Schuss, das ist in einer dieser geschlossenen Fabrikhallen passiert, oder? Ich wundere mich sowieso, warum die Gebäude da im Hafen nicht längst abgerissen sind. Rotten doch bloß vor sich hin.«

Struller nippte eine Zustimmung.

»Was sich in diesen alten, vergammelten Gebäuden alles abspielt, möchte ich gar nicht wissen. Ich denke, dass sich da ganze Generationen von Gaunern rumtreiben. Und brennt es da nicht andauernd? Irgendwann wird jemand das verfluchte Gebäude komplett abfackeln, verlass dich drauf. Und dann bin ich mal gespannt, was sich in der Asche alles findet.«

Krake drehte sich um und widmete sich seiner Zapfanlage. Struller genoss in Ruhe seine Frikadelle, die besonders gut schmeckte. Er war hungriger als gedacht und tatsächlich ja schon einige Zeit auf den Beinen.

The Train kept A-Rollin.

Das war den Billardspielern musikalisch nun doch eine Nummer zu hart.

»Geht der Lärm auch ein bisschen leiser?«

»Das ist kein Lärm, das sind die Yardbirds, ihr Banausen!«

Einer der beiden wedelte mit seinem Queue. »Mach mal was Entspanntes. Mach mal was von Eric Clapton!«

Krakes und Strullers Blicke trafen sich müde. Die Welt war komplett aus dem Gleichgewicht. Wer, bitteschön, hatte denn bei den Yardbirds 1966 die gottgleiche Gitarre gespielt? Ja sicher, Slowhand Eric Clapton!

»Mein Gott«, flüsterte Krake.

Struller wischte nachdenklich mit dem letzten Rest Frikadelle seinen Teller sauber. Krake hatte einen bemerkenswerten Aspekt angesprochen. Natürlich unbewusst ... Wieso war das alles am Hafenbecken Nummer 6 passiert? Was machte das Motorboot dort?

Es war vielleicht wirklich interessant, was das für Gebäude waren, die leer und trostlos ums Becken vor sich hinfaulten. Und wem sie gehörten. Der komplette Sachverhalt war noch so diffus, dass sie bei ihren Ermittlungen jeder Spur nachgehen mussten.

Der Mann am Daddelautomat holte lärmend eine zweite Serie.

Struller blickte auf die Uhr. Es ging auf zwölf Uhr Mittag zu. Zeit, aufzubrechen. »Krake, mach mir noch so einen Kneteballen zum Mitnehmen.«

»Mit Rasierklingen?«

»Aber selbstverständlich!«

* * *

Seine Kommilitonin hatte nicht auf ihn gewartet. Jensen ließ sich müde an den Küchentisch fallen. Aber sie hatte eine Nachricht auf dem Tisch hinterlassen.

Danke fürs Asyl. Feuerwerk auf der Kirmes. Und im Bauch! Der Abend hat Spaß gemacht. Bis du eingeschlafen bist … Frühstücken wäre gut gewesen.

Ich melde mich morgen! Und geb dir den Haustürschlüssel zurück, mit dem ich die Tür hinter mir abgeschlossen habe.

Nadine.

PS. Du musst unbedingt mal deine Bude aufräumen und feucht durchwischen.

Das las sich doch gar nicht schlecht, dachte Jensen, gähnte und pulte sich die Schuhe von den Füßen. Müde wankte er ins Bad, zog sich aus, duschte warm und begutachtete im Spiegel seinen geschundenen Körper. Die Ausmaße der Beule am Hinterkopf hielten sich in Grenzen. Sicherheitshalber legte er eine Schmerztablette nach. Die Kratzer an der Schulter und am Bauch würden verheilen, nichts Bleibendes. Seinen Kollegen hatte es deutlich schlimmer getroffen …

»Scheiße.«

Jensen schüttelte ärgerlich den Kopf. Nur so gerade eben schaffte er es bis zum Bett.

»Haustürschlüssel«, brummte Jensen.

Offensichtlich hatte seine Kollegin ein sehr, sehr einnehmendes Wesen. Bimmelte da irgendwo in seinem Hinterkopf ein Alarmglöckchen? Fast hätte Jensen vergessen, für abends den Wecker zu stellen.

»Dienst ist Dienst«, murmelte er.

Und schlief sofort ein.

* * *

Sie fragte sich zum hundertsten Mal: »Wo bin ich?«

Und wie von selbst schlossen sich mehrere Fragen automatisch an. Was war passiert? Was sollte das alles? Was hatten sie mit ihr vor? Wo war Anna? Wieso war ihre Freundin nicht hier?

Sie stand auf und verzog schmerzvoll das Gesicht. Die Fleischwunde unter ihrem linken Fuß schmerzte, obwohl … Sie blickte auf das kleine Beistelltischchen und ergriff nachdenklich das kleine Fläschlein, das dort stand. Sie konnte das Wort auf dem Etikett nicht lesen, wusste aber, was der Inhalt war.

»Jod«, flüsterte sie.

Neben dem Fläschchen lagen Verbandszeug, Pflaster, eine Salbe. Das hatte sie nachdenklich gemacht. Und konnte doch nur eines bedeuten? Man sorgte sich um sie. Sie sollte nicht sterben!

»Nicht sterben …«

Aber was dann? Was hatten … sie … dann mit ihr vor?

Sie strich eine lange, strohblonde Strähne aus dem Gesicht. Ihr Blick glitt durch den Raum. Rund. Er war rund, der Raum. Und es war kühl. Sie hätte auf eine dunkelgrüne Wolldecke zurückgreifen können, die auf einem Holzstuhl lag, aber das war nicht nötig. Sie lauschte. Aber es war nichts, gar nichts zu hören. Es gab kein Fenster und ihr war längst klar, dass sie sich in einem Keller befand.

»Im Keller eines Turmes?«

Lief das alles auf eine lange, elendige Gefangenschaft hinaus? Die runde Grube aus *Schweigen der Lämmer* fiel ihr ein … Sie schlang ihre Arme um sich. Würde man sie …? Und wie spät war es? Helligkeit und Dunkelheit gab es nicht, sie hatte jedes Gefühl für Zeit verloren.

Sie fuhr herum.

An der Tür! In die Holztür eingelassen befand sich ein Spion. Hatte sie auf der anderen Seite einen Schatten gesehen, hatte sie ein Geräusch gehört? Das war unmöglich, Quatsch. Das konnte man sich einreden, aber so was war nicht wirklich zu erkennen. Sie mahnte sich streng, nicht durchzudrehen. Sie musste ihre Sinne zusammenhalten!

Mit einem Ruck senkte sich die Klinke, langsam wurde die Tür geöffnet.

»Setzen Sie sich bitte aufs Bett«, sagte eine männliche Stimme, höflich in der Wortwahl, aber bestimmt im Tonfall.

Sie schnappte nach Luft. Eine Gänsehaut kroch über ihren zitternden Körper, ihre Finger krallten sich in die Haut. Die Stimme des Mannes ließ sie frösteln. Nicht die Wortwahl! Nicht der Tonfall!

Warum, warum sprach der Mann schwedisch mit ihr?

4. Kapitel

Jensen holperte den Dienstwagen fluchend durch den Baustellenbereich der Franziusstraße. Im Düsseldorfer Hafen wurde *immer* gebaut. Mal ein Zubringer, mal eine Straßenbahnhalte, mal ein Bürogebäude, meistens Mist. Hauptsache: bauen.

»Noch eine Tatortbesichtigung«, kommentierte Jensen. »Das ist unsere dritte.«

Struller schniefte. »Übersicht gewinnen! Ich hab da so ein Bauchgefühl.«

»Hunger?«

»Das Hafenbecken, die leeren, verlassenen Fabrikhallen. Ich bin mir sicher, da gibt es ein Geheimnis. Das war noch nicht alles. Irgendwann springt es uns an, glaub mir!«

Ein roter Toyota flog ihnen entgegen.

»Der hat es aber eilig«, kommentierte Struller und blickte dem Wagen hinterher.

»Vielleicht illegale Autorennen, hab da neulich so was gelesen«, murmelte Jensen und hielt die Spur.

»Kennzeichen MO-RD … Steht drauf, was er vorhat«, feixte Struller.

Jensen grinste und bog schwungvoll rechts in die Kesselstraße ab. »Dieser merkwürdige Gregorius Scharfenstein hat uns ja tatsächlich was in Aussicht gestellt. Quasi. Wann erzählst du mir eigentlich …«

»Was ist denn hier los?«, unterbrach ihn Struller und deutete durch die Windschutzscheibe nach vorne.

Jensen stoppte den Dienstwagen. Gleich vor ihnen, direkt am Hafenbecken, parkte ein Streifenwagen. Ohne Licht. Direkt neben den schwarz-verkohlten Resten von Bergstreckls Feuerstellensteinkranz.

»Da sitzt keiner im Streifenwagen drin.«

»Komisch«, murmelte Struller und stieg aus.

Jensen folgte ihm und trat an die Fahrerseite des silber-blauen Passats. Im Inneren summte leise der Digitalfunk. Jensen versuchte den Streifenwagen zu öffnen, aber die Tür war verschlossen.

»Kann ich helfen?«, krachte hinter ihnen eine Stimme.

»Mensch, Gerlach!«, erschreckte sich Struller.

»Habt ihr noch nie einen Streifenwagen gesehen?«, bellte der Dienstgruppenleiter und trat von hinten aus dem Schatten.

Struller hatte sich schon wieder gefangen. »Ich wurde in einem Streifenwagen gezeugt. Was machst du hier?«

Der Cop deutete auf seine Uniform. »Wonach sieht es denn aus? Gartenarbeit? Schiffschaukelbremsen? Ich bin im Dienst, Kollege.«

Struller deutete mit weiter Geste über das Hafenbecken. »Eine Alkoholstandkontrolle? Geschwindigkeitsmessungen?«

»Einer meiner Kollegen hat gestern dusselig seine dienstliche Taschenlampe verloren. Hab mal geguckt, ob ich sie finde.«

»Und?«, fragte Jensen.

»Was und?«

»Hast du sie gefunden?«, fragte Struller.

Gerlach rümpfte die Nase und wechselte das Standbein. »Nee. Muss der Trottel eben bei Tageslicht mal gucken oder eine offizielle Verlustmeldung schreiben.«

»Reißt du ihm jetzt den Arsch auf?«, fragte Struller unschuldig.

»Leck mich, Struller!«, brummte Gerlach, fiepte seinen Passat auf, stieg ein und fuhr mit durchdrehenden Dienstreifen davon.

»Eine dienstliche Taschenlampe?«, fragte Struller.

»Eine kleine, dunkelbraune Stabtaschenlampe«, erklärte Jensen. »Persönlich mit Individualnummer jedem Polizisten zugeteilt. Das Teil tragen die Kollegen des Streifendienstes am Holster. Ziemlich praktisch.«

Die beiden blickten stumm dem davonbrausenden Streifenwagen hinterher und hatten das Hafenbecken jetzt für sich ganz alleine. Sie standen nebeneinander auf der Kesselstraße an der Kaimauer, musterten die finsteren Gebäudefronten und lauschten in die Nacht hinein. In der Ferne brummten Kraftfahrzeuge, eine Fabrik ließ zischend Dampf ab. Das Wasser vor ihnen gurgelte gleichmäßig. Es roch malzig nach Futtermittel. Irgendwo wurde eine Maschine bewegt. Aber in ihrem unmittelbaren Nahbereich: Totenstille.

Jensen hatte mit geschlossenen Augen gelauscht und schüttelte jetzt den Kopf. »Nichts zu hören.«

Struller schaute auf die Uhr. »23.00 Uhr. Das müsste die Tatzeit gewesen sein. Hm.«

Sein Blick war die dunklen Fassaden der am Hafenbecken liegenden Gebäude komplett entlanggewandert, aber ihm war keine einzige Lichtquelle aufgefallen. Lichtquellen hätten Personen bedeutet. Personen könnten potentielle Zeugen sein.

»Schade. Nirgendwo brennt Licht«, bestätigte ihm auch Jensen. »Ich hatte gehofft …«

Und dann fuhren beide zusammen.

»Hast du das auch gesehen?«, raunte Jensen hektisch.

Struller nickte. »Hab ich.«

An einem Fenster in der dritten Etage der ehemaligen Papierfabrik hatte es ganz deutlich, ganz scharf und ganz hell geblitzt.

»War das Mündungsfeuer? Ein Schuss? Mit Schalldämpfer? Wird auf uns geschossen?«

»Ruhig! Ganz langsam, Sportsfreund. Ich denke nicht, wieso sollten die auf uns ballern? Langsam jetzt. Wenn die uns aber beobachten, sollen sie nicht merken, dass wir sie entdeckt haben.«

Jensen kniff seine Augen zusammen. »War das in der dritten Etage?«

»Und dann das vierte Fenster«, brummte Struller.

Lässig vergrub er nun seine Hände tief in den Hosentaschen und schlenderte unauffällig langsam die Kesselstraße entlang. Jensen blieb an seiner Seite. Geschickt brachte Struller ein weißes Stromhäuschen zwischen sich und das Fenster, an dem die Lichtquelle aufgeblitzt war. Dann beschleunigten die beiden ihre Schritte und sprangen die schmalen Stufen zum Eingang hoch, der immer noch lediglich durch eine etwas dickere, durchsichtige Plastikplane gesichert wurde.

Jensen schluckte. Kurz nachdem er das letzte Mal das Gebäude betreten hatte, hatte es einen schwer verletzten Kollegen gegeben. Entschlossen zog er seine Dienstwaffe aus dem Holster. Das sollte ihm hier kein zweites Mal passieren!

»Leise«, flüsterte Struller und zog seinerseits eine Taschenlampe aus der Jacke. »Varta. Auch dienstlich geliefert und persönlich zugeteilt. Modell 1979. Ohne Codierung.«

»Brauchen wir Verstärkung?«, fragte Jensen.

»Wir müssen schnell sein. Lass uns erst vorsichtig nachgucken!«

Sie hasteten durch die Halle zur Steintreppe, die an der hinteren, zum Hafenbecken gelegenen Wand des Gebäudes nach oben und unten führte. Die Treppe hatte kein Geländer, die Stufen waren brüchig. Vorsichtig setzten sie einen Fuß vor den anderen, ging es Stufe für Stufe voran. Kein Laut, nur nichts verraten. Struller legte eine Hand über die grobe Lichtquelle, um sie zu dimmen.

»Wir sind jetzt in der zweiten Etage«, murmelte Jensen, als sie die nächste Plattform erreichten.

Sie stiegen weiter durch das nach altem Staub riechende, nackte Treppenhaus nach oben. Dort angekommen, legte Struller einen Zeigefinger über die Lippen. Jensen hörte es auch. Da war jemand. Menschen. Mehrere. Nicht nur einer. Eine Frau. Jensen war sich sicher. Er hörte das Wimmern einer Frau.

»Was …?«

»Pst«, zischte Struller und reckte den Daumen. Hier waren sie richtig!

Vorsichtig schlichen sie voran. Jetzt war auch eine Lichtquelle zu erkennen. Weiter den Flur herunter. Sie befanden sich in einem ehemaligen Großraumbüro. Mehrere, dünne Holzwände trennten einzelne Nischen ab. Struller deutete nach vorne. Eine der Nischen war mit schweren Stoffvorhängen verhangen. Damit kein Licht nach außen dringen konnte.

Das Wimmern wurde lauter, heftiger.

Das vierte Fenster? Kam hin, dachte Struller.

Jensen hörte Musik, die die Geräusche wohl übertönen sollte. Oder begleiten? Wäre jetzt der richtige Zeitpunkt für uniformierte Verstärkung?

»Hilfe!«, schrie eine Frau auf der anderen Seite des Vorhangs.

Aus dem Augenwinkel erkannte Jensen, dass auch Struller inzwischen seine Pistole entschlossen in Anschlag gebracht hatte. Keine Zeit für Verstärkung, der Überraschungseffekt sollte auf ihrer Seite liegen. Sie würden sich lautlos, aber so gut es ging, abstimmen, bevor sie …

In diesem Moment wurde der schwere Vorhang zur Seite gezogen. Die beiden Cops rissen ihre Waffen hoch. Ein Mann trat – mit einem Mobiltelefon in der Hand – in den Flur. Struller drückte dem vollkommen überraschten Kerl seine Pistole an die Schläfe und zischte leise. »Polizei. Keine falsche Bewegung!«

Jetzt musste es schnell gehen. Und grob werden! Mit einem kräftigen Stoß schubste Struller den Mann zurück durch den Vorhang. Jensen drängte hinter den beiden in den Raum. Grell gleißendes Licht blendete die beiden Ermittler.

Struller riss die Knarre in alle Richtungen und brüllte: »Polizei! Keiner bewegt sich!«

Jensen tat es ihm gleich. Und tatsächlich verharrten alle Personen im Raum wie geheißen. Jensen schluckte. Regungslos starrten die Menschen ihn entsetzt an.

Was merkwürdig aussah.

Ein Mann mit Schirmmütze staunte mit offenem Mund. Offene Münder gab es hier überhaupt sehr viele. Jensen zählte ... acht Personen. Was nicht einfach war, denn teilweise lagen sie übereinander. Und es war auf dem ersten Blick nicht leicht zu erkennen, welches Bein nun zu welchem ... und so weiter.

»Verdammt«, flüsterte Struller.

Sie waren mitten in Drehaufnahmen hineingeplatzt.

»Cut!«, rief der Mann mit der Schirmmütze, der außerdem einen fliederfarbenen Anzug und eine pinkfarbene Krawatte trug. Mit anderen Worten, ein Mann, der Angst einflößend furchtbar aussah.

Ein dickbäuchiger Kerl mit Vollbart ließ schnaufend die Kamera sinken, ein Tonarm glitt zu Boden. Ein Mann an der Beleuchtung tat nichts. Struller und Jensen waren mitten in die Aufnahmen eines Pornofilms geplatzt.

»Polizei!«, erklärte Jensen noch einmal, dem erschrocken auffiel, dass der ältere Mann, der ihnen mit dem Handy am Ohr entgegengekommen war, nur mit einer Unterhose bekleidet war. Weiß. Schiesser. Feinripp. Mit Eingriff. Die Unterhose war ein bisschen zu groß, sodass man von der Seite hineinsehen konnte. Oder musste!

Ein furchtbarer, haarig-faltiger Anblick!

»Mensch, das darf doch nicht wahr sein. Was macht ihr Figuren denn hier?«, maulte der Regisseur, der *Cut* gerufen hatte.

Struller packte die Waffe weg. »Na, was *ihr* hier macht, das ist ja wohl offensichtlich.«

Zwei Darstellerinnen versuchten mit ihren Händen zu verdecken, was sich nicht verdecken ließ und pressten sich schließlich Handtücher vor den Körper. Mit wippendem Gemächt versuchte der nackte Hauptdarsteller in eine grün-weiß gestreifte Boxershorts zu schlüpfen, was nicht gelingen wollte.

»Viagra«, erklärte er mit gepresster Stimme.

»Wir machen nichts Verbotenes!«, behauptete der Kameramann.

»Sah zumindest nicht so aus«, bestätigte Struller.

Ein Labrador, der in der Ecke in einem Körbchen lag, schien wirklich nur Dekoration zu sein.

»Wir drehen einen Film«, erklärte der Regisseur.

»Aha«, sagte Struller.

Die beiden Darstellerinnen pressten sich eilig in ihre Kleider. Das machte es nicht besser, denn ihre grellfarbigen Klamotten bestanden zum größten Teil aus Löchern.

»Haben Sie gestern auch schon hier gefilmt?«, fragte Struller, um abzuchecken, ob die Mischpoke hier überhaupt als Zeuge infrage kommen konnte.

»Das ist unser dritter Drehtag. Das wird ja kein Schmuddelfilm, sondern die Fortsetzung eines Klassikers.«

»*Die Fleischpeitsche kehrt zurück*«, erklärte der Mann mit der Boxershorts, die einfach nicht passen wollte. So sehr er auch an sich rumdrückte. Viagra? Da war einfach noch zu viel. Vorne. Und zu wenig Platz in der Hose, weil …

Meine Güte, dachte Jensen, das konnte doch nicht alles echt sein!

»Die *Fleischpeitsche* sind Sie, nehme ich an?«, fragte Struller.

»Nein«, antwortete der Mann, auf einem Bein hüpfend. »Ich bin Boris Bums.«

»Oh«, dachte Struller, hätte aber gepasst. Wie sah denn dann die *Fleischpeitsche* aus? Untenrum.

»Die Hauptrolle spielt natürlich wieder Ronny Riemen«, erklärte der Boss in einem Tonfall, als müsste jeder Filmfan Ronny Riemen kennen.

Jensen musterte die übrigen Anwesenden. Da sah jetzt keiner aus wie ein *Ronny Riemen*. Er hatte da gewisse anatomische Vorstellungen. Wegen des Namens.

»Und wo ist dieser Ronny?«

»Draußen auf dem Balkon. Eine rauchen«, erklärte eine der beiden Frauen, die ihr langes, blondes Haar offen trug und deren Körper ein riesiges, buntes Tattoo zierte, das man stundenlang angucken wollte.

»Ronny?«, rief der Filmboss und blickte nach rechts in Richtung eines weiteren, schweren Vorhangs.

Jensen trat schnell auf die andere Seite des Raumes und zog den Vorhang zur Seite, der den Ausgang zum Balkon verdeckt hatte. Aber der Balkon war leer.

Jensen beugte sich über die Brüstung des Balkons, der zum Hafenbecken führte. »Hier ist keiner.«

»Warum haut der Ronny denn ab?«, fragte die Blonde, die sich ein T-Shirt über die Brüste zog mit der Aufschrift: *Gloria Hole*.

Struller riss sein Handy ans Licht und drückte 110.

»Polizei, Leitstelle Düsseldorf, am ...«

»Ansgar? Struller hier! Ich brauche alles, was Augen im Kopf hat, hierhin zum Hafenbecken 6, Rückseite alte Papierfabrik. Eine männliche Person ist flüchtig!«

»Kriegst du. Hast du eine Beschreibung, einen Namen?«

»Der Flüchtige heißt Ronny Riemen.«

Der Filmboss flüsterte. »Eine goldfarbene Unterhose. Er trägt eine goldfarbene Unterhose.«

»Bis auf eine goldfarbene Unterhose ist der Flüchtige nackt«, ergänzte Struller.

»Ich schick dir alles, was ich habe«, versprach der Mann der Leitstelle.

Struller deutete in die Runde. »Wie heißt der Ronny richtig? Wo wohnt er?«

Großes Kopfschütteln. Der Regisseur antwortete für alle. »Keine Ahnung. Wir kennen den Ronny nur unter Ronny Riemen. Ich hab eine Handynummer. Keine Ahnung, wo der wohnt.«

Struller blähte die Nasenflügel, was wirklich sehr, sehr gemein aussah. »Ihr zieht euch was über und dann geht's auf die Wache, zur Vernehmung!«

»Ich protestiere!«, erklärte der Regisseur.

»Halt die Klappe, Spielberg! Ich will wissen, wer der Typ ist, der in goldfarbener Unterhose vor der Polizei wegrennt. Und warum. Auf geht's!«

* * *

»Scheiße«, fluchte Jensen und legte verärgert den Hörer zurück in die Halterung. »Die Fahndung ist negativ, der Kerl ist wie vom Erdboden verschluckt. Es ist zum Haareraufen. Wenn ich direkt auf dem Balkon nachgesehen hätte, hätte ich ihn vielleicht noch dort angetroffen. Oder gleich am Kragen gepackt.«

Struller grunzte. »Kein Kragen. Er hatte nur eine Unterhose an. Genauso mein Fehler! Obwohl ich ja eigentlich keine Fehler mache. Ronny Riemen geht auf den Balkon eine quarzen. Er zieht den Vorhang zur Seite. Das grelle Scheinwerferlicht fällt für einen Moment nach draußen. Das war das Aufblitzen, was wir gesehen haben.«

Jensen schnaufte. »Und jetzt?«

»Wird schon seinen Grund haben, warum unser Hauptdarsteller sich auf so halsbrecherische Art und Weise verdünnisiert hat.«

»Der Kerl ist über die Balkonreling geklettert und zwei Meter tief auf ein schmales, marodes Flachdach gesprungen. Total riskant! Der hätte sich alle seine blanken Pornogräten brechen können.«

»Ein mehr als beeindruckendes Fluchtverhalten! Vielleicht findet Harald was. Ronnys Klamotten, die er zurückgelassen hat, gehen zur Kriminaltechnik. Vielleicht können DNA-Spuren gesichert werden.«

Jensens Telefon rappelte erneut. »Ja? ... Scheiße!« Er legte auf. »Ronnys Nummer gehört zu einem Prepaid-Handy. Kein Teilnehmer zu ermitteln. Das Ding ist ausgeschaltet, keine Ortung möglich.«

Struller grinste diabolisch. »Das hab ich mir schon gedacht. Wir nehmen uns jetzt die Bande einzeln vor!«

* * *

Mit einem betont lauten Seufzen, das unzweifelhaft als Vorwurf daherkam, ließ sich der Regisseur des Kunstfilms vor Strullers Schreibtisch in den Bürostuhl sinken. »Na endlich, das wurde aber auch Zeit! Die Produktion ist schon viel zu lange unterbrochen worden, weil ich hier rumsitze und auf diese unnötige Befragung warte. Wissen Sie eigentlich, was mich das jede Minute kostet?«

»Zwei Dauerlutscher für die Mädels und eine Cola für den Rest?«, antwortete Struller unbeeindruckt.

Was bildete der Knallkopf sich ein? Hielt der sich für Stanley Kubrick?

»Sie scheinen keine Ahnung zu haben, mit wem Sie es zu tun haben! Ich bin Antoine L'Amour, der Regisseur der Filme mit Niveau«, echauffierte sich der Kerl, der ihm im fliederfarbenen Anzug mit pinkfarbener Krawatte gegenübersaß.

Immerhin hatte er die wichtige Schirmmütze abgenommen.

Struller rieb sich die schmerzenden Augen. »Niveau? Ist das die Creme in der blauen Verpackung?«

Antoine klappte der Mund auf.

Struller musterte den Personalausweis vor sich. »Hier steht, Sie heißen Bodo Nagelreißer, geboren in Essen-Borbeck.«

Antoine blinzelte. »Der Name schien mir zu hart für eine Karriere in der erotischen Filmbranche.«

»Antoine L'Amour ist da natürlich viel besser! Zu grob ist er auf jeden Fall nicht. Ist ja auch egal! Wie heißt denn der Film, den Sie da drehen?«

»Es ist der dritte Teil einer Trilogie.«

»So was wie *Der Herr der Penisringe*«, sagte Struller.

»Sehr witzig. Teil Eins war: *Die Fleischpeitsche.* Dann: *Lass jucken, Fleischpeitsche!* Und jetzt ganz neu, erscheint im Herbst: *Die Fleischpeitsche kehrt zurück.*«

Jetzt klappte Struller der Mund auf. Das durfte doch nicht wahr sein. Eine Fleischpeitschentrilogie …

»Ich muss die Namen aller am Dreh beteiligten Personen wissen. Wenn Sie die mir die bitte aufschreiben wollen«, versuchte Struller das Gespräch aufs Dienstliche zu wenden.

»Wenn ich dann endlich hier raus kann, meinetwegen. Also, da wäre Ronny Riemen, der hat eine Technik, da schnalzt jede Frau mit der Zunge nach!«

Es kam also doch auf die Technik an, nicht auf die Größe, dachte Struller erleichtert.

»Dann haben wir Martin, den Voyeur, der kann eigentlich nichts. Außer von hinten pervers auszusehen. Das kann er gut. Natürlich unsere beiden Hübschen, die Gloria Hole, die Blonde, Sie ahnen ja nicht was die alles …«

»Halt!«, unterbrach ihn Struller. »So genau muss ich es nicht wissen, die Namen reichen erst mal.«

»Kitty Titt, ein Profi. Unter wem die schon alles gearbeitet hat. Ein kleiner Stern am Pornohimmel! Was für eine Ausdruckskraft! Wissen Sie eigentlich, was an der so besonders bemerkenswert ist?«, fragte der Regisseur jetzt allen Ernstes.

»Na, vermutlich werde ich das Besondere erkennen, wenn ich mir ein DVD-Cover von ihr anschaue«, erwiderte Struller genervt.

»Nein, aber die sind natürlich auch sehr schön, vor allem noch Natur pur, die müssen Sie mal in die Hände nehmen«, geriet Antoine ins Schwärmen.

Struller räusperte sich kurz.

Antoine bremste sich. »Nein, sie muss sich den Text für eine Szene nur *einmal* durchlesen und schon hat sie den drauf. Alles drin, in der Birne. Die ist sooo clever!«

Jetzt hielt es Struller nicht mehr aus: »Nein, ehrlich? Die kann sich das alles merken? Erst dreimal Ah, dann viermal Oh, zweimal Mmmhhh und zum Abschluss ein lang gezogenes Jaaaaa! Alle Achtung, ich bin schwer beeindruckt!«

L'Amour verschränkte eingeschnappt die Arme vor seiner Brust und zog schmollend mit dem Mund ein Kleinkinderschüppchen, wie wenn man ihm auf dem Spielplatz in Borbeck das Stofftier geklaut hätte. Ihm war anzusehen, dass er den gebührenden Respekt seiner Arbeit gegenüber mehr als vermisste. »Ich drehe Filme. Wie gesagt, Filme mit Niveau! Das sind Filme mit Drehbuch, ordentlichen Darstellern und künstlerischem Anspruch!« Antoine beugte sich vor. »Was ist denn *Ihr* Lieblingsfilm? Da bin ich mal gespannt.«

»*Ghostrider*«, antwortete Struller, ohne zu zögern.

»*Ghostrider*? Mit Nicolas Cage?«

»Genau. *Ghostrider*. Der einzige Film, in dem der Held mit einem brennenden Motorrad ein Hochhaus hochfahren kann. Super.«

Antoine L'Amour sah ihn nur an, mit vollkommen ausdrucksloser Miene.

»Sagen Sie mir jetzt bitte kurz und knapp«, fuhr Struller fort, »wer noch alles auf Ihrem Filmset herumgelaufen ist. Oder herumgelegen hat.«

»Okay, da wäre zum einen natürlich noch Ringo, unser Beleuchter. Die richtige Beleuchtung ist wichtig!

Damit das Licht auch in die tiefsten Winkel kommt. Ringo wird nebenbei auch als Steher eingesetzt. Ich sage nur: Da ist der Name Programm. Der baut sein Zelt nicht nur für ein kurzes Nickerchen auf, sondern direkt für den ganzen Sommer!«

Struller fand die bildhafte Beschreibung wirklich gelungen, mahnte aber trotzdem. »Was ist an *kurz* eigentlich nicht zu verstehen?«

»Dann haben wir noch Boris Bums. Der ist Ihnen sicher aufgefallen, das war der mit dem Viagra. Der Kameramann Rainer und die Tonassistentin Miriam.«

Acht Personen hatte Struller gezählt. »Es fehlt Ronny Riemen.«

L'Amour nickte.

»Und die waren auch gestern Nacht alle am Set?«

»Alle.«

»Ich brauche vom Ronny den richtigen Namen.«

»Den weiß ich doch nicht! Ich kenne den nur als Ronny Riemen. Ich habe ihn auf einer Erotikmesse gesehen und angesprochen. Er sieht gut aus und ist verdammt gut gebaut. Also, verdammt gut ist da noch untertrieben. Der sucht unten rum seinesgleichen! Außerdem war der als Anfänger preislich natürlich sehr günstig. Zumindest beim ersten Teil, jetzt, als Star, nimmt der auch schon seine Kohle mit.«

»Wie heißen denn die anderen Herrschaften mit vollem Namen? Oder kennen Sie die auch nicht? Ich gehe jetzt mal fest davon aus, dass Ronny Riemen, Gloria Hole und Kitty Titt nicht mit diesen Namen zur Schule gegangen sind. Bitte aufschreiben!«

»Mach ich.«

»Glauben Sie, dass Gloria oder Kitty Ronnys bürgerlichen Namen kennen?«, fragte Struller abschließend, nachdem Antoine ihm eine Liste zusammengestellt und über den Tisch geschoben hatte. »Oder unterhält man sich nicht vor dem Dreh, damit die Romantik nicht verloren geht?«

»Fragen Sie die doch selbst! Warten doch alle draußen im Flur«, schaltete Antoine L'Amour auf stur.

Dann eben so, entschied Struller und teilte dem Titten-Tarantino mit, dass Hollywood noch ein bisschen auf ihn warten müsse, da er momentan noch als Zeuge benötigt werde und er somit die Stadt nicht verlassen dürfe.

* * *

Jensen bat seine erste Zeugin an den Schreibtisch und zog einen Stuhl heran. Mit einem flotten Hüftschwung glitt die schlanke, ungefähr zwanzigjährige Frau mit der üppigen, blonden Frisur auf den Sitz. Sie sah aus wie die Kaugummi kauende Anke Engelke in einem ihrer Sketche. Jensen wechselte auf die andere Seite seines Schreibtischs und setzte sich ebenfalls. »Sie sind also Frau …«

»Gloria. Gloria Hole«, stellte die junge Frau sich vor.

Jensen runzelte die Stirn. »Äh …«

»Das ist natürlich ein Künstlername«, erklärte die junge Frau kichernd, zog einen Personalausweis aus dem tiefen Dekolletee und reichte ihn Jensen, der irritiert feststellte, dass der Ausweis auf Körpertemperatur angewärmt war. Die Gloria war aber auch ein heißer Feger.

»Susanne Lahm«, las Jensen.

Die Frau beugte sich verschwörerisch über den Tisch. »Lahm? Mit so einem Namen kann man im Showgeschäft nichts werden. Deshalb hab ich mir gleich einen aussagekräftigen Künstlernamen zugelegt.«

Das sah Jensen ein. »Äh, ich darf Gloria sagen?«

»Ja, sicher. So nennen mich alle. Und wie heißt du?«

»Christian. Äh, so werde ich auch oft genannt. Du arbeitest also in der Filmbranche?«

»Ja«, lachte Gloria. »Oder könntest du dir mich in einem Fast-Food-Laden vorstellen?«

Jensens Blick stürzte mit Karacho auf Glorias pralle Oberweite. Doppel Whopper, dachte er. Doppel Whopper. Vorsichtshalber verkniff er sich eine Antwort. »Äh. Seit wann arbeitest du denn in der Filmbranche?«

»Nicht nur Film. Auch Foto«, korrigierte ihn Gloria. Dabei lehnte sie sich im Stuhl zurück und schlug ihre endlos langen Beine übereinander.

Chicken Wings, dachte Jensen.

»Seit ich von Antoine entdeckt worden bin. Beim Kellnern.«

»Beim Kellnern?«

»Ja. In *Tonis Tittenbunker*. Da habe ich an der Bar gearbeitet. Nur gekellnert. Meistens. Und da hat er mich gesehen und sofort meine Talente erkannt.«

Tja, dachte Jensen. Doppel Whopper. Glorias Talente waren nicht zu übersehen.

»Der Antoine ist ein Profi, ein alter Hase. Mit wem der schon alles zusammengearbeitet hat. Sagenhaft. Mit Dolly Buster *und* Michaela Schäfer! Der weiß, was Sache ist.«

Jensen wollte sich Notizen machen, aber … er wusste noch nicht genau, was er sich notieren sollte.

Gloria holte tief Luft, ihre beiden Talente wippten. »Diese Dreharbeiten, die sind ja sehr viel anspruchsvoller als man so meint.«

»Das glaube ich gerne.«

»Da geht's ja nicht nur ums Vögeln.«

»Nicht?«, fragte Jensen irritiert.

»Nein. Da ist auch immer ganz viel Tiefe mit drin.«

»Äh …«

»Innere Werte. Ich mache ja auch viel mit dem Gesicht.«

Jensen spürte, wie er rot wurde.

»Wie Robert de Niro«, fuhr Gloria fort. »Der kann ja auch ein Schnitzel spielen, wenn er muss. Hab ich mal gelesen.«

»Ein Schnitzel?«

»Ja. Der denkt sich in die Szene rein und – bums, ist er drin.«

»Bums, ist er drin?«

»In der Szene. Dann spielt der Robert de Niro auch ein Schnitzel, das vielleicht gerade gegessen werden soll. So mach ich das auch. Nur nicht als Schnitzel. Wie jetzt bei *Die Fleischpeitsche kehrt zurück*. Da gibt es eine Szene, wo der Ronny mich so richtig hart von hinten, also, äh, … nimmt. Und wenn der Ronny einen nimmt, also, der macht das ja auch mit Liebe. Das spürt man bei jedem Stoß, ganz ehrlich.«

»Ach?«

»Wer sensibel ist, der merkt so was «, behauptete Gloria mit weit aufgerissenen Augen. »Das wirkt auf mich immer so richtig … motivierend.«

»Dann ist das vom Ronny ja quasi ein Motivationsstoß?«

»Kann man so sagen. Und wenn der Ronny und ich, also … mittendrin jetzt, wie gestern zum Beispiel, dann kommt der Boris als Polizist dazu und fragt mich nach dem Ausweis.«

»Quasi: Verkehrskontrolle?«, konnte Jensen sich einen kleinen Flachen nicht verkneifen.

»Genau. Und dann muss ich dem Polizisten natürlich ganz in Ruhe antworten. Und der Ronny macht ja weiter. Heftig, sag ich dir. Bamm, bamm, bamm.«

Jensen nickte eilig. »Bamm, bamm.«

»Der Ronny ist immer sehr heftig. Aber trotzdem mit Gefühl. Ich muss dann sagen: Sehr gerne, Herr Kommissar. Und betone das so: Kommmmisssssaaaaarrrrrrr. Ich mach dabei immer was mit meiner Zunge und den Lippen. Kommmmisssssaaaaarrrrrr. Das findet der Antoine total gut. Das muss man aber auch erst mal so hinkriegen. Mit dem Ronny im Rücken. Also, ja nicht nur im Rücken, sondern auch im … du weißt, was ich meine?«

Jensen wischte sich eine Schweißperle vom Haaransatz. »Absolut.«

»Na ja, die Arbeit macht schon Spaß, wenn man mit Profis zusammenarbeitet, aber ewig mache ich so Sachen nicht. Ich möchte mich schon weiterentwickeln. Ich möchte unbedingt mal was mit Tieren machen.«

Jensen verschluckte sich hustend.

»Geht's, Christian?«, fragte Gloria besorgt.

Jensen schüttelte sich. »Geht wieder. Was mit Tieren?«

»Ja, ich hab mich da schon erkundigt. An der Uni. Ich muss noch einen Abschluss nachholen, aber dann würden die mich annehmen.«

Jensen schlug sich vor die Stirn. »Ach so.« Ornithologie, dachte er. Vogelkunde. Bis auf die beiden Pünktchen auf dem O war Gloria da ja quasi schon mittendrin im Thema. »Und den Ronny kennst du nicht näher?«, formulierte Jensen seine letzte Frage.

»Nein. Der ist so schüchtern. Deshalb hat er ja auch immer eine Sonnenbrille auf. Das ist sein Markenzeichen: die Sonnenbrille. Obwohl der ganz schöne, helle, blaue Augen hat. Passt ganz gut zu den kurzen, schwarzen Haaren. Ich persönlich jetzt, ich würde ihn trotzdem immer erkennen. Jetzt nicht bei Lidl zwischen den Regalen, aber in der Sauna zum Beispiel.«

Ah, ja, dachte Jensen.

* * *

Struller musterte sein zweites Gegenüber von oben bis unten. »Ich wundere mich ein bisschen.«

»Wieso?«

Struller checkte noch mal den Personalausweis. »Martin Morgensteck.«

Gut, der Name klang nach Porno. Einem Porno, der am frühen Morgen gedreht wurde. Aber wie ein Pornodarsteller sah sein Gegenüber nicht aus. Oder … nicht mehr. Martin Morgensteck war der Mann, der Jensen und ihm als Erster im Flur entgegengekommen war, in der weiten, ausgeleierten Schiesser Unterhose. Und

Martin Morgensteck war, so verriet es der Personalausweis, seit einigen Tagen achtundsechzig Jahre alt.

»Sie sehen gar nicht so aus wie ein Erotikdarsteller.«

»Ich habe in siebenunddreißig Filmen mitgespielt.«

»Vor dem Krieg?«, fragte Struller.

»Ich darf wohl bitten! Ich bediene eine ganz bestimmte Rollenerwartung.«

»Aha?«, fragte sich Struller ein bisschen besorgt, was jetzt wohl kommen mochte.

Morgensteck erklärte es ihm. »Ich werde immer als Voyeur gecastet.«

»Als Voyeur?«

»Ja. Die Darsteller sind zugange. Dann platze ich – per Zufall – dazwischen. Oft bin ich der Hausmeister. Oder der Oberförster. Schon mal der Bademeister. Manchmal der notgeile Großvater. Ich schleiche mich leise und vorsichtig in die Szene rein. Die Kamera ist hinter mir und filmt mich von hinten. Das gibt den Szenen was Persönliches. Man nimmt den Zuschauer mit in die Situation. Dramaturgisch ist das eine ganz, ganz wichtige Rolle.«

»Aha.«

»Ich sehe von hinten unheimlich pervers aus.«

»Ach?«

»Das macht mir in Deutschland keiner nach!«

»Sicher.«

»Da bin ich einzigartig! Wie Mario Adorf. Nur von hinten.«

»Das glaube ich gerne. Und was machen Sie dann?«

»Dann hole ich mir einen runter.«

»Ach so.«

»Ja, also, äh, nicht wirklich ich. Ich bin ja von Hause aus ... eher unauffällig ... äh ... bestückt. Sieht zumindest auf der Leinwand so aus als ob. Meine stattlichen zwanzig Zentimeter wirken wie lumpige, kurze sieben. Das liegt irgendwie am Kamerawinkel. Deshalb wird für die Nahaufnahmen der Steher genommen.«

»Der Steher?«

»Ringo, der Beleuchter.«

»Ach so. Und der ...«, Struller machte die dazu passende, allgemeingültige Handbewegung, »wedelt mit der Palme?«

»Ja. Genau«, nickte Morgensteck. »Einmal sollte ich einen katholischen Pfarrer spielen, der im Beichtstuhl ein Pärchen erwischt, aber da habe ich mich geweigert. Im Beichtstuhl hört der Spaß auf!«

»Das sehe ich auch so. Unternehmen Sie außerhalb des Drehtermins im Teamverband auch Sachen zusammen?«, fragte Struller, um mit seinem Profilbild zu Ronny voranzukommen.

»Wir waren schon mal nach dem Dreh Pizza essen.«

»Da lernt man sich doch auch näher kennen.«

»Nein. Die Kitty ist immer sofort weg, Ronny sowieso. Mit Rainer, dem Kameramann, bin ich mal im Kino gewesen.«

»Ein Pornofilm?«

»Nein. Im neuen Film von Wim Wenders.«

»Aha«, blinzelte Struller irritiert und erfuhr in der Folge, dass Martin Morgensteck auf Schwarz-Weiß-Filme stand, gelegentlich doch ein wenig eifersüchtig auf Beleuchter Ringo war, er aber insbesondere zu Ronny Riemen keine näheren Informationen hatte.

* * *

»Ich mach die Beleuchtung«, sagte Ringo, kratzte sich im Schritt und warf einen verächtlichen Blick auf Jensens Schreibtisch, wo eine altersschwache Tischlampe seinen professionellen Ansprüchen sicher nur unzureichend Genüge tat. »Die richtige Beleuchtung ist wichtig. Sonst sieht man ja nichts.«

»Als Zuschauer.«

»Genau. Da muss man vorher schon genau wissen, wie das Licht fällt, wenn jetzt zum Beispiel der Ronny die Kitty hochstemmt und der Boris Bums ihr gleichzeitig …«

»Sicher eine enorme technische Herausforderung«, unterbrach Jensen ihn hastig.

Ringo kratzte sich im Schritt. »Und manchmal darf ich auch richtig ran. Zurzeit aber nicht.« Kratz, kratz. »Ich hab einen ganz, ganz hartnäckigen Pilz.«

Jensen schluckte und spürte den Ausschlag, der langsam aber zielstrebig herangerobbt kam. »Sie haben praktisch Drehverbot?«

»Nicht ganz absolut total, aber ein bisschen. Wichsen darf ich noch.«

»Bitte?«

»Ich bin im Team der *Steher*.«

»Ich verstehe nicht.«

»Martin macht bei uns den Voyeur, das ist eine komplizierte Rolle. Und wenn es dann so weit ist, dass er Hand an sich legen muss …«

»Hand an sich legen?«

»Sich einen von der Pfeife schütteln, den Jürgen würgen. Kennst du doch, oder? Ist doch normal. Also, dann ist das bei dem Martin in der Hose ein wenig armselig. Der Regisseur macht dann einen Schnitt und dann komm ich mit meinem Apparillo. Ich bin da nämlich von Geburt an super ausgestattet. Bis kurz vor der Geburt haben die im Krankenhaus gedacht, ich werde Zwillinge. Also, der Regisseur ruft dann: Cut! Dann: Nahaufnahme. Fump, fump, fump und fertig.«

»Fump, fump, fertig?«

Ringo grinste. »Genau.«

»Einfach so? Ohne Warm-up? Aus dem Stegreif.«

»Stegreif ist in diesem Zusammenhang ein sehr guter Ausdruck. Ich kann immer. Und sofort.«

»Ach?«

Ringo lehnte sich im Sessel zurück. Kratz, kratz. »Nicht nur sofort! Ich wurde früher immer *Herpes* genannt.«

»Das ist aber unschön.«

»Weil: Ich komme immer wieder.«

So gesehen war dann *Herpes* ja schon wieder ein Kompliment, dachte Jensen. Und in Anbetracht des aktuellen Pilzes ja auch mehr als treffend. Weil Ringo alias Herpes zu Ronny Riemen gar nichts sagen konnte, es kam da auch in technischer Hinsicht zu keinerlei Berührungspunkten, beendete Jensen zügig auch seine zweite Vernehmung.

* * *

Struller musterte den circa fünfzigjährigen Mann, der als Nächster ins Büro trat. Der massige, übergewichtige

Kameramann hieß Rainer und ließ sich mit einem tiefen Schnaufer in den Stuhl fallen. Sein grün-blau gestreiftes, kurzärmliges Hemd saß am Bauch ein bisschen spack, aber der Mann sah eigentlich ganz sympathisch aus. Bis auf ein ... ziemlich irritierendes, langes Haar. Ein Nasenhaar? Nein, kein richtiges Nasenhaar. Das war auch nicht eindeutig ein Barthaar, das ihm unmittelbar unter der Nase senkrecht aus dem Kopf wuchs. Auf jeden Fall war es ein schwarzes, sehr kräftiges Haar. Zwei Zentimeter lang vielleicht. Bei jedem Ein- und Ausatmen vibrierte es heftig schlingernd.

Schnauf. Prrrrrrrr.

»Ähm«, versuchte Struller sich zu konzentrieren. »Sie sind der Kameramann.«

»Jawohl. Ich hab alle drei Ronny-Riemen-Filme gedreht. Und im nächsten Jahr beim vierten Teil der Trilogie bin ich auch wieder hinter der Linse.«

»Okay«, summte Struller beeindruckt.

Das Haar schlingerte.

»Dann machen Sie Ihren Job sicher gut?«

Schnauf. Prrrrrrrr. »Och ja. Ich meine, so schwer ist das ja jetzt auch nicht. Ich hab einen Zoom und wenn es nötig ist, dann zoome ich. Ansonsten mache ich das, was der Regisseur von mir will.«

»Ach?«

»Ja. Wenn der sagt: Totale! Dann mache ich eine Totale. Wenn der sagt, auf den Hintern, dann mach ich auf den Hintern. Wenn der sagt: Brüste, dann mach ich ...«

»Alles klar«, unterbrach ihn Struller, der das Prinzip begriffen hatte.

Das Haar vibrierte.

»Sicher kein unangenehmer Job?«

»Fußball-Bundesliga wäre mir lieber«, grunzte Rainer fröhlich.

»Und wie ist denn der Ronny so?«

»Ronny? Sehr okay. Mit dem kann man super zusammenarbeiten. Ich meine, der ist auch so wie ich. Also, der hat keine Sperenzchen gemacht. Wenn von hinten, dann von hinten, und wenn nicht, dann eben nicht. Man weiß bei dem immer genau, was der vorhat, wo der wieder auftaucht. Also, im Bild. Sauber.«

»Klingt gut.«

»Da saß jeder Schuss. Also, jetzt meiner. Mit der Kamera.«

Prrrrrrrr, sirrte das Haar.

»Irgendwelche Tattoos?«

»Nein, also gar nichts. Ganz sauber, der Kerl. Das ist eher ungewöhnlich. Viele Darsteller haben sich ja ihre komplette Lebensgeschichte auf die Haut geschmiert. Echt doof. Also, ich liebe Monika. Da drunter: Ich liebe Monika F. Dann: Ich liebe Monika B. Und dann: Nie wieder eine Monika! Find ich albern. Muss aber jeder selber wissen.«

Schnauf, Prrrrrrrr.

»So was hatte der Ronny aber nicht?«

»Glatt wie ein Kinderpopo. Das Einzige, was der hat, is, dass ich sein Gesicht nicht filmen durfte. Da war der eigen. Dabei is der eigentlich nicht hässlich.« Rainer beugte sich über den Schreibtisch, der unter seinem Gewicht ächzte. »Ich nehme mal an, das war wegen der Nachbarn. Oder wegen der Mutter vielleicht. Der will wohl nicht, dass ihn jeder Hinz und Kunz auf der Straße erkennt und anspricht. Kann man ja auch nachvollziehen.«

»Ich hab gehört, deshalb trug der beim Filmen immer eine große Sonnenbrille.«

Schnauf. Prrrrrrrr. »Ja. Das ist ja jetzt quasi sein Markenzeichen.« Rainer lachte bullig. »Ich geh mal davon aus, dass den am Strand in Mallorca jeder erkennt.«

Hm. Struller kratzte sich durch die Frisur. »Aber da gibt es doch sicher Out-Takes.«

»Was soll es geben?«

»Aufnahmen, die später nicht verwendet werden, die rausgeschnitten werden, weil sie nichts geworden sind.«

»Was soll das denn heißen?« Das Haar schlug einen Salto. »Bei mir werden die Aufnahmen immer was.«

»Den Fehler machen ja oft die Schauspieler!«

»Genau!«

»Das sind ja auch nur Menschen …«

»Menschen, genau. Nur Menschen. Wir machen nichts mit Tiere. Da würde ich auch nicht mitmachen! Das lehne ich ab. Ich hab ja selbst einen Labrador.«

Schnauf. Prrrrrrrr.

»Und es gibt keine Aufnahme vom Ronny, wo er mal aus Versehen ohne Brille drauf ist?«

Schnauf. Schnauf. Schnauf. »Also, ich will da nichts hundertprozentig ausschließen, aber … da müsste man das ganze Material sichten. Alle drei Filme. Das sind bestimmt elf oder zwölf Stunden. Also, ich kann mir schon vorstellen, dass da vielleicht ab und zu mal sein Gesicht, also, bei den rausgeschnittenen Sachen … Vielleicht im Hintergrund. Aber mal ehrlich: Welcher arme Hund soll sich das denn alles angucken?«

Struller zuckte entspannt mit den Schultern. Das klang ganz wie die Aufgabe für einen fleißigen Praktikanten, der sich nicht wehren konnte. »Ich brauche das Material.«

»Sollen Sie haben. Ich such das Zeug zusammen und bring es Montagmorgen vorbei«, summte Kameramann Rainer. Schnauf. Prrrrrrrr. »Viel Vergnügen!«

* * *

Boris Bums hieß mit richtigem Namen Juri Garpinski, war 27 Jahre alt und wohnte im Düsseldorfer Süden auf der Potsdamer Straße. Er war dünne Eins-achtzig groß und hatte raspelkurz rasierte, blonde Haare. Er war blass, blickte mit ungesunden, hellblauen Augen sein Gegenüber an und schüttelte entschieden den Kopf. »Ronny und ich, wir teilen uns beim Dreh die Bräute, sonst haben wir nichts miteinander zu tun. Ist nicht mein Typ, der Junge. Macht immer einen auf cool und auf Star.«

Jensen nickte. »Er hat halt die Hauptrolle.«

»Klar. Aber die Drecksarbeit muss immer ich machen.«

Jensen wollte gar nicht wissen, wie die Drecksarbeit im Einzelnen aussah, und fragte stattdessen. »Wie lange arbeiten Sie schon bei Antoine im Team?«

»Der Film jetzt ist mein zweiter Dreh. Der erste Teil war in der Branche ziemlich erfolgreich. Ich meine, ich werde jetzt nicht steinreich, aber die Bezahlung ist gut. Ich gebe mir Mühe und verspreche mir ein paar Folgeaufträge.«

»Woher kennen Sie den Antoine? Pornofilmer lernt man ja nicht gerade bei Aldi an der Kasse kennen?«

»Nee. Ich hab mal ein Pornoheftchen in die Finger bekommen und durchgeblättert. Da drin hatte Antoine mit einem Inserat eine Location für die Fortsetzung seines Fleischpeitschenfilms gesucht. Ich kenne mich im Düsseldorfer Hafen aus, und mir fiel sofort die verlassene Fabrik ein. Antoine war begeistert und ich hab meine erste Rolle bekommen.«

»Sie haben einen holländischen Führerschein.«

»Geboren wurde ich in Düsseldorf, in Kappes-Hamm. Weil ich eine ganze Zeit lang in Holland gewohnt habe, habe ich dort auch den Führerschein gemacht. Umschreiben braucht man den nicht mehr. Alles EU.«

Bums Bums Boris alias Juri Garpinski schien sich zu langweilen, seine Stimme wurde nuschelig, sein Blick fahrig. Wahrscheinlich war er einfach nur müde.

Müde war Jensen auch, deshalb beendete er die Vernehmung zügig mit einer letzten Frage. Er deutete in Garpinskis Schritt. »Wegen des Viagra. Noch Schmerzen oder geht's wieder.«

Juri grinste schief. »Geht … immer noch!«

* * *

»Simone Sandmann«, las Struller vom Ausweis ab.

»Demnächst wieder Simone Beckers«, pfiff Simone, die Darstellerin, die Antoine als *Kitty Titt* angekündigt hatte.

»Der Regisseur hat Sie als Profi bezeichnet«, versuchte Struller einen freundlichen Einstieg.

Simone alias Kitty lachte sympathisch. »Ich glaube nicht, dass der uns Mädchen auseinanderhalten kann.«

»Och«, sagte Struller. »Altbundestrainer Jupp Derwall hat mal behauptet, dass er alle Spieler der Fußballbundesliga an den Waden erkennen könnte. Ich kann mir vorstellen, dass das bei einem Regisseur, der Pornofilme dreht, ähnlich ist. Vielleicht jetzt nicht mit Waden.«

Kitty lachte. »Das kann natürlich hinhauen.«

»Machen Sie das hauptberuflich?«

»Ich arbeite stundenweise in einer Apotheke an der Schlesischen Straße.«

»Filme drehen ist nur für nebenbei?«

Kitty beugte sich über Strullers Schreibtisch. »Um das gleich einmal klarzustellen. Diese Filme zu drehen, das ist nicht die Erfüllung meines Lebens. Da habe ich mir ganz andere Sachen erträumt.«

»Ach?«

»Glaubst du, ich mache das freiwillig? Mein Mann hat die Firma vor die Wand gefahren und anschließend Haus und Hof verzockt. Ich sitze auf einem Berg Schulden, der höher ist als der Rheinturm. Ich hab drei Kinder zu ernähren, die tagsüber versorgt sein wollen. Da habe ich zwischen Kita, Kindergarten und Grundschule nicht viele Möglichkeiten, ein bisschen Geld zusätzlich zu verdienen. Glaube mir, ich mache das … nicht … wirklich … freiwillig!«

Struller nickte. Und ärgerte sich innerlich. Er ärgerte sich immer, wenn er vorschnell urteilte. Das war schlecht. Und besonders schlecht, wenn man bei der Mordkommission arbeitete. Durfte ihm eigentlich nicht passieren!

»Was ist der Ronny Riemen für einer?«

»Der gehört auch nicht richtig zur Gruppe. Der ist anders. Karin, – die Tontechnikerin –, Ronny und ich, wir sind die Raucher im Team und qualmen, wenn es das sogenannte Drehbuch erlaubt, gerne mal eine Zigarette zusammen. Und quatschen. Ronny ist okay. Mit dem kann man sich unterhalten. Angenehm. Gebildet. Gute Manieren.«

Struller machte sich Notizen. »Hat er erzählt, was er sonst so macht?«

»Nein. Das war tabu.« Kitty Titt lehnte sich zurück und schien sich wieder etwas zu entspannen. »Eine Freundin hat er nicht, Sport treibt er regelmäßig.«

»Irgendeine Idee, warum er bei unserem Erscheinen getürmt ist?«

Sie schüttelte ihr langes, schwarzes Haar. »Ich habe keinen Schimmer. Ich kann mir nicht vorstellen, dass er irgendwas zu verbergen hat.«

»Er trägt immer eine Sonnenbrille. Vielleicht sein Gesicht?«

Sie schüttelte den Kopf. »Der Tick mit der Sonnenbrille … Er will halt in den Filmen nicht erkannt werden. Ich hab mir für mich auch die Frage stellen müssen, ob ich das mache. Oder wie ich dabei anonym bleiben kann. Das klappt meistens, aber dann ist da doch immer jemand, der dich erkennt und dich drauf anspricht. Das ist nicht angenehm.«

»Ich kann mir vorstellen, dass schnell getratscht wird.«

»Nicht nur das! Ich spiele in einem Porno mit und schon denken irgendwelche Flachgeister, ich wäre billig zu haben.« Sie lächelte. »Ich bin aber überhaupt nicht billig zu haben. Mich gibt es nur im Team.«

Struller hatte verstanden und grinste. »Und nicht im Team mit Gloria Hole.«

»Nee. Nur im Team mit meinen drei kleinen Mäusen.«

Struller klappte seinen Notizblock zu. »Ich bin mir sicher, da findet sich jemand.«

»Tja. Und bis dahin muss ich diese Filmchen drehen, damit ich meine Bande über Wasser halte. Es ist nicht ganz einfach, als dreifache, alleinstehende Mutter, einen vernünftigen Job zu bekommen.«

Struller stand auf. »Ich bin mir sicher: auch da findet sich irgendwann was.«

* * *

»Karin Grabowski. Sie sind die …«

»Tontechnikerin.«

Jensen verglich das Bild auf dem Personalausweis mit der Frau vor sich und stellte fest, dass die fünfundzwanzigjährige Frau ihrer rechten Augenbraue ein Piercing und ihrem Hals ein blaues Sternchentattoo hinzugefügt hatte. Passte, sah ganz gut aus.

»Gehören Sie fest zum Fleischpeitschenteam?«

Die Frau schnappte nach Luft. »Um Himmels willen, nein! Ich studiere Medientechnik hier in Düsseldorf an der Robert-Schumann-Hochschule und brauche einen Schein. Ich mache da mein Praktikum – und das ist harte, harte Arbeit, mein Freund. Darf ich hier rauchen?«

»Hier im Präsidium ist Rauchverbot.«

Sie deutete fragend auf Strullers Schreibtisch und dessen randvollen Aschenbecher.

Jensen blinzelte. »Das ist ein Beweismittel. Spurenträger. DNA-Spuren und Speichel und so. Ganz, ganz schlimme Mordsache. Muss noch ausgewertet werden. Sie machen also lediglich ein Praktikum. Seit wann und wie lange noch?«

»Seit drei Monaten, ich hab es bald hinter mir.«

»Sehr schlimm?«

Sie winkte ab. »Ist auszuhalten, aber nichts für die Ewigkeit. Ich werde das aber auf jeden Fall durchziehen, ich brauche den Nachweis fürs Studium.«

»Und da suchen Sie sich ausgerechnet die Pornobranche aus?«

»Die Plätze sind rar, und Antoine ist ziemlich unkompliziert und locker. Ich war vorher bei einem Tierfilmer. Ich sag es dir: Der war beknackt. Das war die schlimmste Zeit überhaupt. Der Eurasische Luchs. Auch Nordluchs genannt. Ein scheues Tier. Dämmerungsaktiv. Pinselohren und Grannenhaare. Ich dreh durch, wenn ich bloß dran denke.«

Jensen gluckste.

»Wir haben tage- und nächtelang im Nationalpark Eifel auf der Lauer gelegen. In Tarnfarben. Ehrlich. Und gestarrt haben wir. In die Dämmerung. Bis die Augen tränten und die Bäume Foxtrott getanzt haben. Mensch! Dann lieber Fleischpeitsche als Nordluchs.«

»Okay ...«

»Der Antoine lässt mich machen. Der Ton ist beim Porno sowieso nicht so wichtig, das Meiste wird nachsynchronisiert. Ich kann sogar ab und an ein bisschen was ausprobieren. Antoine ist für alles offen. Bringt das Genre wahrscheinlich mit sich. Das Einzige, was stört, ist das ständige Schnaufen vom Kameramann. Das macht dich kirre!«

Jensen nickte und erinnerte sich an Schnauf-Prrrrrrrr ...

»Mich interessiert insbesondere der Ronny Riemen.«

Sie zögerte einen kurzen Moment. »Netter Typ. Sehr angenehm. Aber wir haben wenig miteinander zu tun gehabt.«

Jensen ließ sich die Beschreibung geben, die mit den Angaben der anderen übereinstimmte.

»Er raucht Marlboro und hat eine angenehme, tiefe Stimme. Da hab ich ein Ohr für. Das hat mich am meisten beeindruckt. Ansonsten, also wegen Ronnys *Riemen*: Die Länge ist nicht entscheidend.«

»Das beruhigt mich«, lachte Jensen.

Karin Grabowski grinste.

»Ein Foto vom Ronny haben Sie nicht?«

»Nee, da war der Ronny empfindlich. Sein Gesicht hat er nicht gezeigt. Deshalb hat er beim Filmen auch immer diese dämliche Sonnenbrille getragen.

»Okay«, sagte Jensen und hatte keine weiteren Fragen.

»Tja«, summte Grabowski und stand auf. Sie deutete grinsend auf den vollen Aschenbecher. »Dann wünsche ich viel Erfolg mit den DNA-Spuren und dem Speichel und so. Bei der ganz, ganz schlimmen Mordsache.«

* * *

Struller warf einen Blick auf die Uhr der Gewerkschaft an der Wand. »Halb drei, Sportsfreund. Lass uns die Vernehmungen kurz zusammenfassen.«

Jensen sprang auf und befestigte ein Schaubild an Strullers Magnettafel. »Ich habe da was vorbereitet.«

Struller verdrehte die Augen. »Echt? Ich war doch nur kurz auf Toilette.«

»Visualisierung. Das ist so wichtig!«

»Aber fass dich kurz!«, knurrte Struller und gähnte.

Jensen schüttelte innerlich das Haupt und fragte sich mal wieder, wie Struller mit seiner unkonventionellen, fortbildungsfreien Arbeitsweise so erfolgreich sein konnte. Rein theoretisch war das nicht möglich! Da konnte man auf der Polizeischule jeden fragen!

»Ronny Riemen ist circa fünfundzwanzig bis dreißig Jahre alt, deutsch. Hellblaue Augen, kurze, schwarze Haare. Markenzeichen: Sonnenbrille. Nicht hässlich, keine offensichtlichen Narben, keine Tattoos. Er ist gebildet, hat gute Manieren, kein Dummkopf. Er raucht Marlboro und hat eine angenehm tiefe Stimme.

»Und einen großen Penis.«

»Genau. Keiner hat irgendwelche individuelleren Beschreibungen, niemand scheint ihn wirklich zu kennen. Der hat unheimlich akribisch darauf geachtet, dass niemand weiß, wer er tatsächlich ist.«

»Wie Spiderman.«

»Äh, ja. Genau. Ronny Riemen ist eine Spur. Allerdings nicht unsere einzige, nicht unsere konkreteste. Wir dürfen da nichts falsch gewichten!«

»Aber es ist eine Spur, der wir nachgehen müssen. Ich will nicht glauben, dass Ronny nur abgehauen ist, weil sonst seine Identität bekannt geworden wäre«, unkte Struller, den Ronnys gewagtes Fluchtverhalten nachhaltig beeindruckt hatte.

Jensen tippte auf die Magnettafel. »Weitere Spuren: das Bootshaus von Preuninger, die Andeutungen von Scharfenstein … Da müssen wir strukturiert ran!«

Struller stand auf und reckte sich. »Richtig, aber jetzt machen wir Feierabend. Wir müssen auch mal was sacken lassen. Ich zum Beispiel ein kleines Bierchen bei Krake an der Theke.«

»Och, da komm ich mit.«

»Nein, mein Junge, du brauchst deinen Schlaf, du musst noch wachsen.«

Jensen zuckte mit den Schultern. War ihm eigentlich auch recht. »Wie spät morgen?«

»Zehn auf der Matte, hier im Büro. Und um zwölf sollten wir das erste Hemd schon durchgeschwitzt haben!«

* * *

Nur noch ein Stück. Nur noch ein kleines Stückchen. Vorsichtig streckte sie ihren Kopf durch die kleine Öffnung und sofort, sofort hatte sie wieder diesen Geruch in der Nase.

Ja, hier war sie richtig.

Sie warf einen schnellen Blick nach links, einen nach rechts und mit einem kräftigen Ruck schob sie ihren Körper vollständig durch die kleine Öffnung. Vorsichtig warf sie einen Blick hinter sich, aber ihr war niemand gefolgt.

»Gut.«

Nicht, dass hier nicht genug für alle war, hier war reichlich, aber … nein, dieses Geschenk würde sie zunächst alleine und nur für sich genießen.

Was für eine großartige Überraschung …

Mit hell trippelnden Schritten durchquerte sie den kleinen, dunklen Raum. Ihr Körper zitterte, sie mochte kaum an sich halten. Aber sie war schlau genug, zunächst alles, alles ganz genau zu beschnuppern, in Augenschein zu nehmen. Die Welt war ihr nicht wohl gesonnen. Sie war schlecht, gefährlich und voller übler, heimtückischer Fallen.

Aber hier, hier war alles unverändert. Es war alles noch genauso wie beim letzten Mal.

»Wie beim letzten Mahl …«

Es gab jetzt keinen Grund, weiter zu zögern. Gierig erreichte sie das, was man allgemein als einen besonders gut genährten Oberarm bezeichnen konnte.

Und mit einem kräftigen Ruck hackte die Ratte knackig ihre spitzen Reißzähne in das weiche, rohe Fleisch.

5. Kapitel

Jensen warf am frühen Montagmorgen die Wohnungstür hinter sich zu und sprang, ein Liedchen auf den Lippen, fröhlich die Stufen runter.

»Auf Matrosen, ohe!«

Struller hatte ihn mit *La Paloma* infiziert. Wind, Nacht, Sterne, Sehnsucht, ein einziger Ohrwurm. Der Schlaf hatte gut getan. Wie ein Stein hatte er geratzt. Traumlos, tief, ohne Unterbrechungen: Klasse! So konnte der Tag beginnen. In allerbester Stimmung riss er unten die Haustür auf. Und stutzte.

»Was ist das denn?«

Wieder hatte jemand den Treppenabsatz verziert. Diesmal mit einem braunen Häufchen.

»Scheiße!«, fluchte Jensen.

»Stimmt«, gab ihm der Junkie recht, der neben dem Hauseingang an der Hauswand lehnte und mit gekrümmtem Rücken gedankenverloren an einer Selbstgedrehten nuckelte.

Jensen spürte, wie ihm der Kamm schwoll. »Hör mal, ist das von dir?«

Der Junkie mit den hohlen Augen schüttelte den Kopf. »Auf keinen Fall. So eine Konsistenz kriege ich gar nicht hin. Aber für 10 Euro mach ich dir den Absatz so sauber, dass du dich drin spiegeln kannst.«

Jensen murmelte ein paar Verwünschungen in seinen nicht vorhandenen Bart, friemelte einen Schein ans frühmorgendliche Tageslicht und reichte ihn seinem Geschäftspartner. »Hier. Das ist ein Zwanziger. Und dafür sorgst du dafür, dass ich in dieser Woche von Tretminen egal welcher Konsistenz verschont bleibe.«

Der Junkie schnappte sich den Schein. »Ist gebongt, Kumpel. Keine Tretminen!«

»Hm«, murmelte Jensen, verzichtete aufs überschwängliche Abpfeifen irgendwelcher Seemannslieder und schwang sich ein paar Parklücken weiter in seinen Ford.

Erst mal abwarten, was dieser Montag noch alles im Angebot hatte …

* * *

Struller gähnte ausgiebig, die Stubenfliegen im Büro nahmen Reißaus. »Man hat uns beschrieben, wie Ronny Riemen ungefähr aussieht, aber was fehlt, sind bahnbrechende Erkenntnisse, wer sich hinter dem Pseudonym versteckt.«

»Vielleicht ist er doch einfach nur jemand, der nicht als Pornokönig erkannt werden möchte«, schlug Jensen vor.

Struller porkelte eine Kippe aus der Schachtel und nahm den Gedanken vom Vorabend noch einmal auf.

»Kann sein. Aber er ist über den Balkon weg. Das ist schon ein beeindruckendes Fluchtverhalten. Nur um nicht erkannt zu werden?«

Da wollte Jensen nicht widersprechen. Das wollte er sowieso nicht, er wollte jetzt etwas ganz anderes, nämlich endlich was wissen. »Weshalb ist Gregorius Scharfenstein denn jetzt vorbestraft?«

Struller riss seine Schreibtischschublade auf. Er kramte einen Satz dunkelblauer Hosenträger, einen bunten Karnevalsorden und ein speckiges Waffenholster hervor.

»Ist das dein dienstliches Waffenholster?«

»Ja. Ist kaputt. Muss ich bei Gelegenheit mal tauschen.«

»Trägst du deine Waffe im Dienst jetzt hinten im Hosenbund?«, fragte Jensen entsetzt, denn das war gefährlich und natürlich überhaupt nicht erlaubt.

»Quatsch. Rechts in meiner Jackentasche. Was meinst du, warum ich bei diesen Temperaturen in einer Sommerjacke rumlaufe? Weil ich schwitzen und abnehmen will?«

»Ach so«, erwiderte Jensen.

Dann war die ausgebeulte rechte Jackentasche in Strullers farbschöner Sommerjacke doch kein Gebrauchttaschentuchlager. Er fand allerdings, dass eine Jackentasche als Aufbewahrungsort für eine scharfe Schusswaffe auch kein wesentlich geeigneterer Ort war als zum Beispiel der Hosenbund. Gleichwohl beobachtete er staunend, was Struller noch aus den Tiefen seines Schreibtischs ans Tageslicht frickelte. Einen roten Slip, eine kackbraune Häkelkrawatte, ein gelbes

Pepitahütchen mit der Aufschrift *EDEKA*, den Flyer einer marokkanischen Heavy-Metal-Band und einen Klarsichtbeutel mit … weißem Pulver.

»Ist das Kokain?«, fragte Jensen entsetzt.

»Ja. Das Zeug muss ich unbedingt noch asservieren. Aber ich weiß nicht mehr, bei wem ich es gefunden habe. Brauchst du welches?«

»Nein, danke.«

Es folgten ein flauschiges Stoffnashorn, eine asiatische Winkekatze, eine Dose *ERASCO*-Feuertopf und ein Aschenbecher, der die Form eines lustigen Sarges hatte. Schließlich rupfte er eine dunkelrote Akte aus dem Schreibtisch und reichte sie Jensen.

»Gregorius Scharfenstein«, las Jensen auf dem Deckel.

Struller holte tief Luft. »Scharfenstein ist ein Künstler. So ein richtiger. Ich kenne mich damit nicht aus, aber wenn der was zusammenbastelt, dann ist das viel Geld wert. Der kleckst nicht mit Farbe rum, sondern der malt. Ist Geschmackssache. Meiner ist es nicht. Ich finde die Bilder vom Ralph Ruthe gut.«

Jensen zählte innerlich bis drei …

»Außerdem ist Gregorius Scharfenstein bekannt für seine Installationen. Die sind geradezu legendär. Hast du doch bestimmt schon mal was von gehört.«

»Bei mir klingelt nichts.«

»Das ist, weil du nur vor deinem Facebook hockst«, meckerte Struller.

»Was für Installationen?«, blieb Jensen ruhig.

»Installationskunst. Er bastelt was zusammen. Irgendwie ist immer ein Mensch mit verbaut, und alle finden das klasse. Im letzten Sommer war das so: Er hat eine Waage gebastelt. Was wiegt der Mensch? Links ein nackter Mensch. Das kann eine Frau sein ...« Struller hielt inne und fuhr sich nachdenklich über den Nasenrücken. »Es ist eigentlich immer eine nackte Frau.«

Jensen öffnete die Akte, blätterte ein paar Mal um und entdeckte ein Foto.

Struller nickte. »Genau so sah das aus. Links in der Waagschale die nackte Frau. 58,4 Kilo. Der Frau wird ein Strick um den Hals gelegt, der an einem Galgen befestigt ist. Der Strick zieht sich über einen Motor, der mit einer tickenden Zeitschaltuhr verbunden ist, automatisch hoch. Verhindern kann die Frau das Hochziehen nur, wenn sie ihr Gewicht erhöht.«

»Ihr Gewicht erhöht?«, fragte Jensen.

»Ja. Die Frau kann sich retten, indem sie schnell isst und trinkt. Oder beides. Nimmt die Frau schneller zu, als die tickende Uhr den Motor auf der anderen Seite der Waage ansteuert, ist alles in Butter. Tickt die Uhr schneller und der Strick zieht an, dann ist das schlecht. Der Galgen würde sie nach und nach von den Zehen ziehen und die Frau erhängt sich.«

»Das ist ekelhaft«, protestierte Jensen.

»Nicht, wenn sie zunimmt. Sonst schon. Blättere mal um!«

Jensen tat wie geheißen und schnappte nach Luft. Auf dem nächsten Foto hing die Frau mit blau angelaufener Zunge tot in der Schlinge. »Die haben das tatsächlich bis zum Ende durchgezogen?«

»Das ganze Happening war auf zwölf Stunden angelegt. Im Laufe der Veranstaltung hatten alle Personen den Raum mit der menschlichen Waage verlassen. Das war sicher so nicht geplant, es gab allerdings ein ziemlich opulentes Kaltes Buffet. Und als der erste Kunstfreund wieder in den Raum mit der Waage trat, war das junge Mädchen tot.«

»Das ist ja entsetzlich!«

»In einem anderen Teil des Gebäudes hatte der Defekt in einem technischen Gerät – vom Veranstalter und den Gästen unbemerkt – einen Kurzschluss verursacht. Die Uhr hatte sich plötzlich neu justiert, die Schlinge sich mit einem Ruck hochgezogen und ich sag mal: Hängen im Schacht.«

»Das ist abartig!«

»Ja. Dem jungen Mädchen, einer Kunststudentin aus Versmold, hat es mit einem heftigen Zug das Genick gebrochen. Deshalb hat sie auch nicht um Hilfe schreien können. Immerhin wurde sie nicht qualvoll zu Tode stranguliert.«

»Das macht es nur unwesentlich besser«, protestierte Jensen.

»Aber die *Freie Kunst* ist ein hohes Gut. Deshalb ist Gregorius Scharfenstein immer noch auf *freiem* Fuß. Die Staatsanwaltschaft ermittelt, das Verfahren läuft. Rechtlich schwankt das Ganze zwischen Unfall und fahrlässiger Tötung.«

»Der gehört auf jeden Fall zur Verantwortung gezogen!«

»Scharfensteins Ruf in der Kunstbranche hat etwas gelitten. Seine Fans stört das nicht. Wenn ein Happening mal tödlich endet, hat das ja auch was Ernsthaftes.«

»Unfassbar.«

»Die Welt ist verrückt«, sagte Struller und zuckte mit den Achseln. »Ich habe die Ermittlungen geleitet und wie üblich die Todesstrafe gefordert. Daher kenne ich Scharfenstein. Ich habe ihn bei den Vernehmungen hart rangenommen. Er ist *mir* nicht so sympathisch wie augenscheinlich *ich ihm*.«

»Er scheint nicht nachtragend zu sein.«

»Abwarten. Keine Ahnung, was er vorhat«, murmelte Struller und öffnete das Bürofenster.

Jensen versank kopfschüttelnd in der Ermittlungsakte und spielte dabei nachdenklich mit den Büroklammern, während Struller am offenen Fenster genüsslich einen verbotenen Glimmstängel durchzog. Plötzlich wurde von außen die Bürotür mit einem Ruck aufgerissen. Jensen erschrak und schmiss reflexartig die Büroklammern in die Luft. Struller zuckte zusammen. Die Kippe rutschte ihm aus der Hand, segelte torkelnd in den Innenhof des Präsidiums und landete in einem Cabrio.

»Harald, was soll das?«, fauchte Struller seinen Lieblingsspurensicherer an.

»Ich hab erste Ergebnisse«, japste Faserspuren Harald trocken.

»Kein Grund hier reinzuplatzen! Brems dich mal, du bist Beamter«, mahnte Struller und schloss – nach einem letzten Blick runter in den Innenhof – das Fenster.

Jensen fing an, die Büroklammern aufzusammeln.

»Ich habe Bescheid vom Bundeskriminalamt. Drei Sachen. In Tatortnähe haben wir neben vielen anderen

Dingen auch ein Butterflymesser gefunden. Das hat zwar einen geriffelten Griff, aber auf der Klinge haben wir einen auswertbaren Fingerabdruck gefunden. Wir sind mit der Überprüfung noch nicht ganz durch, ich kann dir noch keinen Namen nennen, aber einen identischen Fingerabdruck haben wir auch auf dem Boot sicherstellen können.«

»Einer, der vorher auf dem Boot war, hat an Land das Messer verloren und wir haben seinen Fingerabdruck, das ist gut«, freute sich Jensen.

»Wir haben noch einen zweiten Fingerabdruck gefunden. Auch da hat der Computer zunächst keinen Datensatz ausgespuckt, aber ich bin trotzdem zuversichtlich. Eine der Personen auf dem Motorboot hatte eine rechte Hand mit nur drei Fingern. Ring- und Mittelfinger fehlen.«

»Drei Finger? So ein Typ lässt sich ermitteln, da bin ich sicher.«

»Will ich meinen. Ich melde mich, wenn ich den Namen habe. Wir haben drittens auch in der alten Fabrik alles auf links gedreht, da wo auf den Kollegen geschossen worden ist. Schließlich haben wir die Kugel aus der Wand ziehen können, durch die der Kollege verletzt wurde. Was nebenbei bemerkt eine scheiß Friemelei war.«

»Das ist doch was«, lobte Struller.

»Jow«, stimmte Jensen zu, der die letzte Büroklammer zurück ins Schälchen warf.

»Ja, aber es wird besser, viel besser«, fuhr Harald mit ruhiger Stimme fort und blickte die beiden Ermittler herausfordernd an.

»Spuck es aus, Harald!«

»Ich habe die Kugel ebenfalls zum BKA geschickt und richtig Druck gemacht. In der Schusswaffen-Vergleichsdatenbank haben die Kollegen einen Volltreffer gelandet. Die Tatwaffe ist eine 9mm Beretta. Mit derselben Waffe ist 1998 schon einmal ein Tötungsdelikt in Düsseldorf begangen worden. Vor siebzehn Jahren wurde damit in der Altstadt ein Türsteher erschossen. Der Fall ist nie aufgeklärt worden.«

»Dann war das nicht mein Fall!«

»Leiter der eingerichteten Mordkommission war Kollege Rademacher. Das muss einer seiner ersten Fälle gewesen sein.«

»Kein Wunder, dass der Fall nicht aufgeklärt wurde«, ätzte Struller. »Der Trottel löst nur Fälle mit Abschiedsbrief.«

»Damals ist eine Hülse gefunden und sichergestellt worden. Abgeschossen aus eben dieser Beretta.«

»Da bist du dir sicher, Harald?«

»Nein, ich rate nur. Natürlich bin ich sicher! Die individuellen Merkmale, die eine Pistole beim Schuss auf einer Hülse und an einem Projektil hinterlässt, sind so einmalig wie Fingerabdrücke, das war dieselbe Waffe!«

Jensen stand auf. »Ich geh mit Harald rüber und besorge uns die Ermittlungsakte von damals. Vielleicht enthält sie was Brauchbares für unseren Fall.«

»Hast ja doch was gelernt«, lobte Struller seinen Praktikanten.

»Und?«, fragte Faserspuren-Harald mit hochgezogenen Augenbrauen.

»Gute Arbeit, Harald!«

»Na also, geht doch.«

Harald und Jensen hatten gerade das Büro verlassen, als das Telefon schrillte. Es schrillte und schrillte und wollte gar nicht aufhören, zu schrillen. So sehr es Struller auch ignorierte. Neue Informationen konnte er im Moment nicht gebrauchen. Nutzte nichts! Er gab auf.

»Struhlmann!«, brüllte er in den Hörer. Dann griff er mit sorgenvoller Miene zum Notizblock und fragte: »Wo?«

* * *

Auf der Altstadtwache war wieder die Hölle los. Der Kollege, der für die Abwicklung des Publikumsverkehrs zuständig war, lehnte sich über den Empfangstresen. »Was kann ich für Sie tun?«

Der etwa fünfzigjährige Bürger nickte aufgeregt. »Herr Kommissar, Sie können sich nicht vorstellen, was mir passiert ist.«

Der Kollege nickte zurück. Der Standardeinstieg. »Nein, aber Sie werden es mir doch verraten, oder?«

»Deshalb bin ich hier.«

»Das dachte ich mir.«

»Also, Herr Kommissar, ich habe vergangenen Abend in einem Schnellimbiss auf der Bolkerstraße einen jungen Mann aus Eri… Eri… aus der Nähe von Äthiopien kennengelernt. Afrika. Jetzt halten Sie sich fest! Das war ein Prinz. Ein richtiger Prinz.«

»Ach?«

»Ja. Leider gibt es bei ihm zu Hause in seinem Land politische Unruhen. Deshalb musste er einiges an Geld zur Seite schaffen. Jetzt, wo sein Vater schließlich der König von Eri… Eri… der König ist. Das Volk kann mit Geld nicht richtig umgehen. Und der Prinz will von dem unterschlagenen Geld ja später Kindergärten und Schulen bauen lassen. Und da fragt der Prinz jetzt mich, ausgerechnet mich, ob er über mein Konto Überweisungen laufen lassen kann.«

»Aha.«

»Ja. Und da sag ich: Aber nich für lau, Jung. Äh, Prinz!«

»Aha.«

»Und da bietet der Prinz mir an, dass ich ein Viertel des Geldes behalten kann. Und ich denk, so schnell sagst du da aber jetzt nicht zu. Verhandeln! Ich sag: Komm, Prinz, ich will aber ein Fünftel haben! Und da sagt der, okay.« Der mündige Bürger lächelte verschlagen. »Clever, wa?«

»Auf jeden Fall. Und dann?«, fragte der Polizist.

»Dann habe ich dem meine Bankkarte und die Pin-Nummer gegeben.«

Der Polizist verdrehte die Augen. Das durfte doch nicht wahr sein. »Und jetzt ist alles Geld weg?«

Der Mann blinzelte irritiert. »Nein. Die Pin-Nummer war falsch. Ich habe da versehentlich eine Drei mit einer Sieben vertauscht. Ich frag Sie: Muss so eine Pin-Nummer denn auch unbedingt vier Zahlen haben? Drei hätten es doch auch getan! Mehr als drei Zahlen, also, da wird es für mich schwierig. Ich bin ja mehr der Sprachentyp. Na ja. Der Prinz hat mich vorhin auf meinem Handy angerufen und sich beschwert. Der sitzt jetzt im Foyer vom Hotel *Diamant*. Ich hab aber inzwischen meine richtige Pin-Nummer. Ich wollte Sie nur fragen, wo das Hotel ist, damit ich dem armen Kerl die richtige Pin-Nummer vorbeibringen kann.«

Dem Polizisten klappte der Mund auf. Dann klappte er ihn wieder zu. Der Typ hatte eine Meise. Und die war groß wie Godzilla. Über die Schulter rief er nach hinten zwei seiner Kollegen heran. »Schorse, Romsch, kommt ihr mal? Ich hab einen Superspezialeinsatz für euch.«

Sein Gegenüber auf der anderen Seite des Tresens lächelte ihn zufrieden und geistig völlig unbewaffnet an.

Der Polizist blieb geduldig. »Die beiden Kollegen fahren mit Ihnen zum Hotel und gemeinsam werden wir dem unglücklichen Menschen bei seinem Problem sicher helfen können.«

»Das ist aber nett«, freute sich der Bürger.

»Ja, so sind wir. Von dem armen Prinzen haben wir übrigens schon viel gehört. Dem sind in der letzten Zeit dummerweise schon mehrere Transaktionen danebengegangen.«

»Och. Das finde ich gut, dass Sie sich kümmern.«

»Dienst am Bürger ist unser Auftrag! Wir helfen, wo wir können.«

Der Bürger trat angetan einen Schritt zurück und wartete. In die nun an der Theke entstehende Lücke schob sich eine schlanke, blonde Frau.

»Was kann ich für Sie tun?«, fragte der Polizist, dem sofort auffiel, dass die Frau geweint hatte.

Sie öffnete ihre Handtasche und zog zwei Reisepässe heraus. »Ich muss zwei Personen vermisst melden.«

Der Polizist nahm die Ausweise entgegen und klappte sie auf. »Anna Blomquist und … Jana Anderson.«

»Ja«, antwortete die Frau und strich sich sorgenvoll durchs Gesicht.

An einem Schreibtisch im Rücken des Polizisten hielt ein Kollege, der sich durch ein Computerprogramm scrollte, alarmiert inne und hörte, wie sein Kollege fragte. »Blomquist und Anderson? Das sind aber keine deutschen Namen?«

»Nein«, schüttelte die Frau ihren Kopf. »Wir verbringen nur ein verlängertes Wochenende in Erkrath. Wir kommen aus Schweden.«

Der Wachdienstführer erhob sich eilig und trat neben seinen Kollegen. »Kommen Sie aus Göteborg?«

»Ja. Wieso?«

Er trat nach rechts und öffnete einen Durchgang, der im Empfangstresen eingelassen war. »Kommen Sie bitte einmal nach hinten durch«, forderte er die Frau mit fester, sorgenvoller Stimme auf.

* * *

Struller legte nachdenklich auf, nachdem ihm der Dienstgruppenleiter der Altstadtwache berichtet hatte, dass dort zwei Schwedinnen vermisst gemeldet worden seien. Auf der Schreibtischunterlage hatte Struller sich zwei Namen notiert.

»Anna Blomquist.«

So hieß die junge, rothaarige Frau vom Motorboot mit dem Göteborg-Tattoo auf dem Oberarm. Die Beschreibung der Trainerin des Mädchens war so exakt und umfangreich gewesen, dass schon jetzt – vor einer offiziellen Identifizierung – die Identität so gut wie feststand. Da blieb kein Raum für Spekulationen. Anna Blomquist war tot.

»Jana Anderson.«

Hieß eine zweite, vermisste Schwedin mit langen, auffallend strohblonden Haaren, und Struller wollte einen Besen fressen, wenn das nicht die Frau gewesen war, die sich auf dem verunfallten Boot in der Klappbank aus dem Leinensack gestrampelt hatte.

»Wo bist du, Jana?«, flüsterte Struller.

Er überflog seine Notizen. Anna und Jana gehörten einer schwedischen Fußballmannschaft an, die in Erkrath an einem internationalen Fußballturnier teilnahm. Mit vier anderen Teamkameradinnen und ihrer Trainerin hatten die beiden die Düsseldorfer Altstadt aufgesucht, um sich später vom Burgplatz aus das Feuerwerk der Kirmes auf der anderen Seite des Rheins anzugucken. Aber die beiden Mädchen hatten sich schon gegen 16.00 Uhr frühzeitig von ihrer Gruppe entfernt, um noch ein wenig tanzen zu gehen. Ihre Trainerin und die anderen Spielerinnen waren in einer Düsseldorfer Hausbrauerei geblieben. Nach dem Feuerwerk fuhren sie zurück nach Erkrath, in der irrigen Annahme, die beiden Spielerinnen dort bereits anzutreffen. Als sie jetzt am Montagvormittag immer noch nicht in ihrer Erkrather Unterkunft aufgetaucht waren, hatte sich die Trainerin entschlossen, die beiden Mädchen als vermisst zu melden. Die Kollegen der Altstadtwache hatten keine guten Nachrichten für sie gehabt.

Die Bürotür wurde aufgestoßen. Praktikant Jensen trat ein und winkte mit zwei dicken, staubigen Aktenordnern. »Ich hab die Unterlagen im Archiv gefunden. Ein Ordner mit der Durchschrift der Ermittlungsakte und ein zweiter mit Nebenvernehmungen. Es kommt nichts weg. He, was guckst du so grimmig?«

Struller zückte seine Zigarettenschachtel und klopfte eine Ernte 23 ans Tageslicht. »Die Tote aus der Gerichtsmedizin heißt Anna Blomquist, und es gibt ein zweites Mädchen, das vermisst wird. Jana Anderson.«

Jensen knallte die Ordner auf seinen Schreibtisch. »Scheiße!«

»Ja.«

»Der Klappkasten auf dem Boot?«, fragte er.

»Ich geh davon aus. Zwei Leinensäcke, einer voll, einer leer.«

Jensen nickte. »Wir müssen das Mädchen finden. Das Hafenbecken ... Soll ich Taucher anfordern?«

»Gute Idee! Mach das am besten sofort!«

Im gleichen Moment ratterte das Faxgerät ein vergrößertes Foto von Jana Anderson in ihr Büro.

»Ich gebe eine Personenfahndung raus«, knirschte Struller, schob die Zigarette, die er immer noch unangezündet zwischen seinen Fingern hielt, wieder zurück in die Schachtel und griff nun seinerseits energisch zum Hörer.

* * *

Struller ruckelte eine Stunde später am Rand des Hafenbeckens Nummer 6 seine ockerbraunbeigesandfarbene Sommerjacke gerade, die aus bekannten Gründen rechts schwer durchhing. Im dunkelgrünen Einsatzanzug stand neben ihm der Leiter der Diensthundestaffel und schürzte die Lippen. »Alles durchsuchen, meinst du? Lückenlos? Da kommt eine Menge an Quadratmeter zusammen, Pit.«

Struller nickte. »Uns wird aber nichts anderes übrig bleiben, Ralf. Wenn wir die Vermisste nicht im Hafenbecken finden – worüber wir ja eigentlich froh wären –, dann müssen wir die umliegenden, leer stehenden Fabrikhallen absuchen. Von oben bis unten und von links nach rechts.«

»Dann brauche ich mehr Hunde.«

»Das dürfte kein Problem werden. Du darfst dir sogar die Sorte aussuchen.«

»Es heißt Rasse, Pit, Hunde-*Rasse*.«

»Das Wort *Rasse* kommt mir immer so schwer über die Lippen.«

»Ich weiß, was du meinst, Pit. Das ist natürlich Blödsinn.«

Struller blickte zur Seite, wo Jensen hektisch telefoniert hatte und jetzt kopfschüttelnd sein Handy zurück ins Hemd kramte. So richtig zufrieden sah sein Praktikant, der sich jetzt zu ihnen gesellte, nicht aus.

»Und?«

Jensen schniefte. »Das Boot der Düsseldorfer Tauchergruppe ist defekt, die Kamera wird gewartet, die Anlage, mit der die Sauerstoffflaschen befüllt werden, ist für einen Sondereinsatz nach Niedersachsen ausgeliehen. Es reist eine Tauchtruppe der Feuerwehr an. Das dauert, aber sie kommen.«

»Immer dasselbe bei dem Schwimmverein. Unter Wasser sind die super. Da meinst du, die ernähren sich nur von Fisch und haben Kiemen, aber kaum haben sie Boden unter den Füßen, kannst du unsere Taucher vergessen«, maulte Struller.

»Da tauchen sie nichts«, ergänzte der Hundeführer.

»Hauptsache, der Dienstgruppenleiter, der hauptberuflich Ärsche aufreißt, nervt hier heute nicht rum«, murmelte Jensen.

»Alfred Gerlach?«, fragte der Hundeführer grinsend.

»Genau.«

»Hm«, knurrte Struller. »Dafür parken dort die ersten Pressevertreter ihre Fahrzeuge ein. Jensen, sprich du sie kurz an. Ich kenne die beiden, Rheinische Post und WDR 2, die beiden sind in Ordnung. Nur, dass sie uns nicht unnötig durch die Spuren für die Hunde laufen.«

»Mach ich«, sagte Jensen und marschierte los.

Strullers Handy meldete sich.

»Ist das die Melodie aus *Spiel mir das Lied vom Tod?*«, fragte der Hundeführer.

»Ich arbeite bei der Mordkommission. *Junge, komm bald wieder*, passt da nicht«, erklärte Struller und meldete sich. »Hallo?«

Ein kurzes Rauschen. »Hallo, Herr Struhlmann. Sie wissen, wer dran ist?«

»Ja«, antwortete Struller vorsichtig, der Gregorius Scharfensteins Stimme sofort erkannt hatte.

»Sucht ihr wen?«

»Wir suchen immer jemanden«, blieb Struller vorsichtig.

»Im Hafenbecken?«

»Haifische.«

»Wir müssen uns unterhalten. Sofort. Kann sein, dass ich Ihnen verraten kann, wo sich … der Haifisch befindet.«

Struller schluckte. »Scharfenstein, wenn das ein Scherz ist, dann kreist der Hammer.«

»Glauben Sie mir, in diesem Fall mache ich keine Scherze. Drehen Sie sich nach links. So ist gut. Dann sehen Sie einen runden Turm. Rechts daneben befindet sich eine blaue Stahltür. Dort erwarte ich Sie.«

Struller drückte ihn weg. »Ralf, schmeiß den Laden hier mit Jensen. Der weiß Bescheid. Ich muss kurz weg.«

Struller marschierte los. Während der knapp 250 Meter Wegstrecke malte er sich fantasievoll aus, was passieren würde, wenn Scharfenstein ihm mit irgendeiner dämlichen Geschichte kam. Vielleicht würde er etwas mit einer Waage basteln. Die schwere Eingangstür neben dem Turm war aus Eisen und dunkelblau gestrichen. Schwungvoll, weil offensichtlich frisch geölt, wurde sie von innen geöffnet.

»Das ging flott«, grüßte ihn der Künstler.

»Weil ich extrem beschäftigt bin«, erwiderte Struller mit einer Stimme, rau wie die Knie eines Fliesenlegers.

»Ich werde mich so kurz wie möglich fassen. Folgen Sie mir bitte«, forderte Gregorius Scharfenstein ihn auf.

Struller folgte dem merkwürdigen Typen, der heute mit einer farbfleckigen, gelben Latzhose bekleidet war – zum weißen Halstuch natürlich – in einen quadratischen Raum ohne Fenster. Die Wände waren komplett weiß gestrichen. Unter die ebenfalls weiß gestrichene

Decke war eine Leiste mit mehreren, starken Strahlern geschraubt, die den Raum grell und hell ausleuchteten. Vom Raum gingen zwei Treppen ab, eine führte nach oben, eine nach unten.

Mit einem Ruck drehte Scharfenstein sich um und blickte Struller fest in die Augen. »Wir kennen uns … von dieser Sache. Ich sehe ganz genau hin, ich kann Menschen einschätzen. Sie sind hart, Sie sind grob, Sie sind fair. Ich traue Ihnen.«

»Ich würde mich ähnlich beschreiben und traue meinerseits aber Ihnen nicht von hier bis Viertel nach zwölf.«

Scharfenstein lachte. »Mit Verlaub, das ist eine Lüge, Herr Struhlmann. Wäre dem so, dann hätten Sie mich schon vorgestern mit auf die Wache geschleift.«

Struller lächelte knapp zurück. »Was liegt an?«

Scharfenstein schloss kurz seine Augen, um sich zu konzentrieren und sprach dann mit fester Stimme. »Ich war am Samstagabend noch wach. Ich wollte mir um 23.00 Uhr das Feuerwerk der Rheinkirmes anschauen und hatte mich nach gegenüber in die alte Papierfabrik begeben. Ich stand ganz oben unterm Dach auf einer Balustrade, und die Aussicht war atemberaubend. Plötzlich fiel mir im Hafenbecken ein Boot auf, das mit laufendem Motor auf dem Wasser lag. In Ufernähe. Am Ufer standen zwei Personen. Einer war einem silberfarbenen Jeep entstiegen. Die beiden Männer haben sich mit einer dritten Person unterhalten, die auf dem Boot stand. Das fand ich um diese Uhrzeit merkwürdig.«

»Weiter«, brummte Struller.

Gregorius Scharfenstein trat an die Treppe, die in den Keller zu führen schien. »Schließlich beendeten die Männer ihre Unterhaltung. Ich meine festgestellt zu haben, dass die Unterredung in recht angespannter Art und Weise geführt wurde. Das Boot setzte sich schließlich langsam in Bewegung. Im Licht der Hafenlampen konnte ich plötzlich erkennen, wie eine Frau mit einem Mal einem Kasten entstieg. Geduckt und heimlich, offensichtlich wollte sie nicht bemerkt werden. Sie trat an die Reling, hielt einen Moment inne und sprang ins Wasser. Wie an entsprechend hektischen Bewegungen deutlich zu erkennen war, hatte der Mann am Steuer das bemerkt und auf sie eingeschrien. Aber statt abzubremsen, wurde das Boot beschleunigt.«

»Das Boot rast ungebremst in die Hafenmauer.«

»Richtig. Die Frau hatte derweil das Ufer schwimmend erreicht und kletterte an Land. Das habe ich noch genau beobachtet.«

»Was war mit dem Jeep?«

»Der Jeep wurde mit Anfahren des Bootes, noch vor dem folgenden Unfall, weggefahren, der dritte Mann entfernte sich zu Fuß.«

»Was geschah nach dem Unfall an Land? Dort ist geschossen worden.«

»Ich habe später mehrere Schüsse gehört. Ich möchte meinen, es waren vier. Gesehen habe ich aber nichts, weil ich der jungen Frau entgegengeeilt bin. Die Frau brauchte offensichtlich Hilfe.«

»Hatte sie lange, blonde Haare?«

»Unterbrechen Sie mich bitte nicht, dann wird alles viel, viel klarer.«

Struller riss sich zusammen.

Gregorius Scharfenstein ging nun ihm voran die Stufen runter nach unten in den Kellerbereich. »Ich habe die junge Frau in der Papierfabrik abgefangen, bevor die anderen Männer sie finden konnten. Sie wurde ohnmächtig, was mich erst überraschte, was in der Folge aber extrem nützlich war. Ich trug sie hierhin ...«

»Hierhin?«, krachte Struller.

Sie hatten den Kellerabsatz erreicht. Scharfenstein trat an eine Tür und tippte gegen das Holz. »Hierhin, in Sicherheit.«

»Warum, zum Henker, haben Sie die Frau nicht bei der Polizei abgegeben?«, bellte Struller. »Das ist Freiheitsberaubung. Behinderung der Staatsgewalt. Und absolut Scheiße!«

Scharfenstein lächelte. »Ich wollte unbedingt wissen, mit wem ich es auf der polizeilichen Seite zu tun habe. Ich traue Ihnen. Ich habe verhindert, dass die Verbrecher das Mädchen doch noch einmal in ihre gemeinen Klauen bekommen.«

Scharfenstein öffnete die Tür. Struller und er traten zügig ein. Eine junge Frau mit strohblonden Haaren erhob sich von einem Bett. Sie trug einen dunkelblauen Trainingsanzug, der einige Nummern zu groß war, lächelte und streckte Struller schüchtern eine Hand entgegen.

Scharfenstein räusperte sich. »Einer meiner Künstlerfreunde ist Beck Hansen. Ich spreche recht gut schwedisch und habe der jungen Frau Jana Anderson erklärt, warum ich sie nicht ohne Weiteres in die Obhut der Polizei geben konnte.«

Struller kniff die Augen zusammen. Er sprach sehr langsam. Und sehr leise, denn sein Blutdruck war sehr hoch. »Und warum, warum konnten Sie die Frau nicht in die Obhut der Polizei geben? Warum haben Sie das Mädchen hier festgehalten? Warum haben Sie die Polizei derartig bei ihrer Arbeit behindert? Warum, warum sollte ich Sie jetzt nicht umgehend festnehmen und wegen Behinderung der Staatsgewalt hinter Gitter bringen? Und foltern?«

In Scharfensteins Augen blitze es gewinnend. »Weil der dritte Mann, den ich am silberfarbenen Jeep und beim Motorboot gesehen habe, der dritte Mann, der zu Fuß wegging, der mit in diese Mörderbande gehört, eine Polizeiuniform trug.«

* * *

Struller legte auf. Richtig zufrieden war er nicht. Er hatte einen alten Bekannten beim Katasteramt angerufen, der ihm einen Gefallen schuldete. Die ehemalige Papierfabrik gehörte einer Investmentfirma in der Schweiz, der *Suisse Invest* aus Zürich. Allerdings schien es unmöglich, jemanden aufzutun, dem er zur Bauruine gepflegt auf den Zahn hätte fühlen können. Die Immobilie war genau genommen allen, die mit ihr zu tun hatten, ein Dorn im Auge. Struller nahm sich vor, bei Gelegenheit noch einmal intensiv nachzuhorchen. Vielleicht würde sich doch noch ein Ansprechpartner ermitteln lassen, der ihnen erklären konnte, was für ein Gesindel sich in der Ruine herumtrieb. Mit silberfarbenem Jeep oder ohne.

Jensen betrat das Büro und ließ sich an seinem Schreibtisch nieder. »Ich habe Jana Anderson der Trainerin übergeben. Die Ärzte sagen, sie ist so weit okay. Sie wird heute Nachmittag noch von der Staatsanwaltschaft angehört und dann mit ihrer Trainerin nach Schweden zurückkehren.«

Struller klappte einen Ordner zu. »Gut, dass es ihr gut geht. Gut, dass sie nicht, wie ihre Freundin, vergewaltigt worden ist. Aber ihre Aussage hat uns nicht weitergebracht.«

Jensen schüttelte den Kopf, stemmte sich in die Senkrechte und trat an die Magnetwand. »Nachdem sich die beiden gegen 16.00 Uhr von ihren Sportkameraden getrennt haben, verliert sich ihre Spur, denn Jana Anderson kann sich ab dieser Zeit an nichts mehr erinnern.«

Struller kratzte sich mit einem Lineal den Rücken. »K.-o.-Tropfen.«

»Vermutlich. Doc Stich hat ja erklärt, dass das Zeug nach einiger Zeit nicht mehr nachzuweisen ist.«

»Wir müssen herausfinden, wo man den beiden den Stoff verabreicht hat.«

Jensen beschriftete einen Zettel und heftete ihn an die Magnetwand mit der Übersicht zum Fall. *Knock Out* stand drauf. Und ein großes, rotes Fragezeichen hinter den Wörtern *Wo* und *Wer*.

Struller deutete auf die beiden Ordner, die Jensen im Archiv abgeholt hatte. »Ich werde den alten Fall noch einmal durcharbeiten. Vielleicht stoße ich auf eine Verbindung, auf irgendwas, das uns weiterhilft. Ganz sicher werde ich auf eine Vielzahl von Rechtschreibfehlern stoßen.«

Struller konnte seinen Kollegen, den arbeitsscheuen Rademacher, nicht leiden. Rademacher war noch fauler als Strullers Schwager – und der war schon seit drei Jahren tot. Sein Blick verlor sich plötzlich im Büro und nahm einen merkwürdig abwesenden Ausdruck an.

»Alles klar bei dir?«

Struller winkte ab. »Ich hatte nur gerade einen … einen Gedanken.« Struller erhob sich und trat neben Jensen an die Magnetwand. Er tippte auf das Foto von Jana Anderson, das sein nassforscher Praktikant wegen seines Visualisierungsfimmels neben dem Bild von Anna Blomquist an die Magnetwand gepappt hatte. »Die Jana Anderson ist doch ein wirklich hübsches Mädchen. Die langen, strohblonden Haare, dieses freche Stupsnäschen, die großen, hellblauen Augen. Eine gute Figur hatte das Mädel auch. Ich frage mich, warum sie nicht wie Jana Anderson vergewaltigt worden ist.«

Jensen schluckte. Ein merkwürdiger Ansatz, aber … »Vielleicht, weil Anna Blomquist bei ihrer Vergewaltigung getötet wurde. Das war vielleicht nicht geplant und könnte abtörnend gewirkt haben. Der Tod ihres Opfers hat die Bande zur Besinnung gebracht.«

Struller fuhr sich nachdenklich übers Kinn. »Bleibt die Frage, warum sie nicht mit Jana, sondern mit Anna Blomquist angefangen haben.«

»Vielleicht haben sie sich das gar nicht so in aller Ausführlichkeit gefragt. Vielleicht war es eine spontane Entscheidung – oder purer Zufall.«

Struller schüttelte den Kopf. »Ich glaube grundsätzlich nicht an Zufälle.«

»Worauf willst du hinaus?«

Struller tippte auf das Bild von Anna Blomquist. »Vielleicht hat es mit ihren langen, roten Haaren zu tun. So ein leuchtendes Rot ist selten. Rote Haare haben auf Sexualstraftäter eine hohe Wirkung.«

Jensen nickte und wunderte sich insgeheim, dass Struller – bei all seiner fachtheoretischen Ignoranz – doch über so ein spezifisches Wissen verfügte.

»Und außerdem bleibt die Frage«, fuhr Struller fort, »wo Anna Blomquist vergewaltigt und getötet wurde. Ich habe vorhin noch einmal mit Harald telefoniert, der mir versichert hat, dass es auf dem Boot keine entsprechenden Spermaspuren gab.«

»Harald hat Annas und Janas Oberbekleidungen sichergestellt. Vielleicht entdeckt er aussagekräftige Faserspuren«, hoffte Jensen.

Struller ließ sich nachdenklich wieder am Schreibtisch nieder, als es plötzlich klopfte. »Herein!«, brüllte Struller und murmelte: »Seit wann wird denn hier angeklopft?«

Die Tür wurde vorsichtig aufgedrückt. Ihr Kommissariatsleiter, Ferdinand Hengstmann, trat zögerlich ein. Er hielt eine rote Akte in seiner Hand. Offensichtlich hatte er eine Nachfrage. Nachfragen waren immer schlecht. Insbesondere solche von Hengstmann.

»Guten Morgen, Herr Struhlmann.«

»Geht es um die Schießerei im Hafen? Ich habe noch nichts Neues!«

Hengstmann schüttelte energisch den Kopf und wedelte mit der freien Hand durch die Luft. »Nein, nein. Lassen Sie sich da Zeit. Gut Ding will Weile haben. Da wurde auf einen Kollegen geschossen, da geht jetzt Gründlichkeit vor

Geschwindigkeit. Haha. Nein, äh, ich komme wegen einer älteren Sache.«

Struller hob die Augenbrauen. Was sollte das denn sein? Ältere Sachen waren … alt.

»Es geht um Ihren Schlussvermerk in der Ermittlungsakte Janina Rössing.«

»Janina Rössing?«

»Ja, die Frau, die ihren Lebensgefährten mit dem Messer in die Brust gestochen hat. Ende Juni, keine große Sache. Der Mann ist ja dann an seinen Stichverletzungen gestorben.«

»Ach ja«, erinnerte sich Struller. »Den Abschlussvermerk habe ich ganz sicher geschrieben.«

»Ja, ja, den habe ich ja auch hier.«

»Was soll denn mit dem Vermerk sein?«, wunderte Struller sich.

»Er ist …«

»Kurz und knapp. Und ich hab mir sogar mit den Formulierungen ein bisschen Mühe gegeben.«

»Sehr kurz und sehr knapp. Und die Formulierungen, also …«

Struller nahm seinem Chef genervt die Akte aus den Händen und schlug die letzte Seite auf. Soweit er sich erinnerte, waren die Formulierungen tip-top. Da hatte er ja auch schon die richtige Seite aufgeblättert. »Ja, genau. Ist doch schön geworden.«

»Schön vielleicht ja, Herr Struhlmann, aber …«

Struller schüttelte ohne Verständnis den Kopf und las vor:

»Es sollte Liebe und sie sollte für immer sein.
Doch hemmungslos,

wollte er sie stemmen bloß.
Sie griff zum Messer, er sich ans blutgetränkte Hemd.
Ausgestemmt!«

Struller ließ die Akte sinken. »Kurz, knapp, alles drin.«

Jensen hielt die Luft an.

Hengstmann wippte von einem Fuß auf den anderen. »Ja, schon. Irgendwie, aber …«

Die Bürotür wurde erneut geöffnet. Ohne, dass angeklopft wurde. Ein fast zwei Meter großer, athletischer Hüne mit schneidiger Kurzhaarfrisur trat ein. Er war schwarz, und man hätte ihn für einen amerikanischen Basketballstar aus der NBA halten können, aber es war Bruce Foxton, der neue Leiter der Düsseldorfer Staatsanwaltschaft. Seine rechte Gesichtshälfte zierte oder entstellte eine mehrere Zentimeter lange, zackige Narbe. Er trug eine teure, dunkle Anzugkombination, darunter ein hellblaues T-Shirt mit Rundkragen, das hauteng sitzend seinen sportlichen Körper betonte. Wahrscheinlich spielte er doch Basketball in der NBA.

»Guten Tag, die Herren«, grüßte er mit zum Körper passender, tiefer Stimme.

»Oh, hallo, Mister … Herr … Foxton«, grüßte Hengstmann.

»Hallo«, grüßte Jensen, den der entscheidungsfreudige Foxton beim letzten gemeinsamen Einsatz positiv überrascht hatte.

»Tag«, grüßte Struller.

Bei Leuten von der Staatsanwaltschaft musste man vorsichtig sein. Die vertraten Recht und Gesetz, das war immer heikel. Andererseits war ein dunkelhäutiger Staatsanwalt natürlich der Albtraum für jeden rassistisch motivierten Straftäter. Und Rassisten gönnte Struller nichts. Guten, gesunden Schlaf schon gar nicht.

»Störe ich?«, fragte Foxton und blickte Struller fragend an.

»Nein, auf keinen Fall«, antwortete Hengstmann. »Nehmen Sie doch Platz. Was können wir tun?«

»Danke, ich bin gleich wieder weg. Ich habe gerade in der Sache Anderson und Blomquist mit dem Innenminister telefoniert. Die schwedischen Behörden sind mehr als interessiert an einer schnellen Klärung des Falles.«

»Ach?«, fragte Hengstmann.

»Das wird Sie wundern, aber das ist hier bei uns ähnlich«, knurrte Struller.

»Einen Kaffee?«, fragte Jensen schnell.

Foxton vergrub seine riesigen Hände in den Taschen. »Das ist mir klar. Ich bin auch nur hier, um Ihnen meine Unterstützung anzubieten. Was immer Sie brauchen, wenden Sie sich unbürokratisch und direkt an mich, ich werde sehen, was ich tun kann.«

»Das ist gut zu wissen«, summte Hengstmann.

»Ich weiß ja, dass Sie, Herr Struhlmann, zeitweilig einen recht unorthodoxen Ermittlungsansatz wählen, aber lassen Sie sich nicht bremsen. Tun Sie, was Sie tun müssen. Nur ...« Foxton machte eine Pause und die Narbe in seinem Gesicht ruckte. »Ich möchte diesmal ganz genau und rechtzeitig informiert werden. Haben wir uns da verstanden?«

»Aber sicher«, antwortete Hengstmann schnell.

Struller schwieg.

Foxton fuhr sich mit den Fingerspitzen seiner rechten Hand über die Narbe. »Worum geht es bei dieser Sache überhaupt? Was steckt dahinter?«

Struller schniefte. »Zum jetzigen Zeitpunkt gehen wir davon aus, dass es sich um eine Verdeckungseskalation gehandelt hat. Anna Blomquist starb, als man sie vergewaltigte. Sie und ihre Freundin sollten danach im Hafenbecken versenkt werden. Jana Anderson gelang die Flucht. Dass sich das Motorboot in die Ufermauer geschraubt hat, war wahrscheinlich ein Unfall. In der Folge wurde der bis dahin unbeteiligte Kilian Bergstreckl am Hafenbecken erschossen.«

»Dann war er keiner der Täter?«

»Wahrscheinlich nicht. Der Täter kehrte später an den Tatort zurück, fiel uns auf und hat bei seiner Flucht auf den Kollegen geschossen.«

»Dessen Zustand ist übrigens unverändert«, unterbrach Foxton. »Ich komme aus dem Krankenhaus. Sein Zustand ist stabil, allerdings auf bedenklichem Niveau.«

Struller fuhr fort. »Zurzeit ergeben sich Hinweise, dass es möglicherweise Verbindungen zu einem Mord gibt, der siebzehn Jahre zurückliegt. Und wir haben eine Person aufgetan, die sich einer allgemeinen Überprüfung entzogen hat, was sie verdächtig macht.«

»Öffentlichkeitsfahndung?«

»Wir arbeiten dran.«

»Haben Sie die alten Akten angefordert?«, fragte der Staatsanwalt.

Struller deutete auf die beiden Ordner auf seinem Tisch. »Und bevor Sie nachfragen: Nein, die Erde ist keine Scheibe.«

Hengstmann schnappte nach Luft, Jensen sah zu Boden.

Erneut ging die Tür auf.

»Großes Meeting?«, murmelte Struller und erkannte Faserspuren-Harald und erfreulicherweise ein zufriedenes Lächeln in seinem Gesicht. »Was grinst du denn so?«

»Guten Morgen auch. Herr Hengstmann, Herr …?«

»Foxton, ich bin der neue leitende Staatsanwalt«, stellte sich der fast neue Staatsanwalt vor.

»Oh. Nicht schlimm. Äh, auch gut. Sicher. Äh, die Kollegen haben einen der Fingerabdrücke auf dem Motorboot zuordnen können. Es ist ein alter Bekannter. Quasi ein Stammkunde.«

»Harald, mach es nicht so spannend und spuck es aus, sonst klopp ich dir auf die Vorderzähne!«

Hengstmann zuckte zusammen. Der Staatsanwalt grinste und auch Faserspuren-Harald zog eine Grimasse. »Ich hatte euch von dem Fingerabdruck auf dem Butterflymesser erzählt. Die Kollegen in Holland haben den Abdruck zuordnen können. Sie gehören zu einem Jan de Rooy. Einunddreißig Jahre alt, geboren in Amsterdam. Nicht die hellste Kerze auf der Torte! Gelernter Einbrecher. Auf dem zweiten Bildungsweg. Beruflich auch häufig in Deutschland tätig. Hat bis Anfang des Jahres eingesessen, weil er für ihn dooferweise an der deutsch-holländischen Grenze mit einem außergewöhnlich großen Drogenpaket angetroffen wurde.«

»Ungeschickt«, stellte Struller fest.

»Seine Fingerabdrücke befinden sich ebenfalls auf dem Motorboot.«

»Er könnte derjenige gewesen sein, der Bergstreckl erschossen hat«, freute sich Jensen.

»Wo wohnt der?«, fragte Struller.

»Hotel *Schaub* in Oberbilk. Da hat er ein Zimmer. Dort ist er aber seit mehreren Wochen vom Pförtner nicht mehr gesehen worden.«

»Kann man dem Pförtner trauen?«, fragte der Anwalt.

»Klar, ein ganz, ganz ordentlicher Mensch, sehr gewissenhaft. Der kommt aus Thüringen und hat drüben jahrelang für die Stasi gearbeitet«, erklärte Faserspuren-Harald. »Auf den ist absolut Verlass.«

Hengstmann hob den Zeigefinger. »Äh …«

»Haben wir ein Foto von dem Holländer in unseren Akten?«

»Das aktuellste ist zwei Jahre alt.«

Struller knurrte. »Reicht. Den schreibe ich auch sofort zur Fahndung aus! Soll der uns mal erklären, wie seine Fingerabdrücke auf Preuningers Motorboot und aufs Messer kommen.«

»Ist das eine Ermittlungsakte?«, fragte Foxton plötzlich und deutete auf die rote Akte, die Hengstmann immer noch in seinen Fingern hielt.

»Ja, eine ältere Sache … Rössing. Wir besprechen gerade den Schlussvermerk, den Herr Struhlmann bereits formuliert hat und der …«

Der Staatsanwalt zog die Akte flink aus Hengstmanns Fingern. »Dann kann ich die Akte der Einfachheit halber ja gleich mitnehmen, ich muss sowieso noch ins Stammhaus.«

»Äh …«, sagte Hengstmann.

»Sicher«, sagte Struller.

Hengstmann seufzte.

»Meine Herren. Ich muss wieder los.«

»Ich auch«, sagten Harald und Hengstmann gleichzeitig.

Eine Minute später hatten Struller und Jensen ihr Büro wieder für sich alleine.

»Und jetzt?«, fragte Jensen.

»Ich gebe Jan de Rooy in die Fahndung. Dann gehen wir neu strukturiert an die Sache ran. Hübsch koordiniert, wie du es als Polizeischüler gerne hast. Ich ackere die beiden Ordner mit dem alten Fall durch. Du machst die modernen Sachen. Da habe ich für dich hier drei feine Märchenfilme.«

Struller reichte Jensen einen Umschlag. »Das Päckchen hat Kameramann Rainer mir vorhin übergeben. Da sind DVDs mit den kompletten Aufnahmen der berühmten Fleischpeitschentrilogie drin. Mit Outtakes.«

»Oh Gott.«

»Genau. Zieh sie dir rein. Vielleicht kannst du was lernen. Guck zu, dass du Ronny Riemen sichtest, ohne dass er die doofe Sonnenbrille trägt. In irgendeinem Gewühl, in irgendeinem Spiegelbild. Für die Fahndung nach Fleischpeitschen-Ronny brauchen wir ein Foto. Vom Gesicht.«

»Das wird bestimmt toll«, maulte Jensen.

»Für zehn Uhr habe ich dir morgen einen Termin auf der Altstadtwache gemacht. Wieder was Modernes. Die haben eine Videoüberwachungsanlage, mit der sie Teile der Altstadt beobachten. Vielleicht kannst du die beiden Schwedinnen auf einem der Bänder erkennen.«

»Danach habe ich viereckige Augen«, maulte Jensen.

»Sportsfreund, Lehrjahre sind keine Herrenjahre. Der Job ist schmutzig und schlecht bezahlt, aber einer muss ihn machen.«

* * *

Deshalb saß Jensen vier Stunden später im weiten T-Shirt und labbriger Jogginghose auf der Couch und strich sich geistesabwesend über die roten Augen.

»Ja. Ja. Jaaaaaaaa«, stöhnte Gloria Hole und sah dabei Jensen direkt an.

Also, natürlich sah sie ihn nicht so richtig direkt an, aber aus dem Fernseher heraus. Ihn an. Schon merkwürdig, wenn man der Frau, die sich jetzt lasziv auf einem gigantischen Wasserbett sündig rekelte ... oder sich rekeln ließ ... schon einmal gegenüber gesessen hatte. Und man wusste, dass sie eine Karriere als Tierforscherin anstrebte.

»Ja. Ja. Jaaaaaaaa.«

Jensen kniff die Augen zusammen. Hoffentlich entdeckte er bald diesen dämlichen Ronny Riemen. Ihm schmerzten die Augäpfel. Außerdem hoffte er, dass sich seine Nachbarn nicht als Lauscher rausstellten. Denen würde er nach diesem stundenlangen Stöhnmassaker im Treppenhaus nicht mehr unvoreingenommen gegenübertreten können.

In Teil Eins der epochalen Fleischpeitschentrilogie war ihm schon kein Ronny-Treffer gelungen, auch nicht in den teilweise recht lustigen Outtakes. In so einem wilden Fleischgewühl konnte man schon mal die

Orientierung verlieren. Oder das Gleichgewicht. Da ging es ja im wahrsten Sinne des Wortes drunter und drüber. Das sah schon lustig aus, wenn dann so ein menschlicher Fleischknubbel langsam, mit den Händen rudernd, schreiend vom Sofa rutschte …

Und jetzt war er schon in der Mitte des zweiten Teils – und von Ronny war wieder in der Hauptsache nur der Riemen zu bewundern. Und die Sonnenbrille. Und …

»Halt!«

Jensen schnellte zur Fernbedienung. Da war doch für einen kurzen Moment ein neues Gesicht zu sehen gewesen.

»Das kann nur …«

Hastig stoppte er den Player und fuhr zurück.

»Oh, lass es den Ronny sein! Bitte, bitte, bitte!«

Nur ein kleines Stück, das musste reichen. Jensen fuhr den Film wieder an und leckte sich aufgeregt die Lippen. Er ging ganz nah den Bildschirm. Er wollte jetzt alles ganz genau mitbekommen. Er drückte auf *Play*.

Gloria Holes Talente wurden rhythmisch geschüttelt, sie blickte ihn lüstern an. »Ja. Ja. Jaaaaaaaa.«

Großaufnahme Wasserbett. Ein nackter Hintern, von hinten, wahrscheinlich der von Boris Bums. Kleines, haariges Monster-Tattoo auf der linken Pobacke, ja, das war der Boris. Jensen konnte inzwischen alle Darsteller an der linken Pobacke erkennen. Er kniff die Augen zusammen. Seine Nasenspitze berührte fast den Bildschirm. Schnitt! Wechsel auf Glorias Gesicht. Und …

»Nein«, fluchte Jensen enttäuscht, das war nicht Ronnys Gesicht, sondern das vom Ringo. Mist!

»Jaaaaaaa«, jubelte Gloria orgiastisch.

»Was machst du denn da?«, fragte eine Stimme hinter Jensen.

Die Stimme kam aus Richtung Tür. Jensen fuhr herum und zuckte zusammen. »Äh …«

»Sag es nicht! Ich kann mir die Frage selbst beantworten.«

»Jaaaaaaa«, gurrte Gloria.

Jensen tastete nach der Fernbedienung und drückte eilig einen Knopf.

»Jaaaaaaa«, brüllte Gloria, denn Jensen hatte versehentlich die Lautstärke hochgeregelt.

Er sah, wie seine Polizeikollegin Nadine heftig nach Luft schnappte und ihre rote Rauschemähne giftig in den braun gebrannten Nacken warf. Mann, war das jetzt peinlich.

»Nadine, äh, hallo! Ich kann das erklären.«

»Nicht nötig!«

»Jaaaaaaa«, flüsterte Gloria.

»Es ist nicht so, wie es aussieht.«

»Ach? Wolltest du ganz in den Fernseher reinkriechen?«

»Ähm, ich musste nur eine Szene ganz genau, also, wissen, wie … und ob.«

»Ich verstehe«, sagte Nadine.

»Oh, Oh, Oh, Oh. Jaaaaaaa«, stöhnte Gloria Hole.

»Ich wollte dir eigentlich nur den Wohnungstürschlüssel zurückbringen, aber vielleicht komme ich besser ein anderes Mal wieder.«

»Ähm …«

»Wenn du nicht beschäftigt bist.«

»Jaaaaaaaa«, rief Gloria.

»Nein«, flüsterte Jensen.

Aber da hatte Nadine schon auf dem Absatz kehrtgemacht und war wieder auf dem Weg raus auf den Flur.

»Dat war gut!«, brüllte Antoine L'Amour aus dem Off. »Und: Cut!«

6. Kapitel

Jensen betrat am nächsten Morgen die Altstadtwache und musste den Kopf schütteln. Es war gerade mal zehn Uhr, aber die Wache glich einem Bienenstock. Einsatzkräfte kamen vom Unfall zurück oder hasteten nach draußen, um mit ihren Wagen und eingeschaltetem Blaulicht zum nächsten Sachverhalt zu düsen. Im hinteren Bereich der Wache randalierte lautstark ein festgenommener Taschendieb und forderte einen Anwalt. Im vorderen Bereich fertigte der Wachdienstführer in aller Seelenruhe die neuen Dienstpläne an.

»Ist bei euch immer so viel los?«, fragte Jensen eine Kollegin, die an einem schmalen Schreibtisch sitzend einen braunen Umschlag mit Ausweisdokumenten und Papieren befüllte, die kurz zuvor ein ehrlicher Finder mit beachtlicher Alkoholfahne freundlichst abgegeben hatte.

»Nö, aber so einen ruhigen Tag zwischendurch, den haben wir uns auch mal verdient.«

Jensen lachte und platzierte die nächste Frage. »Werden hier eigentlich viele Anzeigen erstattet, bei denen K.-o.-Tropfen eine Rolle spielen?«

Die junge Kollegin überlegte kurz. »Ja. Seit ein paar Jahren. Das Zeug kann man im Internet bestellen oder sich selbst zusammenmixen. Im Moment ist das ein richtiger Trend.«

Im Hintergrund schrie der Gefangene jetzt nach Wasser.

Die Kollegin nickte mit dem Kopf nach hinten. »Wie Taschendiebstahl.«

»Sind die Opfer von K.-o.-Tropfen nicht schwer von klassischen Alkoholleichen zu unterscheiden?«

Sie schüttelte den Kopf. »Praktisch überhaupt nicht. Das gleiche Erscheinungsbild wie Volltrunkene. Dann werden sie von … *hilfsbereiten* … Tätern gestützt, die sich … *liebevoll* … um das Mädchen kümmern, das wohl … *ein bisschen zu schnell und zu viel* … Alkohol getrunken hat.«

»Schwer, da was zu machen«, stellte Jensen fest.

»Die Mädchen, die in die Altstadt gehen, müssen aufeinander aufpassen. Erst darauf, dass niemand was ins Getränk kippt, während eine aus der Clique tanzen ist, und dann wenn eine von ihnen ganz plötzlich total betrunken ist und rausbegleitet werden soll. Wenn die Frauen am nächsten Tag bei uns Anzeige erstatten, haben wir kaum brauchbare Ermittlungsansätze, weil sich die Opfer an nichts erinnern können. Echt ein Dreckszeug!«

Jensen nickte und schüttelte dem Beamten jetzt die Hand, der hinzugetreten war.

»Hallo. Du bist Jensen?«

»Christian, ja.«

»Bist du Schwede?«

Jensen grinste schräg.

»Ich bin der Bert. Ich zeig dir dann mal unsere Videobeobachtung, komm mit!«

Der Kollege mit der zackigen Kurzhaarfrisur und dem frischen Dreitagebart führte Jensen eine Wendeltreppe hoch in die erste Etage. In einem Glaskasten telefonierte der Dienstgruppenleiter, der knapp grüßte. Rechts herum ging es in einen Funkraum.

»Hallo!«

Kollege Bert deutete auf eine große, dunkle Monitorwand. »Hier ist unser Schmuckstück.«

Jensen nickte. »Zeichnet ihr alles auf?«

»Es wird permanent das aufgezeichnet, was die Kamera einfängt.« Bert schaltete den Monitor an. Es erschienen unterschiedlich große Kameraausschnitte. »Das sind mehrere Kameras, die einen genau festgelegten Bereich zu einer genau festgelegten Zeit überwachen. Was wir dürfen und was nicht, ist exakt vorgeschrieben, daran müssen wir uns auch ganz genau halten. Die einzelnen Kameras sind mit einer Zoomfunktion ausgestattet.«

Der Kollege drückte ein paar Knöpfe und eine der Kameras zoomte eine Personengruppe heran, die sich ein frühes Bierchen an einem Stehtisch vorm *Weißen Bären* gönnte. Kleidung, Gesichter und Gestik waren ganz genau zu erkennen.

»Krass gute Auflösung«, war Jensen beeindruckt.

Der Polizist zog die Kamera weg. »Ja. Aber die Kamera wird grundsätzlich nur präventiv eingesetzt. Die Jungs sind unverdächtig, also braucht man sie nicht zu beobachten. Wäre das jetzt eine aggressive Personengruppe, die möglicherweise eine zweite Gruppe belästigt, und stünde zu befürchten, dass es zu einer körperlichen Auseinandersetzung kommt, dann können wir sofort eine Fußstreife dorthin führen, die eine Straftat verhindert, bevor sie begangen wird.«

»Effektiv.«

»Ist es. Aber du möchtest was anderes. Struller hat mich gestern angerufen. Du möchtest versuchen zu ermitteln, wo zwei junge Frauen eingekehrt sind, die später Opfer einer schweren Straftat geworden sind.«

»Genau. Und weil beide Mädchen zusammen ausgegangen sind und jeweils ein gelbes Oberteil getragen haben, hoffe ich, dass sie irgendwo auf einer Kamera zu finden sind.«

»Ein gelbes Oberteil?«

»So eine Art Mannschaftsshirt, speziell für ihre Fußballtour. Laut ihrer Trainerin trugen alle Schwedinnen so ein Shirt, als sie am Freitag in die Altstadt gegangen sind.«

Der Kollege nickte. »Okay. Irgendwelche hilfreichen Parameter?«

»Es sind Touristinnen, die ein bisschen tanzen wollten.«

»Okay. Hilft weiter. Wir fangen mit der Bolkerstraße an, da sind die meisten Tanzlokale. Noch was?«

»Mit der Suche anfangen müssten wir am Freitag um 15.30 Uhr.«

»Hui. Freitag war die Altstadt proppenvoll, weil abends das Feuerwerk war.« Er beugte sich über den Apparat und drückte ein paar Knöpfe.

Das Bild auf dem Monitor flackerte es, dann wechselte das Bild und unten rechts im Monitor konnte Jensen erkennen, dass die Aufnahmezeit zum Start um 15.30 Uhr gesteuert wurde.

»Ich lasse das Bild mal ein bisschen schneller durchlaufen, weil zwei gelbe T-Shirts müssten ziemlich gut zu erkennen sein …«

»Da!«, rief Jensen aufgeregt.

Der Kollege drückte die Stopptaste. Ein Standbild rastete ein.

Jensen beugte sich aufgeregt nach vorne. »Ich werd bekloppt, das sind die beiden Mädchen.«

»Das ging ja flott«, summte der Kollege.

»Eindeutig.« Jensen tippte Richtung Monitor, auf der die beiden Mädchen in grellgelben Shirts vor einem Tanzlokal standen. Einmal blond, einmal langes, rotes Haar. »Wo ist das?«

»Vor der *Pferdebox*. Ziemlich angesagter Tanzschuppen.«

»Treffer! Die Linke der beiden ist die Schwedin, die ermordet wurde, die rechte das Mädchen, das vermisst war und wir unversehrt haben finden können. Kann ich das später alles rausgeschnitten haben?«

»Sicher. Das mache ich dir im Anschluss gleich fertig. Dann lass ich mal weiterlaufen, ob die beiden tatsächlich in die *Pferdebox* rein gehen.«

Auf dem Monitor war zu erkennen, dass die beiden Mädchen sich entschlossen, einzukehren. Ein verhängnisvoller Moment, ein fürchterlicher Fehler, dachte Jensen und spürte eine Gänsehaut auf seinem Oberarm. Dann bewegte sich der Ausschnitt vom Eingang der *Pferdebox* weg.

»Was passiert da?«, rief Jensen entsetzt.

»Hab ich doch gesagt. Wir können nur sehen, was seinerzeit aufgezeichnet wurde. Die Situation war schließlich unauffällig. Der Mann hier vorm Monitor hat an einer anderen Stelle der Bolkerstraße etwas Verdächtiges gesehen und schwenkt nun dorthin.«

»Mist. Ich muss ja wissen, mit wem die beiden das Lokal verlassen. Und in welchem Zustand.«

»Dann hoffen wir mal, dass die Kamera auch diesen Moment eingefangen hat«, murmelte Bert.

Jensen strich sich aufgeregt durchs Haar. Die Kamera hatte zwei Jugendliche eingefangen, die auffallend gut gelaunt übers Pflaster tanzten und dabei Personen anrempelten.

»Könnte ein sogenannter Antanztrick werden. Ist auch eine ganz neue Masche. Jugendliche tun so, als ob sie gut drauf sind und rempeln – aus Versehen – Passanten an oder verbrüdern sich mit ihnen, um den Leuten in Wirklichkeit das Portemonnaie oder das Handy aus der Tasche zu ziehen.«

Da die beiden aber in einen Laden verschwanden, schwenkte die Kamera wieder zurück auf den Eingangsbereich der *Pferdebox*. Die Uhr im Monitor lief runter.

»Schon 18.00 Uhr«, murmelte Jensen, der inzwischen mehrmals hilflos hatte mit ansehen müssen, wie der Kameramann seinerzeit verdächtige und sich streitende Personen eingefangen und ein Stück die Bolkerstraße entlang begleitet hatte und der Ausgang der *Pferdebox* in dieser Zeit unbeobachtet geblieben war.

18.10 Uhr.

18.20 Uhr.

18 …

»Da!«

Bert hatte schon reagiert und die Slow Motion-Taste gedrückt. Jensen blinzelte aufgeregt mit den Augen.

»Da haben wir euch«, flüsterte der Polizist.

Auf dem Video war zu sehen, wie Anna Blomquist und Jana Anderson von zwei Männern nach draußen gestützt wurden. Der eine Mann trug Jeans und ein rotes Hemd, der andere zur Jeans ein grünes Sweatshirt, hinten mit einem Logo *New York*. Links der beiden tapste ein großer, breiter Mann, der mit wilder Gestik in ein Mobiltelefon sprach.

»Gibt es eine zweite Kamera, damit wir die von vorne sehen und ihre Gesichter erkennen können?«

»Wir haben nur das da!«

Die beiden Mädchen wirkten wie volltrunken. Annas feuerrote Haare wehten von links nach rechts, Jana sackte beim Laufen immer wieder in die Knie.

»Dass die nicht angesprochen werden«, erboste sich Jensen.

»Glaub mir, die fallen unter den Hunderten von angetrunkenen Personen überhaupt nicht auf.«

Jensen seufzte. Da hatte der Kollege sicher recht. Vorbehaltlos betrachtet wirkten die vier schwankenden Personen vollkommen unauffällig und harmlos. Die beiden Frauen waren einen Tick zu sehr angetrunken, aber auch genau deshalb strömten die Männer und Frauen ja an die längste Theke der Welt. Nach einer knappen Minute bogen die Personen nach links in die Mertensgasse ab und waren auf der Kamera nicht mehr zu sehen. Jensen richtete sich auf.

»Und was haben wir da gesehen?«, fragte Bert, und auch der Beamte am Funktisch neben ihnen blickte Jensen gespannt an.

Jensen schnaufte. »Anna Blomquist und ihre Mörder.«

* * *

Struller saß in seinem Büro. Vor sich die beiden siebzehn Jahre alten Ordner. Den einen mit der Abschlussakte, die dann später an die Staatsanwaltschaft gegangen war, hatte er bis gerade durchgeackert. Er rümpfte die Nase. Die Akte roch so staubig alt, wie sie war. Kollege Rademacher hatte allerdings – damals noch jung, motiviert und unverbraucht – für seine Verhältnisse halbwegs brauchbare Arbeit geleistet. Der Fall wäre auch für einen talentierten und energischen Ermittler kaum zu knacken gewesen. Zeugenaussagen, Spurenbilder: alles mehr als bescheiden. Der zweite Ordner – den er sich als Nächstes vorknöpfen würde – enthielt Berichte und Eindrucksvermerke, die es nicht in die offizielle Akte geschafft hatten. Struller zupfte sich an der Nase. Vielleicht hätte er damit anfangen sollen, denn die Originalakte hatte nicht weiterhelfen können.

Weiterhelfen? Er hatte eine Idee.

Entschlossen klappte er die Ordner zu und stand auf. An den Ermittlungen beteiligt war neben Rademacher seinerzeit auch Kriminaloberkommissar Böller gewesen – und diesen Kollegen gab es in den Katakomben des Düsseldorfer Polizeipräsidiums immer noch. Zumindest hatte er den kauzigen Typen neulich noch in der Kantine gesehen. Böller hatte so gerochen, als wäre er vollständig in die faulig-finsteren Keller des alten Gemäuers eingezogen.

Struller verließ das Büro, schloss hinter sich sorgfältig ab, weil ja so viel geklaut wurde, und machte sich auf den Weg, die alten Steintreppen runter in die dunklen Keller der Festung. Schließlich öffnete er eine Stahltür mit der Aufschrift *Zum Reaktor*. Da hatte bestimmt nur jemand einen Scherz gemacht. Struller knipste einen Schalter ein und folgte dem Gang. Nach zwei Minuten, in denen er mehrmals an einem abgelegten, verstaubten Feuerlöscher vorbeikam, war er sicher, sich verlaufen zu haben. Er erreichte eine Tür. Auch die war beschriftet. *Asservatenraum 1.004.*

Hier war also der Raum. Hier lagerte doch auch das entlastende Beweisstück in der Sache …

»Schnee von gestern!«

Das Beweisstück hatte inzwischen sicher mehrfach den Aggregatzustand gewechselt, der Fall war längst abgeschlossen. Es kam doch nichts weg, stellte Struller tröstlich fest. Als er nach weiteren drei Minuten und mehreren Abzweigen an eine Tür trat, unter deren Schlitz Licht in den schummrigen Gang fiel, war er doch richtig. Er riss die Tür auf.

Böller stand mit dem Rücken zu ihm und fuhr herum. »Ich bin gar nicht hier!«

»Doch«, widersprach Struller.

»Oh, du … ich, äh, das war eine Notlage. Ich brauchte das Geld.«

»Bleib locker, Böller. Ich hab nur ein paar Fragen.«

»Ich weiß doch nichts!«

»Setz dich!«, befahl Struller den blassen Böller hinter seinen Schreibtisch, bevor der ihm ohnmächtig vor die Füße fallen konnte. Struller hatten keinen Schimmer, warum, aber Böller hatte Angst vor ihm. Das war ohne Grund, – zumindest konnte sich Struller an keinen erinnern –, aber manchmal von Vorteil. Struller ließ das, was auch immer es war, einfach mal so im Raum stehen. »Was machst du grade?«

»Nichts«, flüsterte Böller und sein ängstlicher Blick huschte in eine Ecke des Raums, wo ein Karton stand.

»Nun gut«, sagte Struller und nahm ihm gegenüber Platz. »Böller, mein Guter, du warst doch mal ein richtiger Polizist.«

»Ja. Und dann passierte ja ... du weißt schon.«

»Ich weiß alles«, log Struller. »Ich arbeite gerade an einem Fall. Schuss auf Türsteher. Altstadt. Ist fast zwanzig Jahre her ...«

Böller nickte. »Vorm *Leierkasten* in der Liefergasse. Die Kneipe mit der dreckigsten Toilette der ganzen Altstadt. Ich hab so was später nie mehr wieder gesehen. Atemberaubend. Ich müsste noch einen Karton mit alten Fotos haben, die ich dir zeigen kann. Du wirst staunen!«

»Äh, lass mal, nicht nötig. Ich hab nicht zu den Toiletten, aber zum Fall ein paar Fragen.«

»Gerne, Pit, gerne. Ich kann mich an den Vorgang noch gut erinnern.«

»Dann erzähl mal!«

»Was?«

»Von dem Fall!«

»Ach so, ja. Also. Nacht von Samstag auf Sonntag, frühe Morgenstunden, die Altstadt ist fast leer, ein

Müllwagen kreist. Plötzlich tauchen drei Personen am *Leierkasten* auf. Der *Leierkasten* hatte damals schon einen Türsteher.« Böller hielt inne. »Warum auch immer. Rein wollte da eigentlich nie jemand. Freiwillig. Aber der arbeitende Teil des Milieus traf sich manchmal noch dort auf einen Absacker.«

»War der Türsteher ein Rocker?«

»Der Türsteher? Nein. Das war, bevor die *Black Mambas* alles übernommen haben.«

»Wieso sind die eigentlich so dahinter her, die Türsteher zu stellen?«, fragte Struller, der nie verstanden hatte, warum kräftige, etablierte Biker sich vor den Remmidemmi-Schuppen der Altstadt als Türsteher und Rausschmeißer verdingten.

Böller schien innerlich aufzuatmen, sein Gesicht hatte wieder ein wenig Farbe angenommen. »Ganz einfache Sache. Wer die Tür hat, der kontrolliert, wer in den Laden reinkommt und wer nicht. Der hat die Kontrolle, *welche* Drogen im Laden vertickt werden. Und *wer* sie verkauft. Der Türsteher kontrolliert, welche Nutten rein dürfen und welche draußen bleiben müssen. Um nur mal zwei Beispiele zu nennen. Von den jeweiligen Gruppen wird er geschmiert. Er hält die Hand auf. Dazu lassen sich die Türsteher vom jeweiligen Besitzer dafür bezahlen, dass sie Streitigkeiten unbürokratisch und nachhaltig schlichten. Praktisch das eigentliche Grundgehalt.«

»Okay«, nickte Struller, das Prinzip war einfach zu verstehen.

Böller lehnte sich mutig über den Tisch. »Außerdem geht es um Macht. Dieser Job macht es den Rockern möglich, in der Altstadt präsent zu sein. Das ist wichtig, denn sie wollen rivalisierenden Gruppen deutlich zeigen, dass sie es sind, die die Macht über die Straße haben. Ihnen gehört sie Altstadt, sie sagen an, was Sache ist.«

»Aha.«

»Gibt es an einer Tür Krempel oder lassen sich Mitglieder einer rivalisierenden Gang in der Stadt blicken, dann greift ein Netzwerk und die Bande hat schneller eine Mannschaft am Start, als du furzen kannst.«

»Das wage ich zu bezweifeln.«

»War nur bildlich besprochen, Pit.«

»Okay. Zurück zur Mordnacht.«

»Unabhängige Zeugen gab es keine, aber der Türsteher hieß Merten. Er hat uns auf dem Weg ins Krankenhaus noch erzählen können, dass es zwischen ihm und drei Personen zu einem Streit kam, es ging um Drogen. Dann zieht einer der drei eine Knarre und schießt vier Mal auf ihn. Vier Treffer. Die Typen hauen sofort ab, die Fahndung der Schupo verläuft negativ. Nach seiner ersten Aussage hat er noch einige Stunden gelebt, aber einer der Schüsse war tödlich.«

Struller nickte. Auch der Täter am Hafenbecken hatte viermal auf sein Opfer geschossen. Konnte Zufall sein …

»Gab es Verdächtige?«

»Das war es ja«, wandte sich Böller unwohl. »Wir hatten sofort die üblichen Verdächtigen im Visier, aber das war negativ. Wir haben dann Mertens Umfeld untersucht, aber das führte zu nichts. Wir sind schließlich dabei ausgekommen, dass es eine Art Zufall war, dass Merten zum Opfer geworden ist.«

»Dagegen spricht der Streit, von dem Merten gesprochen hatte.«

»Ja, aber da gab es keine weiteren Anhaltspunkte.«

»Warum sollte der Tote euch belogen haben?«

»Aus Prinzip? Einfach so? Oder vielleicht, weil er glaubte, dass er überlebt, um dann noch was drehen zu können. Merten war selbst kein unbeschriebenes Blatt. Ihm wäre schon eine passende Rächeraktion eingefallen.«

Struller nickte.

»Außerdem gab es in der Folge keine weiteren Versuche, den Laden als Drogenumschlagplatz zu nutzen. Wie gesagt, die Toiletten waren so dreckig, da sind selbst die heroinabhängigen Junkies vor fies gewesen. Und ich meine, um Drogen hätte es ja gehen sollen.«

Böller warf wieder einen vorsichtigen Blick Richtung Karton in der Ecke und fragte dann. »Um was geht es denn jetzt?«

»Im Hafen ist einer erschossen worden. Mit der gleichen Waffe, wie damals vorm *Leierkasten*.«

»Nein?«

»Doch!«

»Das ist ja interessant. Das war eine Beretta, oder?«

Struller nickte und war wirklich beeindruckt, was Böller alles noch aus seinem Oberstübchen abrufen konnte. Er hatte schon mehrmals gehört, dass sein kauziger, als Kellerassel verspotteter Kollege einmal ein ganz brauchbarer Polizist gewesen sein sollte. Er fragte sich, was Böller so aus der Bahn geworfen hatte. »Ihr habt den Fall dann als ungelöst abschließen müssen. Das ist euch sicher nicht leicht gefallen?«

Böller runzelte verwirrt die Stirn, schien die Frage nicht zu verstehen. »Äh, schwer? Nein, eigentlich nicht. Ich hätte die Sache natürlich gerne aufgeklärt, aber hey, es hat mit Merten keinen Unschuldigen getroffen. Die Welt ist eine bessere ohne ihn.«

Okay. Struller konnte ausschließen, dass es genau *dieser* Fall damals war, der Böller aus dem Tritt gebracht hatte. Wäre ja interessant gewesen.

»Böller, ich tappe in meinem Fall noch ziemlich im Dunkeln. Ich weiß noch nicht, worum es geht.«

Böller schürzte die Lippen. »Der Schuster bleibt bei seinen Leisten. Wenn es damals um Drogen gegangen ist, dann geht es heute in deinem Fall sicher wieder um Drogen.«

Struller schnalzte mit der Zunge. Das war ein simpler, aber wirklich naheliegender Ansatz. »Ich brauche Namen.«

»Stehen alle in den Akten.«

»Die offizielle habe ich durchgeackert …«

»Die gibt es noch?«, fragte Böller, scheinbar sichtlich erfreut darüber, dass seine aktive Polizeiarbeit Spuren hinterlassen hatte.

»Klar. Und die Akte ist sauber abgearbeitet.«

»Danke.«

»Die ist nur ziemlich dünn.«

»Wir hatten damals nicht viel. Aktenvermerke werden heute auf diesen Computern ja zu Tausenden geschrieben, aber damals war es eher selten, dass sich ein Kollege an die Schreibmaschine setzte, um mal einen Beobachtungs- und Feststellungsbericht zu schreiben, der einen dann in der Sache weitergebracht hat.«

»Ich weiß, was du meinst«, stöhnte Struller.

»Aber in der zweiten Nebenakte, da ist einiges abgeheftet. Ein paar Personen, die während der Fahndung überprüft worden sind und denen keine Tatbeteiligung nachgewiesen werden konnte. Und denk dran, DNA-Spuren, Videoüberwachung und so was gab es damals noch nicht.«

»Ist nicht alles besser geworden.«

»Wem sagst du das«, flüsterte Böller. »War eine schöne Zeit.«

»Tja …«, begann Struller und wollte aufstehen.

Böller räusperte sich. »Die anderen Türsteher hab ich damals aufgesucht und angesprochen. Ich hatte zwei, drei gute Kontakte in die Szene, aber die Kerle haben mir nichts sagen können. Oder wollen. Also, damals. Seitdem ist viel Zeit vergangen. Vielleicht hat ja einer der alten Jungs ein gutes Gedächtnis oder hat im Nachhinein irgendwas gehört.«

»Hast du einen Namen für mich?«

Böller zog eine Schublade auf und kramte darin herum. Struller erhaschte einen kurzen Blick auf Kabel, Batterien, eine Uhr und Klebeband. Struller schluckte. Das waren Gegenstände, die bevorzugt zum Bau von Bomben verwendet wurden. Vielleicht war an der Türaufschrift *Zum Reaktor* doch was dran.

Sein Kollege zog aber nichts Tickendes hervor, sondern notierte zwei Namen auf den Zettel. Einmal den eines Menschen, einmal den eines Etablissements.

Struller warf noch einmal einen Blick auf den Karton in der Ecke. »Du möchtest nicht, dass ich da mal einen Blick reinwerfe?«

Böller schluckte, wurde leichenblass und schob Struller mit flehendem Augenaufschlag den Zettel rüber. »War damals neu in der Szene. Vielleicht gibt es den Kerl noch.«

»Ist da was Illegales in den Kartons drin?«, hakte Struller nach.

»Jein.«

»Ist es geeignet, Menschen zu verletzen?«

»Menschen zu verletzen? Bist du meschugge?«

Böller zog mit einem Ruck die Schublade seines Schreibtischs auf, Struller hielt die Luft an. Böller ruckte eine Lok ans Tageslicht.

»Modelleisenbahn. Mein großes Hobby. Ich bastle ein bisschen. Äh, wenn ich ein wenig Leerlauf habe. Also eigentlich immer. In dem Karton dort sind seltene Ersatzteile aus Übersee. Ich habe da einen ganz … speziellen, heiklen Kontakt.«

»Ach?«

»Rod Stewart.«

Struller blinzelte. »*Der* Rod Stewart?«

»Ja. Rod ist ein ganz guter Sänger, aber er ist ein begnadeter Modelleisenbahnbauer. Wir tauschen uns regelmäßig aus. Das darf sich nur nicht rumsprechen.«

»Bleibt unter uns«, versprach Struller, der einerseits beeindruckt und andererseits ein wenig erleichtert war, dass Böller nicht irgendwas bastelte, um damit Dinge und Menschen zu zerbröseln.

»Super, ich sag dir Bescheid, wenn Rod mich das nächste Mal hier im Keller besucht. Das ist so ein witziger Geschichtenerzähler.«

Struller lächelte irritiert und las den Zettel.

Böller erklärte. »Bei der Schreibweise des Namens bin ich nicht sicher. Kennst du den Laden in der Nähe der Mintropstraße?«

Struller nickte. »*Club Jamaika*. Kenne ich sehr gut!«

* * *

Eine halbe Stunde später schlenderte Struller über die Mintropstraße und wunderte sich, wie viele Bummler und Touristen sich schon um diese frühe Uhrzeit teils fröhlich lärmend offen, teils geduckt mit aufgestelltem Hemdkragen vom blinkenden Neonlicht in die Tabledance-Läden locken ließen, um sich turbulent-harmlosem, halb nacktem Spaß hinzugeben. Interessiert stellte er fest, das seit dem vergangenen Jahr mehrere Lokale in der Flaniermeile neu aufgemacht hatten. Rotlicht boomte. War bestimmt auch *Shades of Grey* schuld …

Er bog von der Rotlichtstraße rechts ab und stoppte vor einem Laden. Die schwarze Eingangstür hatte in Augenhöhe einen Sehschlitz. Nicht ganz so neonhell flackerte ein Schriftzug über dem Etablissement.

»*Club Jamaika*«, las Struller mit ein wenig Phantasie, denn das J, das A und der Punkt auf dem I taten es nicht.

Struller klopfte kräftig an die Tür. Der Sehschlitz wurde von innen geöffnet. Ein Augenpaar musterte ihn abschätzend. Ein nicht sichtbarer Mund murmelte. »Wir haben noch zu.«

»Mach trotzdem auf!«, forderte Struller und drückte seinen Dienstausweis vor den Sehschlitz.

Die schwere Eingangstür wurde mit einem lauten Quietschen geöffnet. Von einer Frau, die oben rum mit einem dunkelgrauen Stoffjäckchen und untenrum mit einer Leopardenleggins bekleidet war. Erfreut winkte sie Struller hinein. »Ja, sag doch, dass du es bist! Komm rein!«

»Äh …«

Zögernd trat Struller ein. Wieso hatte die ihn erkannt? Drinnen war es dunkel, es lief Soulmusik, alleine tanzend drehte sich eine Discokugel an der Decke. Es roch nach billigem Parfüm und viel zu teuren Getränken.

»Das ist ja eine Überraschung. Ich hoffe, du bist nicht dienstlich hier?« Die dunkelhaarige Schönheit mit der engen Leopardenleggins knipste ein zusätzliches Licht an.

Struller blinzelte und dann fiel der Groschen. »Dieter!«, erkannte Struller die Leopardenfrau, die er bei ihrem letzten Einsatz vor einem guten Jahr hier als Zeugin kennengelernt hatte.

Dieter verzog sein Gesicht. »Nicht mehr Dieter. Jetzt Petra.« Dann strahlte er. Nein sie. »Jetzt auch komplett und untenrum. Willst du mal sehen?«

»Nein«, erklärte Struller hastig. »Ich weiß, wie so was aussieht. Also, ohne.«

»Ist gut geworden.«

»Glaub ich.«

Sie strich sich über die Leggins. »Ich fühle mich endlich so … richtig.«

»Ich freu mich für dich. Ist ja schließlich auch eine wichtige Entscheidung, das dann auch so durchzuziehen.«

Petra nickte. »Ganz genau. Was kann ich für dich tun?« Sie knipste ein Auge. »Ich bin immer noch nur für die Drinks zuständig.«

Struller verspürte Kaffeedurst, aber er hatte keine Zeit. »Ich bin knapp dran. Ich wollte eigentlich Johnny sprechen.«

»Johnny?«

»Jonathan Baker Junior, den Türsteher.«

»Ach. Der arbeitet nicht mehr hier. Wie bist du denn informiert? Arbeitest du im Keller?«

»Ich nicht, aber mein Informant. Wo treibt Johnny sich rum?«

»Er steht jetzt in der Altstadt.«

»Ich habe gehört, da machen die *Black Mambas* die Türen?«

»Er arbeitet im *Köfferchen*, das ist ein kleinerer Laden. Johnny hat nebenbei wieder angefangen zu boxen.«

Struller nickte. »Das freut mich, das finde ich …«

»Petra!«, bellte plötzlich hart eine Stimme.

Die Leopardenfrau und Struller drehten sich um. Durch einen schweren, dunkelroten Stoffvorhang war der Geschäftsführer in den Raum getreten. Auch den Mann, der wieder ein weißes Jackett und weiße Schuhe trug, erkannte Struller. Er hatte ihn in unangenehmer Erinnerung.

»Petra, wieso lässt du Obdachlose hier rein?«

»Äh …«

»Oh«, summte Reisinger. »Da hab ich mich doch vertan. Sorry, Herr Kommissar Struhlmann!«

»Freut mich, dich zu sehen, Reisinger.«

»Die Freude ist ganz auf meiner Seite, Herr Kommissar. Wie man sich so freut. Über Fußpilz.«

»Ja. Genau. Er kommt immer wieder. Und ich bin eine besonders hartnäckige Form«, behauptete Struller.

»Das glaube ich sofort. Was wollen Sie hier?«

»Tanzen, aber ich stelle fest, der Laden ist noch geschlossen.«

»Sind Sie dienstlich oder privat hier?«

»Rat mal, Reisinger!«, sagte Struller und drehte sich Petra zu. »Schön, dich gesehen zu haben, fein, dass es dir gut geht. Wir sehen uns. Tja, schade, dass du nicht weißt, wo sich deine ehemalige Kollegin aufhält. Kannst dich ja mal umhören. Wie gerade gesagt, wir brauchen Ewa dringend als Zeugin.«

»Ich hör mich um«, summte Petra, knipste Struller heimlich ein weiteres Äuglein und führte ihn nach draußen.

»Bis bald, Herr Kommissar!«, dröhnte Reisinger ihm hinterher. »Wir beide haben noch eine Rechnung offen!«

Struller überlegte kurz, in der rechten Tasche seiner Sommerjacke mal nach dem Rechten zu sehen und Reisingers weiße Jacke rot einzufärben, ließ es dann aber bleiben. Eins nach dem anderen.

* * *

Struller passierte auf der Flinger Straße einen Informationsstand, an dem hagere, blasse Männer und bunt gekleidete Frauen mit Seidenimitathalstüchern Informationsmaterial verteilten. Im Vorbeigehen überflog Struller die Plakate:

Meer Deutschunterricht für deutsche Kinder!

Struller schüttelte den Kopf. Ja, an den Forderungen war definitiv was dran.

Für ein deutsches Bildungssistem!

Die verpeilten Knallschoten sahen nicht nur schon so aus, als hätten sie den größten Teil ihrer Schulzeit rauchend auf der Toilette verbracht, sondern hatten es im Alphabet auch nicht bis zum Ypsilon geschafft. Das Nachmittagsprogramm von RTL 2 mit Dosenbier und Kartoffelchips hatte dann später auch nicht mehr weitergeholfen.

Struller fand das *Köfferchen* abseits der Bolkerstraße in einer engen Seitenstraße. Das *Köfferchen* war früher eine urige Studentenkneipe gewesen. Jetzt verströmte der Schuppen den fröhlichen Charme einer untergehenden Titanic. Struller trat ein. Die Beleuchtung war schummrig, die Musik stammte aus der düsteren Ecke der Achtziger. Struller erkannte *Siouxsie and the Banshees* und war überrascht, dass er sich an den Namen der britischen Dark-Wave-Band erinnern konnte. Links neben dem Eingang wurde es im trüben Licht der Beleuchtungen gar nicht hell, denn dort saß auf einem Barhocker Jonathan Baker Junior.

»Hi Johnny!«, grüßte Struller.

Baker beugte sich auf seinem Hocker nach vorne, der Stuhl ächzte unter seiner Last. »Der Kommissar?«

»Struhlmann.«

Baker rutschte vom Hocker, der Boden erzitterte. Dann streckte das muskulöse Viereck Struller eine schwarze, muskulöse Pranke entgegen, die dieser gerne schüttelte. Strullers Hand wurde taub, aber das ließ sich der Cop nicht anmerken.

»Setz dich! Getränk?«

»Wie schmeckt der Kaffee?«

»Furchtbar.«

»Dann nehme ich einen.«

Johnny winkte einer Kellnerin, die lustlos hinterm Tresen ihre Fingernägel schwarz lackierte. Außer ihr teilten sich Johnny und Struller die Kneipe mit einem Mann, der an einem Stehtisch hockte und in einer Musikzeitschrift blätterte. Seinen Hals zierte ein dunkles Drachentattoo.

»Du hast dich arbeitstechnisch verändert?«

»Technisch nicht«, sagte Johnny und ließ eine Faust in eine geöffnete Handfläche klatschen. Ein Geräusch, das Tote aufwecken und Lebende zu Tode erschrecken konnte.

Der Mann mit der Musikzeitschrift blickte kurz herüber.

»Aber hier ist das Ambiente freundlicher«, behauptete Johnny.

Struller sah sich um und fand, dass das alles sicher eine Frage der Betrachtungsweise war. Der Tresen war klebrig, die Tapete blätterte, und ins Kneipenstaubige hatte sich der muffige Duft alten Schimmels gelegt. Die Studentin brachte den Kaffee. Das Mädel war auch kein Sonnenschein! Struller nippte am Kaffee. Johnny hatte nicht zu viel versprochen.

»Ich hab ein paar Fragen.«

»Ich will keinen Ärger«, knurrte King Kong.

»Ich habe deinen Namen von einem Kollegen. Böller.«

»Ach«, hob Johnny seine Augenbrauen, was im düsteren Licht und im düsteren Gesicht nur schwer zu erkennen war. »Ihr kennt euch?«

»Die Welt ist klein. Das hatte ich dir damals ja schon gesagt.«

»Hattest du, stimmt. Ihr kennt euch, sieh an. Hätte ich mir denken können. Aber ich sag dir, Böller ist aus einer anderen Zeit.«

»Sind wir das nicht alle?«, murmelte Struller und nickte hoch zur Box, in der nun *Morrisey* das Leben bejammerte.

Johnnys gigantischer Brustkorb hob und senkte sich glucksend.

»Ich arbeite an einer alten Sache. Vor siebzehn Jahren wurde vor dem *Leierkasten* ein Türsteher erschossen. Böller hatte den Fall. Erinnerst du dich?«

»Grob«, brummte Johnny und richtete sich auf. »War in meiner Anfangszeit.«

»Um was ging es?«

»Streit?«

»Klar. Aber worum ging es in dem Streit?«

»Das ist wirklich lange her.«

Struller schwieg.

»Ich glaube, damals fing es an, sich zu verändern. Also, die ganze Türsteherszene. Ich habe seinerzeit an einer Tür auf der Königsallee gearbeitet. Damals hat man angefangen, über die Türsteher etwas zu steuern. Wer in den Laden reinkommt, wer dort Geschäfte betreiben darf und wer nicht. Bis dahin hat der Türsteher schlicht die Hand aufgehalten, um ein paar Mark zu machen. Das hat sich geändert.«

»Heute wird *alles* über die Türsteher gesteuert?«

Die Tür des Lokals ging auf und ein zweiter, männlicher Gast kam rein, der sich zum ersten gesellte. Der Neuankömmling trug eine schwarze Bomberjacke und die Glatze blitzblank gebohnert.

»So ist es, Mann.«

»Wie sieht es aus mit K.-o.-Tropfen?«

»Soll es geben.«

»Weiß der Türsteher, dass in seinem Laden K.-o.-Tropfen abgegeben werden?«

Johnny gluckste. Es hörte sich an wie ein Erdbeben. »Geht die Sonne im Westen auf? Natürlich. Oder meinst du, einem Türsteher fällt nicht auf, wenn Mädchen rausgestützt werden, die vor einer halben Stunde noch quietschfidel in den Laden gekommen sind.«

»Warum tut der Türsteher dann nichts?«

An den schmalen, weißen Stellen in Johnnys Augen konnte Struller erkennen, dass sein Gegenüber einen schnellen Blick auf die beiden Männer am Stehtisch warf. »Vielleicht will er ja gar nichts tun.«

»Du meinst, er tut was und zwar weggucken?«

»So ist es, Bruder. Kann man leichter sein Geld verdienen?«

»Ja«, antwortete Struller philosophisch. »Hast du noch irgendeine Info zu dem alten Fall?«

Johnny schniefte. »Der Tote war kein Kind von Traurigkeit, wenn du weißt, was ich meine. Der Schock hielt sich in Grenzen. Damals hat ein früher Biker – die Mambas gab es damals noch nicht – versucht, die Szene neu zu strukturieren. Ziemlich grober Typ, an einen Namen kann ich mich nicht erinnern. Der Typ verschwand ziemlich schnell von der Bildfläche. Ich sag mal so: Es kommt viel weg. Der könnte mit der Sache zu tun gehabt haben.«

Struller nickte.

Johnny räusperte sich. »Die Kundschaft wird nervös. Sie sieht es nicht gerne, wenn das Personal mit einem Bullen tuschelt.«

»Sehe ich aus wie ein Bulle?«, fragte Struller entsetzt.

Johnny bleckte seine weißen Zähne und strahlte sein fröhlichstes Lächeln. »Guck doch mal in den Spiegel, Bruder! Deine Jacke, die Frisur, die ausgelatschten Schuhe. Du siehst aus wie keine zwanzig Euro im Portemonnaie. Natürlich siehst du aus wie ein Bulle!«

»Hm«, schnaufte Struller und entschied, dass er zumindest wie ein harter, cooler Bulle aussah. Wahrscheinlich.

»Okay, Johnny, danke für den Kaffee ...«

»He, so war das nicht gemeint, bezahlen kannst du die Plörre schon.«

»Und wenn ich was hab, melde ich mich wieder«, verabschiedete sich Struller und flüchtete nach draußen.

Dort pfiff inzwischen ein scharfer Wind durch die Altstadtgassen. Struller klappte den Kragen seiner Jacke hoch und vergrub die Hände in den Taschen. Was sollte das denn mit der Jacke? Seine Sommerjacke war klasse. Und die hielt ja jetzt auch schon über fünfzehn Jahre lang.

»Eine gute Jacke.«

Nachdenklich ließ Struller sich treiben. Er hatte einige Sachen in die Reihe zu bringen. Hatte dieser alte Fall überhaupt was mit der Sache im Hafen zu tun? Was bedeutete diese verfluchte Beretta? Oder war es einfach nur Zufall, dass ausgerechnet mit dieser Knarre zweimal geschossen worden war? Wo war eine zweite Verbindung? Ging es um Drogen, wie Böller gemeint hatte?

Mit gesenktem Kopf lauschte Struller grimmig dem Klackern seiner Fußtritte auf dem Asphalt. Er würde sich auf jeden Fall durch die zweite Akte ackern müssen. Ihm blieb nichts anderes übrig als …

»Hoppla.«

Er blickte auf. Und stutzte.

»He!«

Ein Kleiderschrank hatte sich ihm in den Weg gestellt. Mit dem wäre Struller fast zusammengestoßen. Zusammengestoßen in dieser ansonsten menschenleeren Seitengasse. Und der Kleiderschrank kam Struller mit einem Mal bekannt vor.

»Hallo!«

Es war der Kerl mit dem Drachentattoo am Hals, der im *Köfferchen* die Musikzeitschrift durchgeblättert hatte.

»Na, Bulle!«, blaffte ein zweiter Kerl in Strullers Rücken.

Struller brauchte sich gar nicht umzudrehen, um zu wissen, wen er da im Nacken hatte. Das war der zweite Typ mit der Glatze, der während seines Gesprächs mit Johnny zum ersten gestoßen war. Struller drehte sich trotzdem um. Nur um sich bestätigt zu sehen. Apropos: sehen. Zu sehen war in dieser abgelegenen Gasse außer ihnen dreien nach wie vor niemand …

»Hattest du Fragen?«, bellte der Glatzkopf.

»Ein paar, ja.«

Der Kerl gab Struller einen heftigen Schubs, Struller taumelte zwei Schritte rückwärts gegen eine Wand.

»Neugierig? Wir mögen es nicht, wenn Bullen Fragen stellen.«

Der mit dem Drachentattoo kicherte irr.

»Dazu sind Bullen da«, erklärte Struller.

»Komiker oder was?«

»Bulle«, erklärte Struller. »Sagte ich doch. Nebenbei arbeite ich als Diätberater.«

Der oben Blanke pumpte Luft in seinen beeindruckenden Brustkorb, die Bomberjacke spannte sich. »Pfoten aus den Taschen, du Pfeife!«

Struller zuckte ergeben mit den Achseln und tat wie geheißen. Die beiden sprangen einen Schritt zurück. Struller hatte seine Pfoten aus der Sommerjacke gezogen. In der rechten hielt er seine Dienstwaffe. Das unangenehme Ende deutete abwechselnd auf den Drachenfreund und auf die Bomberjacke, mittig.

»Was soll denn die Scheiße?«, schrie der Drache entsetzt.

»Das wäre meine Frage gewesen, Sportsfreund.«

»Pack die Plempe weg!«, forderte der andere, die Glatze glühte.

»Keinen Schritt weiter!«

»Oder was? Willst du mich dann abknallen?«, drückte der mit der Bomberjacke sein Kreuz durch.

»Sehe ich aus, als würde ich bluffen?«, knurrte Struller und ruckelte mit der Wumme. »Oder sehe ich aus wie jemand, der dir ohne mit der Wimper zu zucken eine Kugel in deinen aufgepumpten Oberkörper jagt, du Billardkugel?«

Der Kerl zögerte.

Der Erste schnaufte. »Mach keinen Scheiß! Der Typ ist irre!«

Struller grinste debil, wie es weiland Jack Nicholson nicht besser hinbekommen hätte. »Und jetzt legt ihr beide ganz langsam eure Ausweise vor euch auf den Boden!«

»Was soll die Kacke?«

»Ich möchte wissen, mit wem ich es zu tun habe, du Blödmann!«

Die beiden taten zögernd wie geheißen.

»Das hat ein Nachspiel«, drohte der Haarlose.

»Worauf du dich verlassen kannst, Billardkopp! Ihr legt euch mit dem Falschen an. Babys wie dir wechsle ich die Pampers im Schlaf. Eure Ausweise könnt ihr euch beim Pförtner im Polizeipräsidium abholen. Und jetzt verpisst euch! Alte Männer zu erschrecken, unmöglich!«

»Wir sehen uns!«

»Ja, ja«, nuschelte Struller und dachte an Fallobst. Johnny hatte recht, war alles nicht mehr so wie früher.

»Mit dir bin ich noch nicht fertig!«, drohte das Drachentattoo beim Weggehen.

»Okay«, rief Struller. »Und Reisinger einen Gruß. Beim nächsten Mal soll er nicht solche Trottel hinter mir herschicken!«

Der Glatzkopf schien wirklich zu überlegen, sich noch mal umzudrehen. Struller fragte sich, ob seine Waffe überhaupt geladen war. Schließlich ließ die Glatze sich aber von seinem Kumpel weiterziehen.

Weiterziehen war auch ein gutes Stichwort. Struller versenkte zufrieden seine Knarre in der Sommerjacke und marschierte wieder los. Er hatte es immer noch drauf! Sollte noch einer was gegen die Jacke sagen! Waffenholster wurden überbewertet. Wenn der gesamte Fall doch so einfach zu lösen wäre, wie dieser kurze Zwischenfall. Das konnte man sich wünschen.

»Aber dabei bleibt es dann.«

* * *

Jensen seufzte. Okay. Silvester Stallone und Rocky Balboa hätten nach dem dritten Teil ein würdiges Ende verdient gehabt, auch die *Lethal-Weapon*-Story, aber Ronnys Fleischpeitsche hätte man schon vor dem ersten Teil in Scheiben schneiden sollen. Irgendwann machte es nun wirklich keinen Spaß mehr.

»Meine Güte«, flüsterte Jensen und hatte erstmals einen Eindruck, was Struller meinte, wenn er behauptete, dass Lehrjahre keine Herrenjahre seien. Die Fleischpeitschentrilogie grenzte an Körperverletzung. Wenigstens hatte er im zweiten Teil sogar eine Szene gefunden, die er selbst mal ... also, vielleicht mal ausprobieren würde. Und Kondition hatten alle Beteiligten, dass musste man denen lassen.

»Meine Herren«, murmelte Jensen, weil die splitternackte Gloria Hole sich auf einer riesigen Luftmatratze in Position rekelte und literweise etwas Glitschiges, Nasses über ihren wohlgeformten Körper schüttete. So musste sich ein Auto anfühlen, wenn es bei Mr. Wash durch die Waschstraße gelenkt wurde.

»Kerl«, murmelte Jensen und legte den Kopf schräg.

Manchmal wusste man gar nicht, wo oben und unten war. Oder wem das Bein gehörte, da oben im Bildausschnitt rechts. War das jetzt noch Boris Bums oder war das schon der Steher? Hatte Kitty nicht gerade noch einen blauen, einen hellblauen BH getragen? Wieso war der jetzt rot?

»Cut!«, rief der Regisseur aus dem Off.

»Wieso?«, fragte ein Mann mit angenehm tiefer Stimme, von dem aber nur der Hinterkopf zu sehen war. Dunkle, kurze Haare.

Jensen verschluckte sich. Das konnte … »Los, dreh dich um zu mir, du Feigling! Ich will dein Gesicht sehen.«

Antoine kommandierte mit scharfer Stimme, was aber nicht zu verstehen war, weil der Kameramann wieder heftig schnaufte. Prrrrrrrrr. Außerdem quietschte die Luftmatratze, denn die klebrige Gloria ergriff nun den Arm des Mannes und wollte ihn neckisch auf die Matratze ziehen.

»Hör auf damit!«, forderte ihr Filmpartner.

Er drehte sich zur Kamera und für Sekundenbruchteile wurde ein verschwitztes Gesicht im Filmausschnitt sichtbar. Nach sechseinhalb Stunden hatte Jensen zu Ronny Riemen ein Gesicht.

»Endlich!«, rief er und drückte schnell auf die Standbild-Taste des Computers.

Ronnys Gesichtsausdruck war ein bisschen fragend blöd, aber er war zu erkennen. Genau wie ihn seine Mitstreiter beschrieben hatten. Jensen versicherte sich, dass Nadine nicht wieder ins Zimmer hereinplatzen würde – die hatte ja immer noch seinen Zimmerschlüssel – und ruckte näher ran an die Mattscheibe.

»Doch. Für eine Veröffentlichung im polizeilichen Internet reicht das.«

Das Standbild würde er sofort als Foto sichern. Er kniff die Augen zusammen. Der Typ auf der Mattscheibe kam ihm sogar ein bisschen bekannt vor.

Aber hatte man das nicht häufiger?

* * *

»Luftpumpen«, entschied Struller, nachdem er die Daten der beiden Kerle, die ihm in der Altstadtgasse vor die Flinte gelaufen waren, im Polizeicomputer überprüft und ihre Ausweise bei Didi, dem besten Pförtner der Welt, abgegeben hatte.

»Lass die beiden bloß nicht rein!«

»So scheiße?«

»Noch scheißer!«

»Alles klar«, hatte Didi grinsend genickt und Struller wusste, dass die beiden heute keinen lästigen Fuß ins Präsidium stellen würden. Auf Didi war absolut Verlass!

Struller fuhr sich mit der Hand durchs Gesicht. Die beiden Kerle waren zwei seiner kleineren Probleme. Ein anderes bekam er gerade mit schleimigen Fingern zu packen. Sträflich vernachlässigt hatten sie bisher bei ihren Ermittlungen die Ansätze, die ihnen Gregorius Scharfenstein nachdrücklich ans Ermittlerherz gelegt hatte.

»Der silberfarbene Jeep und der Polizist am Motorboot.«

Struller schloss die Augen, um vor seinem geistigen Auge ein paar Fakten aneinanderzureihen, die bisher unbehelligt in seinen Hirnwindungen Verstecken gespielt hatten. Fast hatte er einen der kleinen Racker zu packen bekommen, da wurde die Bürotür polternd aufgestoßen. Struller zuckte erschreckt zusammen.

Der Schreck besaß ein Gesicht. Bertie Spurtmann betrat freudestrahlend Strullers Büro. »Hallo Pit!«

»Bertie! Du hast doch gerade geheiratet. Wieso bist du nicht in den Flitterwochen? In Bad Hönningen? Oder auf Mallorca?«

Bertie schüttelte den Kopf. »Nein, nein, mein Freund. Keine Hochzeitsreise. Doris und ich, wir gehen gleich über in Phase zwei.«

Struller hielt die Luft an.

»Nestbau.«

Struller atmete aus. Er hatte Schlimmeres befürchtet und verscheuchte hastig in seinem verschreckten Gehirn Gestalt annehmende Bilder. Vom Licht erhellte, aber strunzblöde Kinder und so was. Die kleinen, Verstecken spielenden Gedankenracker in seinem Gehirn hatten Spurtmanns Input allerdings erfolgreich zur Flucht genutzt.

»Außerdem war die Hochzeitsfeier ein bisschen teurer als geplant. Was da an Prosecco weggetrunken wurde … Unglaublich.«

»Tja«, kommentierte Struller leise und fragte sich, wer außer ihm und seiner Begleitung Helga noch so kräftig zugeschlagen hatte …

»Ich wollte dich auch nur schnell besuchen kommen, bevor …« Spurtmann machte eine Pause und schaute Struller mit großen, die Frage einfordernden Augen an.

»Bevor was?«, erbarmte sich Struller.

»Bevor ich meinen neuen Job antrete.«

»Ach?«, fragte Struller und wieder beschleunigte sich sein Pulsschlag. Foxton hatte mit seinem »Ich helfe wo ich kann« doch nicht etwa Bertie Spurtmann gemeint, den talentlosesten Ermittler seit der Erfindung des Funkstoppmessverfahrens. Den Sheriff ohne Scharfsinn, der Bulle ohne Brain, der Reizstoff ohne Sprühgerät, der Clever ohne Smart.

»Ich arbeite jetzt als Sicherheitschef.«

»Sicherheitschef?«

»Im Polizeigewahrsam ist die Feuermeldeanlage ausgefallen. Ich sitze im Flur und muss auf einen roten Knopf drücken, wenn es brennt. Dann geht der Alarm an.«

»Eine ganz, ganz wichtig Aufgabe«, lobte Struller und atmete innerlich durch.

»Stimmt. Neulich hat im Innenhof sogar ein Cabrio gebrannt.«

»Ach?«, fragte Struller unschuldig.

»Ja. Deshalb hab ich mir auch ein Käppi gebastelt.« Spurtmann zog es aus der Jackentasche und setzte es auf. »Sicherheits-Service Polizei Gewahrsam.«

»SS PG?«, rief Struller entsetzt.

»Ja. Kurz. Bündig. Knapp. Weiß jeder, was gemeint ist.«

»Das geht nicht«, rang Struller um Fassung.

»Wieso?«

»Bertie, bitte!«

Spurtmann nahm das Käppi vom Kopf und las sich die weiße Aufschrift auf der roten Kappe noch einmal durch. Dann wurde er blass. »Oh.«

»Ja, genau!«

»Wegen … Na klar, man könnte ja meinen, dass … Oh, nein. Da hast du recht! Das … geht nicht.«

Struller schüttelte den Kopf. »Auf keinen Fall. Denk dir eine andere Abkürzung aus!«

Gehirne waren eine tolle Sache. Struller wünschte, Spurtmann hätte auch eines.

»Ja, aber welche Abkürzung?«, fragte Bertie. »Irgendwas mit Feuer. Und mit Schutz. Retter wäre gut. Feuerschutzretter. FSR vielleicht.«

»Klingt schon viel besser. Vielleicht Sicherheitsexperte Polizeigewahrsam. Abgekürzt: S. E. X. PG?«

Bertie strahlte. »Ja, das klingt gut. Irgendwie modern und schmissig!«

»Das macht sich in Rot auch farblich gut auf so einer schwarzen Kappe.«

»Da hast du recht, Struller. Du bist der Beste.«

Struller nickte, blickte dann aber zur Bürotür, an der es zaghaft geklopft hatte. »Herein!«

Die Tür wurde aufgeschoben und ein Kollege in Uniform betrat das Zimmer.

Struller schwante Ungemach. »Jetzt sag nicht, die beiden mutierten Komiker sind beim Didi aufgeschlagen und machen Stress?«

Der Kollege schüttelte den Kopf. »Mutierte Komiker? Nein. Aber, äh, hallo. Mein Name ist Ingo Höpfner. Ich bin …«

In diesem Moment wurde die Tür erneut geöffnet, diesmal heftig aufgerissen. Höpfner trat schnell einen Schritt zur Seite, denn Jensen kam hereingestürmt und winkte aufgeregt mit einem ausgedruckten Foto und hätte Höpfner fast umgerannt.

»Ich habe ein Bild von …«

Jensen hielt inne und blickte den Kollegen an. Jensen und Höpfner brachten gleichzeitig ihren begonnenen Satz zu Ende: »Ronny Riemen.«

Für Sekunden herrschte absolute Stille.

»Ach?«, fragte dann Struller.

»Echt?«, fragt Spurtmann aufgeregt. »Aus der Fleischpeitschentrilogie? Super. Bekomme ich ein Autogramm?«

* * *

Bertie Spurtmann ließ sich relativ zügig und ohne Autogramm hinauskomplimentieren. Er musste sich schließlich um seine neue Aufgabe und ein neues Käppi kümmern.

»Du musstest dir sechseinhalb Stunden lang den Fleischpeitschenscheiß angucken? Das tut mir leid«, flüsterte Ingo Höpfner *also known as* Ronny Riemen.

»Lehrjahre sind keine Herrenjahre«, murmelte Jensen.

Struller grinste.

»Tut mir echt leid«, strich sich der Polizist durchs Haar. »Ich arbeite schon seit einiger Zeit mit Antoine zusammen. Wir haben einige kleinere Filmchen gedreht, ich dachte, da hätte sich kein Schwanz für interessiert. Oh … Vielleicht unglücklich ausgedrückt. Aber auf einmal wird dieser Fleischpeitschenfilm ein riesiger Erfolg. Alle Welt steht auf den coolen Typen mit der Sonnenbrille. Da war plötzlich eine Menge Geld zu verdienen. Ich hab das Ding noch zwei weitere Teile lang durchgezogen …«

»Auch unglücklich ausgedrückt«, stellte Jensen fest.

»Jo. Natürlich immer mit der Befürchtung im Nacken, dass mich irgendein Kollege in dem Film erkennt.«

Struller nippte am Kaffee. »Denn dir war natürlich klar, dass das Mitspielen in einem Pornofilm dienstliche Konsequenzen haben kann.«

»Die Außerdienstliche Wohlverhaltenspflicht für Beamte«, gab Jensen das Stichwort.

Höpfner senkte den Kopf. »Es war inzwischen einfach zu viel Geld. Ich habe extrem viel Wert darauf gelegt, dass mein Gesicht in den Filmen nicht zu erkennen gewesen ist. Als ihr in der Nacht plötzlich ins Set geplatzt seid, war ich gerade auf dem Balkon eine rauchen. Ich hab gedacht, jetzt fliege ich auf.«

»Da hast du lieber einen … Abflug gemacht!«

»Das war doch meine einzige Chance«, jammerte der Kollege. »Am Set wusste niemand, wie ich wirklich heiße, niemand kannte meine Adresse. Selbst mit Antoine hatte ich was Konspiratives ausgemacht.«

Jensen stellte die Frage. »Und warum stellst du dich jetzt?«

»Mensch, ich kriege doch mit, wie die Ermittlungen laufen. Ich bin Polizist und es geht um Mord. Mir ist klar, das ihr mich sucht.«

»Das schlechte Gewissen?«, lachte Struller.

»Ja, genau!«, beteuerte Ronny. Äh. Ingo.

Jensen pflückte das ausgedruckte Foto vom Schreibtisch und hielt es seinem Kollegen unter die Nase. »Oder hast du gewusst, dass der Kameramann auch manchmal unvorsichtig war und es nur eine Frage der

Zeit sein würde, bis wir von dir in der Öffentlichkeit ein Foto rumzeigen können?«

»Dann wärst du nämlich komplett am Arsch gewesen«, verdeutlichte Struller.

Ingo Höpfner beugte sich über den Schreibtisch. »Ihr müsst mir glauben. Mir ging es nur darum, unerkannt zu bleiben.«

»Und da springst du letzten Freitag lebensmüde vom Balkon auf ein altersschwaches Vordach? Geht's noch?«

»Kollegen, ich habe Bewerbungen auf ein paar Stellenausschreibungen laufen. Die kann ich gleich in die Tonne kloppen, wenn das mit den Pornos rauskommt.«

Struller und Jensen wechselten einen Blick. Da gab es nur eine Lösung, und die war zwingend vorgeschrieben. Der direkte Vorgesetzte war unverzüglich zu informieren und dem würde nichts anderes übrig bleiben, als ein Disziplinarverfahren einzuleiten, was in diesem Fall wahrscheinlich dazu führen würde, dass der Kollege vorläufig vom Dienst freigestellt wurde. Stellenausschreibungen ade. Aber was blieb denn da übrig? Diese fragwürdige Pornosuppe hatte Höpfner sich selbst eingeschüttet – und die durfte er nun auch ganz alleine auslöffeln. Polizei und Pornobranche? Das ging gar nicht.

Deshalb sagte Struller: »Okay. Wir sind mitten in einem laufenden Mordverfahren. So ein Disziplinarkram würde jetzt nur verwirren. Das bleibt erst mal unter uns.«

Jensen schnappte nach Luft.

Höpfner fiel ein Stein vom Herzen. »Das ist verdammt fair von euch, Kollegen.«

Struller winkte ab. »Ich brauche allerdings eine umfangreiche Aussage von dir zur Tatnacht.«

»Kein Thema, kein Thema!«

Struller fuhr den Computer hoch und der Kollege der Polizeiwache Bilk schilderte, wie er Antoine auf einer Erotikmesse kennengelernt hatte und zunächst mit kleinen Rollen versorgt wurde. Harmlose, nacktfröhliche Rangeleien. Schließlich drehten sie ein wenig aufwendiger den ersten Fleischpeitschenfilm.

»Der Film schlug überraschend ein wie eine Bombe. Wir haben sofort einen zweiten Teil gedreht.«

Dem ein dritter Teil folgen sollte. Der smarte Ronny Riemen mit der Sonnenbrille bekam Kultstatus.

»Wir sind sogar für den Porno-Oskar nominiert«, schwärmte Ingo Höpfner.

»Was war Freitagnacht?«, fragte Struller.

Er strich sich durchs Haar. »Wir lagen schlecht in der Zeit. Alle waren genervt, andauernd bimmelte Boris' Handy. Ich hatte auch nur noch in dieser und in der folgenden Nacht dienstfrei, deshalb mussten alle Szenen mit mir zügig in den Kasten gedreht werden. Der eine und der andere hatte mal Pause, aber in den beiden Drehnächten war meine erste Pause die, in der ihr den Set gestürmt habt.«

»Von irgendwelchen Booten und Schüssen im Hafenbecken hast du nichts mitbekommen?«

»Ich schwöre! Dann hätte ich mich doch sofort gemeldet. Nur als das Schiff im Hafenbecken explodiert ist, da sind wir alle raus auf den Balkon. Aber egal, wie spektakulär das war, Antoine hat uns wieder in die Betten gescheucht. Sozusagen.«

Struller beugte sich über den Schreibtisch. »Dieser Porno-Polanski hat in seiner Vernehmung von einem Drehbuch gesprochen.«

»Es ist nicht besonders dick, aber ja, es gibt eines. Jeder muss wissen, wann er dran ist und was erwartet wird. Auch wegen der Requisiten.«

»Du hast so ein Drehbuch?«

»Liegt unten bei mir im Spind.«

»Das brauche ich schnellstmöglich«, erklärte Struller, der nachhalten wollte, wer während der Dreharbeiten wann und wie lange Pause gehabt hatte.

»Kein Problem. Das kann ich gleich vorbeibringen.«

Struller lehnte sich zufrieden in seinem Stuhl zurück. »Okay, du kannst jetzt gehen. Bis auf Weiteres bleibt das Ganze unter uns. Ich werde bei passender Gelegenheit unverbindlich mal bei deinem Chef vorsprechen. Ist das immer noch der Topfmacher?«

»Ja.«

»Sehr guter Mann, der hat seine Sinne beieinander. Kann man mit arbeiten. Wir werden eine Lösung finden.« Struller rümpfte seine Nase. »Toll finde ich nicht, was du für Dinger drehst, aber … Mord geht vor! Gut, dass du dich gemeldet hast.«

»Danke, Kollegen, ich weiß gar nicht …«

»Geschenkt«, unterbrach ihn Struller. »Und keine Fleischpeitsche mehr! Sie soll nicht aufdrehen, wiederkommen, erneut zuschlagen oder ihr größtes Abenteuer im Mädchenpensionat erleben. Lass sie in der Hose!«

Höpfner senkte den Kopf und trollte sich nach draußen.

Jensen schwieg.

»Was ist los, Sportsfreund?«, munterte Struller ihn auf.

Jensen schluckte sicherheitshalber noch zweimal und blickte Struller in die Augen. »Das war falsch.«

»War es das?«

»Wir hätten auf jeden Fall seinen Vorgesetzten hinzuziehen müssen. Das wird ein Bumerang! Ein Polizist, der Pornofilme dreht? Gab es alles schon, geht gar nicht!«

Struller griff ins Hemd und zog mit verschlagenem Blick eine Schachtel Ernte 23 an die Luft. »Was passiert, wenn wir sein Verhalten offenlegen? Sie hätten ihn vorläufig vom Dienst suspendiert, ihnen bleibt kaum etwas anderes übrig.«

»Ja, aber doch zurecht!«

»Okay, aber das bedeutet, dass der gute Ronny-Ingo Höpfner-Riemen verdammt viel Freizeit hat, in der er machen kann, was er will. Bleibt er im Dienst, wird er regelmäßig zur Arbeit gehen, wo wir ihn zeitlich und räumlich fein unter Kontrolle haben, denn er wird immer wieder brav zum Dienst antreten und seinen Dienstplan werden wir in Erfahrung bringen.«

Jensen runzelte überrascht die Stirn. »Du glaubst ihm nicht?«

»Glauben heißt nicht wissen. Polizei und Pornofilm geht gar nicht. Meine persönliche Meinung dazu mal außen vor gelassen, die interessiert nicht. Aber denk dran, was Gregorius Scharfenstein uns noch als Ermittlungsansatz aus der Tatnacht mit auf den Weg gegeben hat.«

Jensen zischte. »Jo. Der Jeep und der Mann in Polizeiuniform.«

Struller klemmte sich die Kippe zwischen die Lippen. »Genau. Deshalb lasse ich mir das Drehbuch bringen. Ich möchte mal wissen, ob es Ronny Riemen hat sein können, der beim silberfarbenen Jeep gestanden hat und der sich zu Fuß von Jeep und Motorboot wegbewegt hat. Vielleicht hatte unser Filmstar, der ja hauptberuflich eine Polizeiuniform trägt, mehr Drehpausen, als er angibt. Und dann, dann möchte ich einen ganz dringenden Blick in das Leben unseres Kollegen werfen.«

Struller hatte die wilden Racker in seinem Gehirn wieder eingefangen. Gerade noch rechtzeitig.

Jensen nickte. »Wir lassen Ingo Höpfner in dem Glauben, dass wir von dieser Jeep-Polizei-Verbindung nichts wissen. Er versieht ganz normal seinen Dienst und meint, unbehelligt von uns tun und lassen zu können, was er will.«

»Möglicherweise nimmt er Kontakt mit dem Halter des Jeeps auf.«

»Du willst einen Kollegen beschatten lassen?«

Struller stand auf, öffnete das Fenster und zündete sich eine Kippe an. »Wenn es sein muss. Ja, sicher.«

* * *

Das Pärchen war ganz in Schwarz gekleidet. Schwarze Haare, schwarzer Kajalstift. Sie hatte darüber hinaus ihre Lippen schwarz gefärbt.

Er presste seine fest aufeinander. »Mein Vater hat mich mehrmals mit hier hingenommen. Ein Ort, an dem sich Millionen von Seelen auf den Weg in den Übergang machten.«

Sie stöhnte. »Merlin, das war eine Fischhalle.«

Er blickte ihr fest in die Augen. »Auch Fische haben eine Seele.«

Ja, eine mit Schuppen, dachte sie und drängte ihn. »Los jetzt, wo ist die Tür?«

Merlin nickte. Langsam. Er war überhaupt ... sehr langsam. Schwarze Haare, schwarze Hose, schwarze Schuhe und schwarzer Afghane. »Hier rum.«

Die ehemalige Fischhalle lag im hinteren Bereich des alten Frachthafens. Bremer Straße ganz durch, an der Feuerwache vorbei, dann am Ende der Straße auf der rechten Seite. Ganz abgelegen, weshalb er auch gleich an das alte Gebäude gedacht hatte, als Myra ihn nach einem Proberaum für ihre Band gefragt hatte. *Mystic Myra and the Monks of Oz* ... Von denen würde man noch viel hören. Das konnte er spüren. In jedem ihrer Lieder, in jeder Note, in jeder ...«

»Kannst du ein bisschen schneller gehen? Mensch, du schleichst hier rum«, blaffte ihn sie an.

Diese göttliche Stimme ...

»Mach hin!«

»Ja, ja.«

Das hohe Gebäude war dunkelbraun geklinkert und hatte ein Flachdach. Merlin führte Myra um den Bau herum an die Gebäudeseite, die an eines der sechs Hafenbecken grenzte. Wenige Schritte auf dem schmalen Weg später erreichten sie eine rostige Eisentür. »Hier, das Schloss ist aufgebrochen.«

»Günstig«, flüsterte Myra, bog einen Riegel um und schob die rote Eisentür auf.

Sie traten ein.

»Gleich brauche ich aber erst mal eine Tüte«, flüsterte Merlin.

Myra knipste eine Taschenlampe an. Gute hundert Meter war die Halle lang, knappe zehn breit. Die Wände reichten ohne Zwischendecke bis unter das Flachdach. Es war dunkel, denn die Fenster waren mit billigem Sperrholz zugenagelt. Es roch muffig, frisch aufgewirbelter Staub verklebte den Rachen.

»Hier müsste mal einer fegen.«

»Guck dir das an«, deutete Merlin hektisch auf den Boden und schlug die Hände vors Gesicht.

In regelmäßigen Abständen befanden sich Kreise auf dem Betonboden. Kreise, wie von Zauberhand hineingefressen. Dunkle Kreise, schwarze Kreise. Ein paar Meter weiter verlor sich ein weiterer Streifen im düsteren Nichts.

»Teufelskreise«, flüsterte Merlin. »Der Ort ist … verflucht.«

Myra atmete tief ein und aus. »Das sind gebremste Reifenspuren. Driftspuren, Schleuderspuren. Einspurige. Deshalb: Motorräder.«

»Ich weiß nicht …«, zweifelte Merlin, der noch nicht überzeugt war. Das sah doch alles sehr nach dämonischen Zeichen aus. Er hatte da in einer Fachzeitschrift mal was gelesen. Die Fußspuren des Teufels …

Myra schritt entschlossen voran, der Lichtkegel ihrer Taschenlampe tanzte über die blanken Wände. Die Halle war ansonsten komplett leer geräumt, nackt.

Sie schürzte ihre schwarzen Lippen. »Ich weiß noch nicht. Die Halle liegt natürlich klasse. Herrlich abgelegen. Zur einen Seite der Rhein, links eine verlassene

Halle, rechts gar nichts und nach hinten raus das Hafenbecken. Aber ich nehme mal an, dass das hier doch überhaupt nicht lärmgedämmt ist.«

Merlin pulte einen schwarzen Leinenbeutel aus den Tiefen seiner Jacke. »Müsste eigentlich. Das war doch früher mal eine Fabrik. Lärmschutz gab es damals doch auch schon.«

»Hm.«

Im Hintergrund erkannte Myra im Lampenlicht einen Kellerabgang. »Wo geht das denn da hin?«

»Keine Ahnung«, murmelte Merlin, der sich darauf konzentrierte, flott einen Joint zu bauen, denn den hatte er hier an diesem Ort des Todes dringend nötig.

Myra trat an einen Lichtschalter. Merlin zuckte zusammen, das gute Zeug entglitt seinen Fingern.

* * *

Ihr ging es gut. Ihr ging es richtig gut. Eigentlich. Nur jetzt hatte sie ein Problem. Kein kleines. Ein dickes. Mehrmals hatte sie schon versucht, sich durch den Schlitz zu pressen, durch den sie gekommen war. Aber das haute nicht hin. Nicht *mehr* hin.

Sie pfiff.

Scharf und spitz. Und schimpfte sich sofort einen Dummkopf.

Sie musste leise sein. Sie durfte hier nicht bemerkt werden. Sie schnüffelte sich im dunklen Raum um. Ja, sicher, es war genug für alle da. Wenigstens für eine ganze Zeit, aber sie wollte sich diesen Luxus noch ein paar Tage exklusiv gönnen. Es war sowieso nur eine

Frage der Zeit, bis die anderen ihr draufkamen. Bis auch sie sich …

Hatte sie was gehört? Sie spitzte ihre Ohren. Und musterte mit einem unguten Gefühl den schmalen Schlitz, durch den sie noch wenige Sekunden vorher ihren Körper nicht hatte pressen können. Den Schlitz, der ihr Zugang war. Und der ihr einziger, möglicher Ausgang war, wie ihr jetzt entsetzt auffiel.

»Verdammt.«

Im Grunde genommen saß sie in einer Falle. Kugelrund und vollgefressen, aber … in einer Falle. Sie spürte, wie sich ihr Fell sträubte. Sie war bis in die feinen Haarspitzen angespannt. Heftig pustete sie Luft. Sie bemerkte, dass sie angefangen hatte, planlos durch den Raum zu trippeln. Hin und her und her und hin.

»Ruhe!«

Sie mahnte sich zur Ruhe. Sei schlau! Sei clever!

»Sei eine Ratte!«

Mühsam brachte sie ihren Herzschlag unter Kontrolle und konzentrierte sich auf ihre feinfühligen Barthaare, auf ihre Vibrissen. Und die hatten – empfindlich wie sie waren – gerade deutlich einen Luftzug gespürt.

Dann riss der Nager plötzlich seinen Kopf nach oben, die Zähne blitzten …

* * *

»He!«, fluchte Merlin entsetzt.

Myra zog die Augenbrauen zusammen und blickte zur Decke, wo eine Strahlerleiste grelles Licht spendete.

»Hier liegt noch Strom?«, fragte sie überrascht. »Damit hätte ich jetzt nicht gerechnet.«

»Na ja«, fluchte Merlin, der die Reste seiner Tüte auf dem Boden zusammenkramte.

»Aber wieso hat den keiner abstellen lassen? Das kostet doch Geld.«

»Was weiß denn ich? Lass uns lieber abhauen!«

Myra trat weiter in den Raum hinein und musterte die Strahlerleiste, die von der Decke baumelte. »Das ist keine ordnungsgemäße Beleuchtung.«

»Lass uns gehen, ja?«

»Vielleicht die Biker«, mutmaßte die Sängerin und deutete auf die braunen Streifen. »Auf jeden Fall brauchte jemand Licht. Irgendwie ja auch praktisch. Für einen funktionierenden Probenraum brauchen wir einen Stromanschluss.«

»Vielleicht war das doch keine so gute Idee, das jetzt mit der Halle.«

Myra ließ sich nicht beirren. Sie folgte dem Stromkabel, das zur Beleuchtungseinrichtung gehörte und über dem Putz liegend in einem Verteilerkasten endete. Von hier aus gingen zwei Leitungen ab. Eine führte die Wand entlang nach draußen.

»Vermutlich wird irgendwo illegal Strom angezapft«, mutmaßte Merlin und unkte: »Das fällt bestimmt irgendwann auf.«

Myra aber interessierte sich für die andere Leitung, denn die führte … »In den Keller.«

Merlin schluckte. »Warum braucht jemand Strom im Keller?«

»Finden wir es raus«, knurrte Myra, der der jammernde Angsthase inzwischen mächtig auf die Nerven ging, und ging entschieden auf den Kellerabgang zu.

»Sollten wir …?«, flüsterte Merlin, aber Myra war schon zügig vorangestiegen.

Und richtig: Was sollte sie da unten schon erwarten? Ein verwesender Wiedergänger? Luzifer persönlich? Der Typ aus *Saw*? Ein elektronisches Pendel des Todes?

Auf jeden Fall … Licht. Denn Licht strahlte ihnen aus dem Keller entgegen. Merlins fahles Gesicht wurde noch eine Spur blasser. Das sah aus wie in einem Horrorfilm, wenn der Regisseur mit dieser Lichtfalle den Zuschauer in die Szene hineinzieht.

»Oh, Herr.«

Myra drehte sich plötzlich um und sah ihrem Partner direkt in die vor Schreck weit aufgerissenen Augen. »Mensch, reiß dich zusammen! Wenn jemand etwas zu verbergen hat oder etwas verstecken will, dann lässt er nicht zu, dass irgendwer mit einem einfachen Schalter das Licht anknipsen kann.«

Merlin senkte den Kopf, seine Hände zitterten immer noch. Wenn er doch wenigstens vorher einen durchgezogen hätte …

Die Treppe war mit abgetretenen, geriffelten Fliesen ausgekachelt. Die waren früher einmal weiß gewesen, jetzt hatten die Fliesen jede Farbe verloren und waren nur noch schlierig-dreckig grau. Elf Stufen später erreichten sie den unteren Treppenabsatz. An der Decke des links vom Absatz abgehenden Flures leuchtete eine einzelne Baustellenlampe, die mit Draht an einem Rohr festgeknotet war.

Merlin schluckte. Sein Blick fiel fünf Meter weiter auf eine abgeblätterte Kellertür, die sich am Ende des Gangs befand. Und durch den Schlitz zwischen Tür und Fußboden fiel ein deutlich hellerer Lichtschein in den Kellerflur. Das Licht strahlte, als käme es direkt aus der Hölle. Tat es wahrscheinlich auch. Oh Herr der satanischen Finsternis, sei gnädig mit deinen ergebenen Jüngern …

Schnell und leise erreichten sie die Tür.

»Wahrscheinlich ist keiner drin. Und das wäre perfekt«, jubelte Myra begeistert. »Stell dir diesen Keller als Proberaum vor! Da brauchen wir uns um Lärmschutz keine Gedanken machen!«

»Lass uns doch einfach umdrehen!«

Meine Güte, was für ein jämmerliches Weichei. Sie würde diesem Waschlappen gleich einen runterholen, damit der sich endlich mal entspannte.

»Wir bleiben ausnahmsweise höflich«, antwortete Myra und klopfte an, indem sie mit der geballten Faust hart gegen das Holz donnerte.

Die Schläge dröhnten durch die Halle. Keine Reaktion. Myra schlug wieder gegen die Tür. Kräftig. Heftiger. Und drückte die Klinke. Und tatsächlich ließ sie sich nach unten drücken, die Tür sich langsam öffnen.

»Nicht abgeschlossen«, murmelte Merlin und ließ Myra ängstlich den Vortritt.

Myra hielt inne. Merlin blickte ihr ins hübsche Gesicht. Und stutzte. War sie um die Nase herum ein bisschen … Ja, er war sich sicher. Myra hatte Farbe verloren. Sah eigentlich ganz gut aus. Aber, aber warum? Im nächsten Moment … roch er es auch.

Myra drückte die Tür ein kleines Stück weiter auf. Sie ließ sich problemlos fast ganz öffnen, dann spürte sie einen Widerstand.

Merlin lugte um die Ecke und sah ein Bein. »Scheiße.«

»Jo«, sagte Myra und drückte sich vollkommen sinn- und zwecklos eine Hand vor den Mund.

Und schrie auf. Merlin fuhr zusammen. Schwindel drückte ihm die Adern zu. Er taumelte. Plötzlich schoss etwas durch den Türspalt auf ihn zu. Sein Herz setzte aus, er stolperte zurück, verlor das Gleichgewicht. Dieses … haarige Ding aus einer untoten Welt raste an ihm vorbei. Im letzten Moment erkannte Merlin, dass es eine … Ratte war, die jetzt die Stufen nach oben in die Halle flüchtete.

Im gleichen Moment taumelte Myra in seine Arme. Und wirklich: Ihr standen die schwarzen Haare sprichwörtlich zu Berge. Sah auch irgendwie gut aus, war sein letzter Gedanke, bevor er ohnmächtig zu Boden sank.

* * *

Struller hatte das Fenster – mit der Kippe in der Hand – kaum geöffnet, da läutete das Telefon.

»Hat man denn nicht mal zwei Minuten Ruhe? Bin ich der Einzige, der hier arbeitet?«

Fast hätte Struller die gerade angesteckte Kippe aus dem Fenster geschnippt, aber er konnte sich im letzten Moment bremsen. Womöglich stand wieder das Cabrio im Innenhof.

»Soll ich rangehen?«, fragte Jensen, der an der Magnetwand beschäftigt war.

Struller winkte ab und knödelte mit der Kippe am Zahn in den Hörer. »Ja? Was is?«

»Struhlmann? Bist du das?«, fragte eine Kollegin der Leitstelle.

»Beim letzten Blick in den Spiegel war ich es noch.«

»Ich habe Arbeit für dich.«

»Ich brauche keine, danke. Ich habe selbst genug.«

Die Kollegin am anderen Ende der Leitung stöhnte. Telefonate mit Struhlmann galten allgemein als schwierig. So sie überhaupt zustande kamen. »Es gibt Tote.«

»Das bezweifelt keiner. Es wird ständig gestorben.«

»In diesem Fall ist *geschossen* worden.«

»Na und?«

Die Stimme klang nach Verzweiflung. »Man geht von einem Tötungsdelikt aus.«

»Es ist 18.00 Uhr durch, ich hab seit über zwei Stunden Feierabend. Außerdem habe ich schon ein Tötungsdelikt am Hals. Versuch es bei Rademacher.«

»Kerl, Faserspuren-Harald ist vor Ort und hat explizit dich angefordert.«

Struller senkte verschwörerisch die Stimme. »Ich sag dir mal was, bleibt aber unter uns Pastorentöchtern: Du darfst nicht tun, was Faserspuren-Harald dir sagt. Der kifft.«

»Kiffen? Das macht hier jeder, der dich anrufen muss. Auf der Bremer Straße 114 gibt es eine alte Fischhalle, da sind die Toten, da sollst du zügig hinkommen.«

»Die Toten? Mehrere?«

»Ja, sonst hieße es ja: der Tote«, sagte die Kollegin und legte auf.

Struller tat es ihr nach und nahm sich vor, demnächst auf der Leitstelle mal nach dem Rechten zu sehen. Er, er allein war derjenige, der grußlos auflegte! Und überhaupt: Was fiel dem senilen Spuren-Sack ein, ihn anzufordern? Und dann noch ... wie? Explizit? Der Trollo wusste doch genau, dass sie bis zur Oberkante Unterlippe in Arbeit steckten.

Struller zerdrückte die Kippe im Ascher und zog seine zerknautschte Sommerjacke vom Haken. »Na warte!«

»Haben wir was?«, fragte Jensen.

»Ja. Magst du Fisch?«

»Nicht besonders.«

»Gut. Denn da, wo wir jetzt hinfahren, gibt es schon lange keinen frischen Fisch mehr.«

* * *

Jensen parkte den Dienstwagen auf einer betonierten Parkfläche hinter dem Gebäude vor einer Laderampe.

»Das ist eine ehemalige Fischhalle. Steht seit Jahren leer«, erklärte Struller beim Aussteigen.

Das hohe Flachdachgebäude in der Nähe des Rheins war Jensen nie aufgefallen. Er fragte sich, wie viele der einstmals stolzen Gebäude im Hafen heute unbewohnt waren und jämmerlich vor sich hingammelten. Schade war das. Und doof, denn die nackten, ausgeschlachteten Gebäude schienen merkwürdiges Gesindel anzulocken wie Laternenlicht Motten.

»Ums Gebäude rum gibt's einen schmalen Pfad und dann rechts rein in die Halle«, wies ihnen eine junge Kollegin den Weg.

»Das Schloss wurde aufgebrochen«, erklärte ein paar Meter weiter der dicke Schröder, der mit seiner Kamera schnaufend und schwitzend Aufnahmen für die Spurensicherung machte.

»Asservieren!«, befahl Struller.

»Jawoll!«, quittierte Schröder zackig und hätte die Hacken knallig zusammengeschlagen, wenn es sein voluminöser Körper erlaubt hätte.

Struller und Jensen betraten die große, hohe Halle. Im Licht eines großen Spurensicherungs-Strahlers, der die Halle grell ausleuchtete, erkannte Jensen im hinteren Bereich des Raumes Sanitäter, die sich um einen jungen Mann kümmerten, der ganz in Schwarz gekleidet und vollkommen aufgelöst war. Neben den Sanis unterhielt sich eine genauso gekleidete, schwarzhaarige Frau mit einem blonden Kollegen der Polizeiwache Bilk, der die Frau um mehrere Zentimeter überragte. Sie machte einen deutlich gefassteren Eindruck.

»Faxt ihr uns die Aussagen zu?«, fragte Jensen.

Der blonde Cop hob den Daumen.

Struller nickte auf die dunkelbraun eingebrannten Ringe in der Mitte der Halle. »Motorräder.«

Sie erreichten einen weiteren Polizisten, der den Abgang in einen Kellerbereich sicherte. »Da unten ist der Tatort.«

»Vielleicht ist es ja keiner, sondern es war Selbstmord«, brummte Struller.

»Oben bleiben!«, keifte Faserspuren-Harald von unten, als Struller seinen ersten Schuh auf die Steintreppe setzte.

Mit beiden Armen wild gestikulierend kommandierte der Spurensicherer Struller und Jensen zurück und rupfte zwei Paar Einwegstulpen aus seinem weißen Overall. »Über die Schuhe ziehen! Ich sag euch, wo ihr hintreten dürft, sonst macht ihr Anfänger mir die Spuren kaputt.« Harald hielt kurz die Luft an, etwas Verträumtes legte sich in seinen Blick. »Hammer, was für ein Spurenbild! Was für ein Massaker! Ich bin beeindruckt.«

Struller pumpte Luft in seinen Brustkorb. »Ich bin auch beeindruckt, du Knallkopp! Was denkst du dir dabei, *mich* anzufordern? Du weißt doch, dass ich bis zum Hals in Arbeit stecke? Oder hast du das vergessen? Bist du senil?«

»Gleich wirst du sehen …«

»Du kannst gleich was sehen. Und zwar Sternchen«, schnaufte Struller und hatte sein Schuhwerk fertig verpackt. »Kann losgehen!«

»Ähm«, warnte Harald. »Es riecht ein bisschen streng.«

»Mach hin, wir haben keine Zeit!«, grantelte Struller.

Sie stiegen – Faserspuren-Harald vorneweg – die gekachelte Treppe hinunter, dann ging es links herum. Jensen drückte sich erschrocken eine Hand fest vor den Mund. Holla, der Geruch war auf jeden Fall mehr als spektakulär. Der kurze Flur endete an einer Tür, Faserspuren-Harald drückte sie weit auf.

Es raubte Jensen den Atem.

Der Raum hatte keine Fenster, war vier mal fünf Meter groß und nur spärlich mit einem Tisch und mehreren billigen Bürostühlen eingerichtet. Die Farbe bröckelte von den Wänden, eine Glühbirne baumelte von der niedrigen Decke, daneben flappte ein Ventilator. Das Markanteste am Raum waren allerdings die Toten.

Jensen würgte.

»Was ist denn hier passiert?«, brummte Struller.

»Eine Hinrichtung«, erklärte Faserspuren-Harald. »Und das riecht hier so streng, weil sie schon ein paar Tage zurückliegt.«

Struller schniefte. Der Tatort war einige Tage alt? So sahen die Leichen auch aus. Alle drei. »Wenn die Toten schon so alt sind, warum musste ich mich dann so beeilen. Davon stehen die auch nicht mehr auf.«

Zwei Spurensicherer aus Haralds Team blickten kurz auf, Harald trat seufzend an einen der Toten heran, der auf dem Bauch lag und Sportklamotten trug. »Wie alle anderen wurde dieser arme Kerl erschossen. Mehrmals in die Brust, einmal gezielt in den Kopf. Ich tippe: in dieser Reihenfolge. Der Tote ist identifiziert, er hatte einen Ausweis im Portemonnaie.«

»Dann war das ja schon mal einfach.«

»Du erinnerst dich an das Butterflymesser vom Tatort Kesselstraße?«

Struller wurde hellhörig, selbst Jensen vergaß, regelmäßig gegen das Übelwerden anzuatmen.

»Darf ich vorstellen, das ist Jan de Rooy.«

»Das *war* Jan de Rooy«, korrigierte Struller.

»Ach?«, fragte Jensen.

Das war die Verbindung zu Strullers Fall, die den erfahrenen Spurensicherer veranlasst hatte, gleich direkt Struller hinzuzuziehen. Dem war anzusehen, dass sein Blutdruck sich in den normalen Bereich senkte.

Harald trat an den zweiten Toten heran, der mit blankem Oberkörper mittig des Raumes auf dem Rücken lag. »Dieser Mann führte keinen Ausweis mit sich. Mindestens drei Einschüsse in den Körper. Mindestens einer in den Kopf. Ich lenke nunmehr die ehrenwerte Aufmerksamkeit auf die rechte Hand des Toten.«

Struller und Jensen zwangen sich genauer hinzusehen. »Ring- und Mittelfinger fehlen.«

»Ich fresse einen fünf Monate alten Oberarm, wenn das nicht der Dreifingermann ist, der auch auf dem Motorboot seine Abdrücke hinterlassen hat«, fuhr Faserspuren-Harald fort.

Struller kniff die Augen zusammen und beugte sich tiefer über den Toten. »Was sind das für Verletzungen an seinem Oberarm?«

»Tierfraß«, erklärte Harald. »Eine Ratte.«

»Oh, Mann«, stöhnte Jensen, dessen Magen Alarm schlug.

»Der Tote ist auf der Brust tätowiert«, merkte Struller an. »Das könnte ein Adler sein. Der Adler hat zwei Köpfe. Für was steht das Symbol?«

»Keine Ahnung!« Harald zuckte mit den Schultern. »Vielleicht mal gurgeln.«

»Erinnert mich an die albanische Flagge. Doppelköpfiger Adler auf rotem Grund«, meldete sich Jensen, froh, außer Würge- und Schluckgeräuschen etwas beitragen zu können.

»Was ist mit dem dritten Toten?«, fragte Struller.

Harald deutete über die beiden Toten in die Ecke, wo der dritte Tote sie mit leerem Blick anglotzte. Was Jensen nicht sah, denn er guckte nicht hin. Zwei Leichen, davon eine angenagt, reichten ihm. Es konnte doch gar nicht sein, dass *das alles* Praktikumsinhalt sein sollte!

»Das ist Bill Robert Tyler. Er hatte einen Pass dabei, den ich schon habe checken lassen. Mutter aus Ratingen, Vater aus Baltimore, USA.«

Struller musterte den Toten, der deutlich aufgedunsener wirkte als seine Leidensgenossen. »Warum ist er so …?«

»Nein, er ist nicht aufgebläht. Bill Robert hatte zu Lebzeiten ein erhebliches Gewichtsproblem. Ich schätze ihn auf über 130 Kilo.«

»Amerikaner? Er wirkt dunkler als die beiden anderen Toten.«

»Seine Hautfarbe ist schwarz«, erklärte Harald. »Wir haben einen Holländer, vermutlich einen Albaner und einen Amerikaner. Was für eine kunterbunte Truppe!«

»Moment«, meldete sich Jensen zögerlich mit brüchiger Stimme und wagte doch einen knappen Blick auf den Toten. »Kann sein, dass ich den Jungen schon einmal gesehen habe. Ich hab mir heute Vormittag das Überwachungsvideo auf der Altstadtwache angesehen. Darauf waren Jana Anderson und Anna Blomquist zu erkennen, wie sie in Begleitung zweier Männer die *Pferdebox* verlassen haben. Neben den Vieren ging eine weitere, männliche Person. Schwarze Hautfarbe, auffallend dick. Ich habe die Person nicht den beiden Pärchen zugeordnet, sie hat mit einem Handy telefoniert, aber scheint so, als hätte sie auch dazugehört.«

»Drei Männer? Das würde passen. Bei der toten Anna Blomquist wurden drei verschiedene DNA-Spuren festgestellt.«

»Könnten wir mal in Ruhe weitermachen?«, fragte einer der beiden Spurensicherer.

Faserspuren-Harald nickte Struller und Jensen zu. Sie gingen nach draußen in den Flur und die Treppe hoch.

»Die Verbindung zwischen dieser Tat und den Toten vom Hafenbecken an der Kesselstraße ist klar«, zog Struller ein Fazit und fügte eine weitere Frage an. »Bei der eingesetzten Schusswaffe hat es sich wieder um die Beretta gehandelt?«

Überraschenderweise schüttelte Faserspuren-Harald den Kopf. »Nein. Die vielen Treffer deuten auf eine automatische Waffe hin. Eine Maschinenpistole würde ich tippen.«

»Ach?«, wunderte sich Jensen.

»Hast du denn bei einem der Männer die Beretta gefunden?«

»Nein.«

»Moment. Im Motorbootsachverhalt ist mit einer Beretta geschossen worden. Jetzt mit einer anderen Waffe? Das könnte bedeuten, dass wir es mit zwei verschiedenen Schützen zu tun haben.«

»Wir haben Kugeln sichergestellt und werden sie im Labor vergleichen lassen, aber da lege ich mich jetzt schon fest. Es war nicht die Beretta aus dem Sachverhalt von Freitagnacht.«

Struller rümpfte die Nase. »Lass die Hände der Toten auf Schmauchspuren untersuchen, damit wir wissen, ob einer von ihnen der Schütze war.«

»Erklär mir nicht, was ich zu tun habe!«

»Und wo ist dann die Beretta?«, fragte Struller.

»Entweder hat der Täter sie an sich genommen, sie liegt bei einem der Toten zu Hause oder im Auto, oder es gibt noch eine weitere Person, die im Besitz der Waffe ist«, zählte Jensen die Möglichkeiten auf.

»War doch richtig, euch sofort zu rufen, oder?«, fragte Faserspuren-Harald unschuldig.

Struller flüchtete sich vor einer Zustimmung in grundsätzliche Überlegungen und raspelte sich nachdenklich durchs volle, dunkle Haupthaar. »Ich frage mich schon die ganze Zeit: Worum geht es hier? Es geht hier doch nicht um zwei schwedische Fußballerinnen, die mit K.-o.-Tropfen ausgeknockt werden und von denen eine vergewaltigt und getötet wird. Was steckt dahinter, dass wir hier jetzt drei Leichen rumliegen haben?« Er drehte sich zu Faserspuren-Harald. »Gibt es da unten eigentlich weitere Kellerräume?«

»Wie? Weitere Kellerräume?«

»Ja, es wird unter dieser riesigen Halle ja sicher nicht nur diesen kleinen Aufenthaltsraum geben.«

»Da wurde mir nichts übergeben.«

Strullers Blutdruck blubberte wieder in den roten Bereich. »Wer hat denn den Tatort abgesucht? Wer war der Einsatzleiter?«

»Der Dienstgruppenleiter vom Spätdienst, Alfred Gerlach«, meldete sich der Kollege aus der Absperrung.

»Und wieso ist der nicht hier?«

Harald lächelte. »Das kann *ich* beantworten. Er sagt, er hat keinen Bock auf dich, du gehst ihm auf den Sack.«

Prima, dachte Struller, der es im Zwischenmenschlichen gerne klar und deutlich hatte. Hatte er im Binnenverhältnis zum beknackten Gerlach also alles richtig gemacht.

»Ich geh mal wieder runter zu den Kollegen«, verabschiedete sich Faserspuren-Harald. »Mal gucken, ob wir möglicherweise einen Zugang in einen weiteren Kellerraum finden. Falls es einen gibt.«

»Ähm«, meldete sich der Kollege aus der Absperrung. »Der Alfred ist nicht der Vorgesetzte, dem man … unaufgefordert … Vorschläge unterbreitet, aber aus einem früheren Einsatz weiß ich, dass es einen weiteren Zugang zum Gebäude von der Hafenbeckenseite aus gibt. Der liegt relativ niedrig, unterhalb des schmalen Weges, der rund um die Halle führt. Schon möglich, dass …«

»Zeig mir den Zugang«, bat Struller.

Der Polizist marschierte los, und gemeinsam verließen sie die Halle. Der dicke Schröder hatte ausgeknipst und sonnte sich.

»Mitkommen! Fotos machen!«

Schnauf.

»Wie heißt du?«, fragte Jensen.

»Patrick.«

»Christian. Bei welchem früheren Einsatz?«

»Besoffene Jugendliche sind mit ihrer Karre eine Kurve weiter in ein Rolltor gerast. Der Beifahrer saß verletzt im Wagen, aber nach dem Fahrer haben wir hier alles abgesucht. Ich bin runter bis ans Wasser gekraxelt und hab die Tür gefunden.« Er deutete Richtung Hafenwasser. »Wir sind da.«

Struller riskierte einen Blick über die Uferkante. Es ging fünf Meter tief schräg nach unten Richtung Wasseroberfläche. Die Uferwand war aus schweren, dunklen Natursteinen gemauert. »Von hier oben sieht man nichts.«

»Ein bisschen müssen wir klettern«, erklärte der Polizist mit der zackigen Frisur und schob schon einen Fuß nach dem anderen vorsichtig und die breiten Fugen zwischen den Steinen nutzend langsam das Gemäuer hinunter.

»Ziemlich unpraktisch, wenn man zur Zugangstür klettern muss«, unkte Jensen.

»Hab ich auch zuerst gedacht«, erklärte der Polizist vor ihm. »Aber der Wasserspiegel sinkt und steigt, je nachdem. Und ich glaube, der Zugang ist angelegt, um ihn von einem Boot aus zu erreichen.«

Struller hielt beim Klettern kurz inne und spürte eine wohlige Wärme im Bauch. Von einem Boot aus zu erreichen? Sie waren hier vollkommen richtig!

»Ich mache die Fotos von hier oben, ja?«, rief Schröder mit blassem Gesicht.

»Ja, sehr hilfreich. Mach was Künstlerisches mit Gegenlicht!«

Die drei Männer erreichten einen schmalen, grob betonierten Vorsprung. Hinter einem wenige Zentimeter großen Versatz war ein schweres, rostiges Eisengitter zu erkennen, das senkrecht in die Ufermauer eingelassen war und deshalb vom schmalen Weg über ihnen nicht entdeckt werden konnte. Rechts war das Gitter mit einem Bügelschloss gesichert.

»Das gleiche Modell wie das, das an Preuningers Bootsschuppen nachträglich angebracht wurde«, stellte Jensen fest. »Der Täter ist ein Gewohnheitstier und kauft immer im gleichen Baumarkt.«

Patrick nickte.

Struller verdrehte die Augen. »Ein Bolzenschneider wäre jetzt nicht schlecht.«

»Meint ihr so einen?«, meldete sich Schröder von oben und winkte mit einem fetten, roten Kneifer. »Ich habe nämlich immer einen dabei und mitgedacht, Struhlmann!«

»Wirf ihn einfach runter, Schröder!«

»Mach ich.«

Das tat der auch. Grinsend. Jensen fing das Werkzeug auf und setzte entschlossen die bissig-scharfen Schneider an. Kollege Patrick zog Einweghandschuhe über seine Finger.

»Und das Schloss: asservieren!«, brüllte Schröder.

»Jawoll!«, grölte Struller zurück, der Schröders Retourkutsche sehr wohl erkannt hatte.

Schröder war dick, unbeweglich, ständig verschwitzt, aber vollkommen zu Recht eine feste Größe in Haralds Spurensicherungsteam. Man durfte die Fülligen nie unterschätzen! Mit einem Knack durchtrennte Jensen den Bügel, Patrick versenkte das Schloss spurenschonend in einen dritten Einweghandschuh und knotete ihn zu.

Jensen drückte das Eisengitter vorsichtig nach innen auf. Der Versatz ins Mauerwerk war hinter dem Eisengitter einen guten Meter tief, dann versperrte eine Eisentür das Weitergehen. Gesichert war die Tür aber nur mit einem breiten Kippriegel, der sich leicht hochbiegen ließ. Jensen konnte die Tür ohne Probleme aufdrücken.

»Ein Durchgang. Sieht aus wie ein Tunnel«, berichtete Jensen, der vorneweg ging. »Aber ein kurzer.«

Nach drei gebückten Metern erreichten sie eine weitere Eisentür. Schnell knackte Jensen ein zweites, baugleiches Bügelschloss, das Patrick in einen weiteren Handschuh sicherte. Jensen zögerte einen kurzen Moment. Was würde sie hinter dieser Tür erwarten? Weitere Leichen? Kollege Patrick hielt ein Reizstoffsprühgerät in seiner Hand, Struller versenkte seine Rechte in die Sommerjacke.

Jensen stieß mit einem kräftigen Ruck die Tür auf. So was hatte er noch nicht gesehen.

»Was ist das denn?«

Der Kellerraum vor ihm war groß, sauber, fast steril. Mehrere Tischreihen waren vollgestellt mit Reagenzgläsern, Kochern, Feuerstellen, mehreren Bunsenbrennern. An den Wänden lagerten Säcke, Kästen und Kisten. In einer Ecke stand ein Generator. Daneben stapelten sich mehrere Kanister mit farbigen Flüssigkeiten.

Patrick pfiff aus. »Ein Drogenlabor.«

»Drogenlabor?«, fragte Struller.

»Ich schätze, hier wurde Crystal Meth gekocht.«

Jensen frickelte sein Mobiltelefon ans Ohr. »Harald? Du kannst aufhören, nach einem Zugang zu suchen. Wir sind übers Hafenbecken ran und fündig geworden. Wir haben ein komplett eingerichtetes Meth-Labor entdeckt. … Was, ihr habt auch was gefunden? Okay. Wir kommen gleich rüber.«

Jensen drückte die Aus-Taste und presste die Lippen aufeinander.

»Was hat Harald gefunden?«, wollte Struller wissen.

* * *

Nicht Faserspuren-Harald erwartete Struller und Jensen oben am Treppenabgang zum Keller, sondern sie wurden von seiner neuen Praktikantin begrüßt.

Struller drehte sich beim Durchschreiten der Halle zu Jensen. »Warum kriegt Harald, der Glückspilz, immer die heißen, jungen, gut aussehenden Feger zugeteilt und ich immer die gammeligen Kerle?«

Die Praktikantin war aber auch ein Schuss. Ein Elfmeter. Ein Lichtblick. Eine … »Granate!«

Knappe Einsachtzig groß, und selbst der weiße Spurensicherungsanzug konnte nicht verbergen, dass er eine sportliche, schlanke Figur verhüllte. Und dann diese langen, leuchtend roten Haare, wie sie im Himmel nur ganz selten gefärbt wurden. Und die Hübsche lächelte ihn an. Mit einem Augenaufschlag, der nach Südsee roch. Moment, die lächelte nicht ihn, sondern ... Jensen an.

»Hallo Christian!«

»Hallo Nadine«, grüßte Jensen zurück. »Ich wusste gar nicht, dass du dein Abschlusspraktikum bei den Spurensicherern machst.«

Ach, dachte Struller, *das* war Nadine. Die Rheinkirmes-Nadine.

»Hat sich kurzfristig ergeben. Konntest du dich vom DVD-Player loseisen?«

»Äh …«

Struller schnaufte. »Tag. Und ich bin Struhlmann. Ich bin *auch* ein ganz toller Typ. Los, weiter jetzt. Wenn ihr flirten wollt, macht das nach dem Dienst.«

»Gute Idee«, sagte Nadine. »Ich hätte Zeit und nach dem ganzen Massaker da unten Lust auf eine fies-fettige Pizza nach Dienstschluss.«

»Betrachte dich als eingeladen«, antwortete Jensen, als sie die Stufen hinunterstiegen.

Struller seufzte.

»Platz da!«, kommandierte einer der beiden Männer, die ihnen im schmalen Gang mit einer Bahre entgegenkamen.

»Das war der letzte Tote«, erläuterte Nadine. »Ich finde, ohne Leichen sieht ein Tatort schon viel gemütlicher aus.«

»Na ja«, hauchte Jensen, denn Blut und der dazugehörige Geruch waren immer noch reichlich vorhanden. Mehr als sein empfindlicher Magen ohne Widerspruch bereit war so einfach hinzunehmen.

In der Mitte des Raumes stand Harald.

»Was hast du Neues?«, fragte Struller. »Ein Bekennerschreiben?«

Faserspuren-Harald deutete auf den Tisch in der Mitte des Raumes und auf den Boden davor. »Das sind die beiden Stellen, an denen wir Spermaspuren festgestellt haben. Hier wurde Anna Blomquist vergewaltigt. Auf dem Tisch und auf dem Boden davor.«

Struller zog die Nase hoch und blickte sich noch mal um. »Du hattest von einem weichen, nachgebenden Gegenstand gesprochen, der ihre Lunge zugepresst hat, sodass sie erstickt ist.«

Harald hob die Schultern. »Ich kann dir nur bieten, was du siehst. Das hier ist der Tatort. *Wie* es passiert ist, das ist dein Job!«

»Gut. Fassen wir grob für einen Überblick zusammen. Fingerabdrücke auf dem Boot, dem Butterflymesser und hier stimmen überein.«

»Jan de Rooy.«

»Das ist der Zusammenhang zwischen dem Motorbootzwischenfall und diesem Mord. Das Motorboot gehört eigentlich in Preuningers Bootshaus. Das neue Vorhängeschloss dort ist baugleich mit den beiden Schlössern, die wir nebenan sichergestellt haben.«

»Damit stehen die drei Erschossenen hier höchstwahrscheinlich auch in Verbindung mit dem Meth-Labor«, ergänzte Jensen.

»Gab es auf Preuningers Motorboot Hinweise auf Crystal Meth?«, fragte Struller.

»Negativ«, antwortete Harald.

»Okay. Aber Meth-Labor und Preuningers Motorboot – und somit auch das Bootshaus – gehören zusammen. Ich bin sicher, dass mit dem unterschlagenen Motorboot Meth transportiert worden ist. Die Nähe zum Rhein könnte bedeuten, dass das Meth – vielleicht über die holländische Grenze – geschmuggelt wurde.«

»Clever«, lobte Faserspuren-Harald gallig. »Die Wahrscheinlichkeit, auf dem Rhein von der Polizei angehalten und kontrolliert zu werden, ist ungleich niedriger als auf dem Landweg.«

Struller nickte. In seinem Kopf machte sich eine verschollene Information wild mit den Händen winkend bemerkbar, verschwand aber wieder, bevor Struller hineilen konnte.

»Jetzt zu den Waffen. Am Motorboot kommt eine Beretta zum Einsatz, die bereits vor siebzehn Jahren in Düsseldorf eingesetzt wurde. Hier wurde wahrscheinlich eine Maschinenpistole eingesetzt. Wir haben es mit zwei verschiedenen Waffen zu tun. Auch mit zwei verschiedenen Tätern?«

»Kann sein, muss aber nicht«, sagte Jensen und nickte.

Struller fuhr fort. »Und wir haben das Motiv, den Hintergrund dieser Taten. Es geht um Crystal Meth. Es geht um den Stoff, mit dem zurzeit in Düsseldorf eine ganze Menge Geld gemacht wird. Mir war klar – mit allem Respekt –, dass wir es hier nicht nur mit durchgeknallten Vergewaltigern zu tun gehabt haben. Die tote Anna Blomquist war wahrscheinlich nur zur falschen Zeit am falschen Ort.«

Nadine zog Luft ein. Trotzig warf sie ihre langen, roten Haare nach hinten, ihre Stimme zitterte. »Falsche Zeit, falscher Ort? Wenn ich so was schon höre! Ich will, dass dieses Verbrechen genauso konsequent aufgeklärt wird wie die Frage, wer diese menschenverachtenden Drecksschweine hier abgeknallt hat. K.O.-Tropfen? So eine Scheiße!«

Jensen versuchte, ihr eine Hand beruhigend auf den Arm zu legen, aber sie stieß sie weg.

Struller und Faserspuren-Harald wechselten einen Blick. Dann sah Struller der Praktikantin fest in die Augen. »Das ... verspreche ich dir. Und dasselbe gilt auch für Kilian Bergstreckl, den ich ebenfalls nicht vergessen habe. Auch der Junkie ist ein Opfer. Und auch, wenn es keinen interessiert, weil der Typ vermutlich eh nicht mehr lang gehabt hätte, werde ich den Fall aufklären.«

Nadine verschränkte die Hände vor ihrer Brust.

Struller kniff die Augen zusammen und senkte an Faserspuren-Harald und Nadine gerichtet seine Stimme. »Und das jetzt, das bleibt jetzt dringend zunächst unter uns Musketieren! Wir suchen neben einem silberfarbenen Jeep auch einen Mann in Polizeiuniform.«

»Einen Kollegen?«, fragte Nadine irritiert.

»Zum Jeep haben wir noch nichts«, fügte Jensen leise hinzu. »Und was die Polizeiuniform angeht, haben wir einen Kollegen im Blick.«

Struller drehte sich zu Faserspuren-Harald. »Super, dass dieser junge Kollege aus Bilk ...«

»Patrick.«

»Dass der uns den Zugang zum Meth-Labor gezeigt hat. Ohne den wäre es schwierig geworden.«

»Tja. Da hat der fehlerlose Alfred Gerlach wohl mal einen Fehler gemacht«, griente Faserspuren-Harald.

Struller kniff die Augen zusammen. »Hat er das?«

Faserspuren-Harald schrak förmlich zusammen. »Wie meinst du das?«

Struller zückte seine Zigarettenschachtel. »Vielleicht wollte er nicht, dass wir das Meth-Labor finden. Zur Bande gehört ein Mann in Uniform. Alfred Gerlach ist Polizist, er war zur Tatzeit im Dienst, die Kesselstraße liegt in seinem Revier. Ich habe nicht nur den einen Kollegen im Blick, sondern auch Aufreiß-Gerlach.«

»Du kannst ihn nicht leiden«, knurrte Harald.

»Das kommt erschwerend hinzu. Er gehört auf unsere Liste.«

»Du darfst hier noch nicht rauchen!«

Struller winkte mit der gedötschten Kippenschachtel durch die Luft. »Ich darf alles. Und ich möchte wissen, wem diese ranzige Bude hier gehört. Und wieso der Besitzer nicht gemerkt hat, dass in der Souterrainwohnung Drogen gekocht werden.« Er drehte sich zu Jensen. »Da kümmerst du dich morgen als Erstes drum.« Struller blickte auf seine Armbanduhr. »Es ist gleich

22.00 Uhr, du machst jetzt Feierabend und kümmerst dich um deine Kollegin. Pizza und so.«

* * *

Knappe hundert Meter weiter, auf der anderen Seite des Hafenbeckens, zog ein Mann geräuschvoll die Nase hoch und spuckte aus.

»Das ging schnell.«

Die Bullen hatten die Meth-Küche entdeckt. Ein bisschen hatte er gehofft, dass sie vielleicht …

»Egal. Nicht schnell genug!«

Denn sie hatten den Stoff längst beiseitegeschafft. Schnell hatte es gehen müssen. Er grinste gemein. Manchmal musste es eben schnell gehen!

Ein weiterer Schleimbrocken flatschte auf die Wackersteine zu seinen Füßen. Aber trotzdem … Diese hirnlosen Trottel. Die Bullen mit diesem Drecksboot und den Weibern gleich bis ins Hafenbecken zu lotsen? Ging es noch? Er hatte in einem Zeh mehr Hirn als die beiden in ihren hohlen Schädeln zusammen!

»Müllmenschen!«

Sein Puls raste los, wenn er nur dran dachte. Und dann, kaum hatte er die beiden Trottel mit den beiden Mädels allein gelassen, passiert das mit der Rothaarigen … Unfassbar! Wie kann man nur so dämlich sein! Anschließend fiel den Idioten nichts Besseres ein, als ihn … Mensch! Das hätte ihn sofort den Kopf kosten können! Diese hohlen Arschlöcher! Gut, dass er sofort das Schlimmste hatte regeln können, bis …

Sein Blick fiel auf die andere Seite des Beckens.

»Ach?«

Die beiden Kripobullen verließen die Halle. Der alte Sack und der junge Stricher mit den langen Haaren.

»Dreckspack!«

Er trat einen Schritt zur Seite, versank noch weiter in den Schatten, den ein rostiger, abgestellter LKW mit rumänischen Kennzeichen warf. Er kniff die Augen zusammen. Der ältere Bulle qualmte eine Zigarette. Der jüngere unterhielt sich mit …

»Oh lala!«

Das war aber was fürs Auge. Sein Ärger verflog so schnell, wie er gekommen war. So eine Polizistin würde er sich aber auch mal gefallen lassen. Lange, rote Haare ...

Seine Nase lief.

Die gleichen roten Haare wie diese schwedische Schlampe, die an allem schuld war.

Der Mann kratzte sich nachdenklich im Schritt und beobachtete, wie die beiden Männer davongingen und die Rothaarige wieder in die Halle zurückkehrte.

»Die wäre was für mich«, entschied er, hatte die doofen Dumpfbacken erst mal komplett verdrängt und fragte sich im nächsten Moment, wie er an das Weib rankommen könnte.

Und spuckte aus.

* * *

Eine gute Stunde später zwirbelte Struller von seinem Büro aus einen Rauchkringel in den menschenleeren Innenhof. Weil es draußen windstill war, konnte er dem grau-blauen Reifen hinterherschauen, bis dieser im nächtlichen Julihimmel lautlos zerplatze. Struller stöhnte leise. Der Fall hatte es in sich. Fragen über Fragen. Immerhin hatten sie in den vergangenen vierundzwanzig Stunden auch einige Antworten gefunden. Und drei Tote.

»Die *Pferdebox*«, gab Struller seinen Überlegungen eine Überschrift und nahm einen weiteren Zug tief auf Lunge.

Bei der Klitsche musste dringend der Puls gefühlt werden. Aber durch wen? Er selbst war zu alt. In der *Pferdebox* galten Gäste ab dreißig schon als Personen, die zum Sterben kamen. Da bot sich natürlich Jungspund Jensen an. Mit seinen zerrissenen Designerjeans, den langärmeligen T-Shirts und den viel zu langen Haaren würde der prima in den Schuppen passen. Aber alleine?

Den nächsten Kringel setzte Struller ein paar Grad höher. Er kletterte taumelnd die Silhouette des Rheinturms hinauf, dessen Beleuchtung ein fröhliches Rot in die Nacht schimmerte. Der Kringel zerbarst, die Einzelteile lösten sich auf. Strullers Blick aber blieb an den grellroten Punktlichtern des Turms hängen. Sie glühte ihn an, die Lösung.

Energisch trat er an seinen Schreibtisch und zerstampfte die Zigarette im Ascher. Entschlossen griff er zum Hörer und hackte die vierstellige Nummer in den Apparat.

»Bereitschaftsdienst Pressestelle.«

»Du machst Bereitschaft und bist nicht auf dem Tennisplatz? Struhlmann hier, ich …«

»Endlich, ich hab schon ein paarmal versucht, dich zu erreichen«, unterbrach ihn der Kollege. »Ich muss was für die Presse fertig machen, die haben schon mehrmals nachgefragt.«

»Deshalb rufe ich ja an, immer locker durch die Hose atmen, Kollege.«

»Durch die Hose? Kollege, ich hab Bereitschaft, ich trage keine Hose, ich sitze hier nackt.«

»Eine erschreckende Vorstellung.«

»Hast du den Bericht zum Einsatz Bremer Straße 114 schon fertig?«

»Jein«, antwortete Struller und konnte hören, wie der Kollege am anderen Ende die Augen verdrehte.

»Ein Bericht wäre sehr hilfreich«, erklärte der Kollege mit leiser Stimme.

»Wir haben im Keller einer ehemaligen Fischhalle auf der Bremer Straße 114 drei Tote gefunden. Im Zuge der Nachschau sind wir in einem zweiten Kellerteil auf ein Drogenlabor gestoßen.«

»Nicht so schnell, ich schreibe mit!«

»Du brauchst nicht mitschreiben!«

»Ich kann mir die Details nicht alle merken.«

»Du kriegst einen Bericht von mir. Irgendwann. Und mir wäre es sehr recht, wenn ihr die Pressemitteilung sehr knapp haltet.«

Der Polizist am anderen Ende zögerte. »Also, ein bisschen mehr muss es aber sein.«

»Die Ermittlungen dauern an«, schloss Struller.

»Das ist zu wenig, Struller.«

»Bau ein paar schöne Adjektive ein!«

»Fakten wären gut«, blieb der Kollege hartnäckig.

»Fakten verwirren nur.«

»Die drei in der Halle sind erschossen worden, sagt die Leitstelle.«

»Ja. Wir nehmen zum jetzigen Zeitpunkt an ... äh ..., dass es Junkies waren. Angaben zur Motivlage wären reine Spekulation.«

Der Kollege am anderen Ende der Leitung holte Luft. »Die Bremer Straße 114 liegt im Hafen. Steht dieser Sachverhalt in Verbindung mit dem Motorboot-Vorfall von Freitagnacht?«

Struller fluchte innerlich. Einige Kolleginnen und Kollegen der Pressestelle wären echt brauchbare Polizisten ...

»Wenn genau *das* morgen in der Zeitung steht, werden ein paar Leute eiligst die Koffer packen. Ich brauche noch ein bisschen Zeit. Ich plane etwas mit einem Lockvogel und da darf – auch zum Schutz der verdeckt eingesetzten Kräfte – die Gegenseite nicht wissen, dass wir die beiden Sachverhalte einander zuordnen können.«

»Ich weiß nicht ...«

»Ein Angebot: Ihr schreibt, dass die Junkies totgeschossen worden sind. Wir haben bei der Absuche des Umfeldes ein Drogenlabor entdeckt. Drogenlabor klingt doch spannend! Und da liegt es nahe, dass die Toten zum Labor gehört haben. In diese Richtung gehen die Ermittlungen. Das ist ja auch die Wahrheit.«

»Nur nicht die *ganze* Wahrheit«, unkte der Kollege.

»Und die Presseleute haben eine Schlagzeile.«

»Denen geht es nicht nur um eine Schlagzeile!«

»Nein, sie kriegen ja gleich mehrere. Über das Drogenlabor unterrichtet ihr morgen ein bisschen ausführlicher, ich besorg auch Fotos und übermorgen serviere ich den Täter. Das ist dann praktisch eine Trilogie! Trilogien liegen voll im Trend!«

Ein paar Sekunden lang blieb der Mann am anderen Ende stumm. »Du drehst es, wie es dir passt. Wen willst du als Lockvogel einsetzen?«

»Sie weiß es noch nicht.«

»Hat die Staatsanwaltschaft Kenntnis?«

»Praktisch ja. Ich hab fast gerade eben noch mit Foxton gesprochen, er hat mir quasi pauschal sämtliche Unterstützung zugesagt.«

»Die Staatsanwaltschaft sagt nie pauschal irgendetwas zu!«

»Quasi, Kollege, quasi. Soll die Zusammenarbeit gut sein, dann muss man auch zwischen den Zeilen lesen können.«

»Bei dir steht immer ziemlich viel zwischen den Zeilen!«

»Genau deswegen sind meine Berichte immer so knackig kurz.«

Struller lauschte in ein paar Sekunden Schweigen.

»Gut, wir bringen das mit den drei erschossenen Personen und dem Labor. Du kasperst das mit der Staatsanwaltschaft ab. Dann hast du einen Tag und eine Nacht Zeit, irgendwas mit einem Lockvogel zu machen. Sei vorsichtig! Ein verletzter Kollege reicht!«

»Danke, du hast einen gut und zieh dir untenrum was an! In deinem Alter verkühlt man sich schnell!«

»Du musst es wissen«, behauptete der Kollege und legte auf.

Struller tat es ihm nachdenklich lächelnd gleich. Vor ihm auf dem Schreibtisch standen die beiden Ordner mit dem uralten Beretta-Fall. Die Nebenakte musste er durcharbeiten. Aber das konnte er auch zu Hause machen. Ihm war nach einer Dusche. Oder zumindest nach einem frischen Hemd. Möglicherweise beides.

»Feierabend«, entschied Struller und trat ans Bürofenster, um es zu schließen.

Im gleichen Moment brach die Hölle los. Ein ohrenbetäubendes Schrillen stürzte von scheinbar allen Seiten kommend auf ihn ein. Unten im Innenhof setzte sich flackernd eine grelle Rundumleuchte orangerot in Bewegung. Struller jagte seinen Blick in alle Richtung. Was war das für ein Inferno? Das dröhnende Scheppern jagte seinen Pulsschlag in nie gekannte Höhen. Das musste eine Alarmanlage sein! Er blickte im Innenhof Richtung Gewahrsamstrakt. Vielleicht versuchte jemand auszubrechen.

Er schlug sich vor die Stirn. »Alarmanlage? Das ist die neue Feuermeldeanlage im Polizeigewahrsam!«

Hastig wirbelte Struller rum, raus aus dem Büro, den Flur entlang nach links. Es galt die In-Gewahrsam-Genommenen zu befreien, die, eingesperrt in ihren Zellen, hilflos und in Todesangst auf Rettung warteten! Am Ende des Flures führte eine Treppe runter bis ins Erdgeschoss. Struller riss eine schwere, grüne Schwingtür auf und hetzte durch den Innenhof. Von dort sprang er die Stufen hoch zum Eingangsbereich des Polizeigewahrsams und drückte die Klingel. René, der Kerkerchef, drückte ihm sofort auf. Durch die große Glasscheibe zur Rechten konnte Struller erkennen, dass der Kollege nach linksrum deutete. Das Dröhnen war hier nicht laut, sondern bestialisch. Struller folgte dem

Wink und rannte den Zellenflur entlang bis zum Ende des Flures, wo ihn bei der Sichtzelle ein Kollege erwartete. Ein blasses Gesicht, entsetzte Augen starrten ihn an.

»Dich schickt der Himmel«, schrie Bertie Spurtmann.

»Wo ist das Feuer?«, schrie Struller.

»Es gibt kein Feuer! Das ist Fehlalarm!«

Struller strich sich durchs Haar. »Wo geht dieses Höllenteil aus?«

»Weiß ich nicht. Ich weiß nur, wo es angeht«, jammerte Bertie.

»Haben die dich nicht eingewiesen?«

»Doch. Aber ich habe nicht alles verstanden!«

Struller beugte sich über den Mechanismus, der im großen Ganzen aus zwei Knöpfen bestand. Einem großen, roten Button, der oben auf einem viereckigen Kasten angebracht war und einem Kippschalter, der sich an der unteren Seite des Kastens befand. Den legte Struller um, das Heulen erstarb.

»Aus! Aus! Es ist aus!«, rief Spurtmann und es hatte für Sekundenbruchteile den Anschein, als würde Spurtmann Struller um den Hals fallen.

»Was ist passiert?«, fragte Struller leise.

»Ein Versehen.«

»Hast du noch einen Satz so drum herum?«

Bertie Spurtmann druckste herum, griff plötzlich zu Boden und hob seine Baseballkappe auf. S.E.X. PG. »Ich hab doch den neuen Job, Sicherheitsexperte. Und da sitze ich immer genau hier im Flur. Das ist zwar megaverantwortlich, aber auch ein bisschen langweilig. Deshalb habe ich mir einen gemütlichen Sessel besorgt und einen kleinen Fernseher gekauft. Da gucke ich nachts Fernsehen.« Bertie schraubte sich die Kappe auf den Kopf. »Wo ich ja sonst nachts immer geschlafen habe, hat sich mein Körper noch nicht so richtig umgestellt.«

»Du bist eingeschlafen«, schlussfolgerte Struller.

»Ja, genau. Und ich hab wild geträumt. Lustig, der Ronny Riemen kam in meinem Traum auch vor ...«

»Bertie, bitte!«

»Auf jeden Fall werde ich wach und sehe das Feuer.«

»Welches Feuer? Hier hat nichts gebrannt!«

»Das Kaminfeuer im Fernsehen. Das Pausenfilmchen. Flackert doch immer, wenn sonst im Sender nichts mehr läuft. Und wo ich noch so dösig und halb in meinen Traum bin, denk ich: Scheiße! Feuer! Und drücke sofort den Button.«

Struller schüttelte den Kopf. Spurtmann war echt ein hoffnungsloser Fall. Zu doof, einen roten Knopf nicht zu drücken. Aus dem Gang näherten sich Schritte, ein Polizist stürzte um die Ecke. Die Glatze leuchtete, die langen Haare des fransigen Kranzes flogen am Schädel herum.

»Was ist hier los?«, brüllte Alfred Gerlach.

»Fehlalarm«, murmelte Spurtmann.

»Das sehe ich, hier ist ja kein Feuer, du Trottel!«

Bertie Spurtmann blickte zu Boden. Alfred Gerlach holte tief Luft. Wahrscheinlich würde er jetzt losbrüllen und eine weitere Arschöffnung ankündigen.

»Defekt in der Anlage«, erklärte Struller ruhig. »Wir haben mit zwei Mann geruckelt, geboxt und gezogen, bis das Ding sich endlich ausschalten ließ. Weiß der Geier, warum das Ding losgeheult ist wie eine Fliegersirene.«

Gerlach kniff die Augen zusammen. »Defekt in der Anlage? Sehr ungewöhnlich!«

»Wieso? Du hast doch auch einen!«

Gerlach schnappte nach Luft, die Ader an seiner Schläfe pumpte. Gleich würde der Schädel platzen. Bertie trat vorsichtshalber einen Schritt zurück. Gerlach machte einen auf Struller zu und ballte die Fäuste. »Willst du mich anmachen? Was machst du überhaupt hier?«

»Arbeiten. Du erinnerst dich? Arbeiten?«, fragte Struller leise und mit festem Blick.

Hinter Gerlach tauchten zwei weitere Kollegen auf. Der Dienstgruppenleiter sah so aus, als würde er sich gleich auf Struller stürzen wollen, ließ es aber in Anwesenheit seiner Kollegen bleiben.

»Wir sind noch nicht fertig miteinander«, drohte Gerlach und drehte sich zu Spurtmann. »Und von dir kriege ich einen Bericht. Und lass die Tippfehler weg. In dreißig Minuten liegt der Bericht bei mir auf dem Schreibtisch, sonst …«

»Reißt er dir den Arsch auf«, führte Struller Gerlachs Satz zu Ende.

* * *

Langsam lichtete sich der Schleier vor seinen Augen. Mit der linken Hand wischte Jensen sich eine verschwitzte Strähne aus dem Gesicht. Er hörte seinen Atem. Und er hörte ihren Atem. Ganz nah. Laut und keuchend, mit dem seinem im Takt. Er spürte ihren Körper, jede Faser ihrer Haut. Ihre nackte Brust drückte sanft gegen seine.

»Mensch, Christian, das kannst du aber besser als Strafrecht«, flüsterte Nadine, und ihre Umrisse wurden deutlicher.

»Ich hab mich auch mehr angestrengt.«

Sie biss ihm sanft ins Ohrläppchen. »Nach anstrengen sah das gar nicht aus.« Sie zögerte. »Hörte sich allerdings wohl so an.«

Jensen biss seiner Kommilitonin vorsichtig ins Kinn. »Tja, wenn ich mich mal richtig reinhänge.«

»Rein*hängen* ist in diesem Zusammenhang aber die ganz falsche Formulierung, Kollege.«

Sie atmete laut aus. Mit einem wohligen Gurren in der kehligen Stimme. Jensen lag auf dem Rücken, sie weich, warm und lang ausgestreckt auf seinem Bauch. Bei jedem seiner Atemzüge hob und senkte sich ihr phantastischer Körper. Ihre harten Pobacken hatte Jensen im festen Griff.

»Ich wusste gar nicht, dass du ein Piercing hast.«

»Und ich hätte schwören können, dass *du* eines hast.«

Jensen spürte, wie die aufgeladene Spannung ihrem Körper entwich. Der süße Duft von Schweiß und Sünde stieg ihm in die Nase.

»Wegen der Kratzer auf deinem Rücken, also …«

»Kein Problem, ich werte sie als leidenschaftliche Streifen der Dankbarkeit.«

Sie hob leicht den Kopf. »Nicht überheblich werden, Kleiner.«

Jensen grinste, sie senkte den Kopf.

»Ich könnte ewig so liegen bleiben. Das war echt gut«, murmelte Nadine.

Jensen nickte und fand, dass die Position allerdings auf Dauer nicht so ganz der Bringer war. Sicher, Nadine hatte einen klasse Körper, athletisch, knackig und das Tattoo war sagenhaft, aber mit der Zeit … wurde sie schwer. Das drückte ganz gut, presste Bauch und Brustkorb zusammen, machte das Atmen schwer, machte …

Jensen schnappte geräuschvoll nach Luft.

»Was hast du?«, flüsterte Nadine.

Jensen blinzelte. Schwer, Brust, zusammendrücken, keine Luft. »Ich weiß, wie Anna Blomquist ums Leben gekommen ist.«

Nadine brauchte ein paar Sekunden, um zu fragen. »Was?«

Jensen nickte heftig. Im Rahmen seiner Möglichkeiten. »Nach der Obduktion hat Doc Stich uns erklärt, dass irgendetwas Annas Brustkorb breitflächig zusammengedrückt hat. Und zwar so stark und so lange, dass sie daran erstickt ist.«

Nadine hatte sich von seinem Körper runter ins Bett neben Jensen gleiten lassen und blickte ihn an.

»An Annas Körper wurden drei verschiedene DNA-Spuren festgestellt. Ich bin mir sicher, eine davon gehört Bill Robert Tyler.«

»Du hast gerade an Bill Robert Tyler gedacht?«, fragte Nadine.

»Äh … Nicht direkt gedacht, aber das fiel mir ein, als du so … auf mir gelegen hast. Das war auch … schwer. Ein bisschen schwer.« Jensens Stimme war von ganz alleine immer leiser geworden.

»Schwer? Schwer wie Bill Robert Tyler, der adipöse Kerl aus dem Keller auf der Bremer Straße? Ein Toter?«

»Nadine ...«

»Man soll nicht schlecht über Tote reden, aber Bill Robert war ... sehr, sehr fett.«

»Schon ...«

»Schwabbelig.«

Hui. An jedem ihrer Worte hingen zentimeterlange Eiszapfen. Über Jensens Rücken entrollte sich eine Gänsehaut. »Nadine, ich ...«

Nadine nickte mit geschürzten Lippen.

»Ähm«, stammelte Jensen. »Bist du jetzt ... sauer? Oder entsetzt? Weil ich jetzt auf diesen Dreh mit Anna und Bill und der Luft, wegen dem Brustkorb, der Atem ...«

Nadine schüttelte den Kopf. »Nein, nein, Christian. Ich bin nicht sauer. Weißt du was?«

Erleichtert stellte Jensen fest, dass Nadine lächelte.

»Ich glaube, du wirst ein richtig guter Polizist.«

»Ach?«, freute sich Jensen.

Dann veränderte sich schlagartig Nadines Gesichtsausdruck, in ihren Augen funkelte es. »Aber wir beide, wir werden nie, nie, nie wieder Sex miteinander haben!«

* * *

Struller nuckelte an der Altbierflasche und richtete auf seinem Schreibtisch im Wohnzimmer die Leselampe. Preuninger und seine exklusiven Möbelstücke fielen ihm ein. Das Leben als menschlicher Lampenschirm war sicher gar kein so einfaches. Man steht ja doch eine ganze Zeit langweilig dumm rum. Und scheint und scheint und scheint. Wenn der Möbelmeister aus dem

Haus ist, kann es noch blöder werden, denn dann ist man ausgeschaltet und muss ja noch nicht mal leuchten.

»Für mich wäre das nichts«, summte Struller und nahm einen Schluck.

Seine Gedanken schwenkten zurück zu Bertie Spurtmann, dem er einen fehlerfreien Bericht in die Feder diktiert hatte. Er mochte Alfred Gerlach einfach keinen analen Aufriss gönnen. Schweren Herzens hatte er sogar auf Schimpfwörter verzichtet. Verdammt, das war ihm wirklich schwer gefallen!

Struller nahm einen weiteren Fuchsschluck und konzentrierte sich nunmehr auf die siebzehn Jahre alte Nebenakte, die er mit nach Hause genommen hatte. Behutsam klappte er den staubigen Ordner auf und sichtete zunächst den vorangehefteten Computerausdruck mit den Einsatzzeiten und Eins-zu-eins-Dokumentationen der Einsatzmittel.

»Nichts Neues«, entschied Struller, denn die harten Fakten wie Uhrzeit und Örtlichkeit standen natürlich auch alle in der Hauptakte.

Eine Kopie der Strafanzeige, Vermerke. Struller hob erfreut seine Augenbrauen. Das war ja wie eine Zeitreise. Die *Pille,* die *Pinte*. Der *Ballermann* hieß damals noch *Revolution*. Meine Güte, das *Lord Nelson,* die *Wolke* … Gehörte das *Ox* damals noch dem Muff Mertens?

Struller nahm einen Schluck und blätterte um.

Ein weiterer Beobachtungs- und Feststellungsbericht. Kein Vordruck, denn damals schrieben die Kollegen den Sachverhalt meist noch formlos von oben nach unten. Das war zwar manchmal schwerer zu erfassen, hatte aber den Vorteil, dass die Kollegen sich nicht sklavisch an Formfelder halten mussten und genauer herausarbeiteten, warum gerade *diese* Person überprüft worden war und wieso sie so verdächtig und auffällig war, dass *dieser Bericht* weit gestreut verteilt werden sollte.

»Hm.«

Manchmal schienen die Kollegen auch schlicht Langeweile gehabt zu haben. Dieser BuF war so wichtig wie ein chinesischer Sack, der nicht umfiel.

Ein weiterer: Die Kollegen Wolter und Wolters … Struller blätterte zurück. Anton-Tour Bilk, doch, die hießen wirklich so! Die Kollegen Wolter und Wolters hatten im Zuge der Tatortbereichsfahndung auf der Liefergasse zwei verdächtige Personen aufgetan …

»Guck an, da hieß das *Naseband's* noch *Till Eulenspiegel.*«

Er nippte am Flaschenhals. Die beiden Typen gaben Fersengeld und waren über den Burgplatz Richtung Rheinuferstraße geflüchtet. Struller blätterte weiter. Der Hund eines Hundeführers hatte die beiden dann unter einem Ford Transit gefunden. Struller leckte sich den Finger und blätterte weiter. Ein Biss, Krankenhaus. Der letzte Absatz verriet Struller den Grund der Flucht: die beiden hatten Marihuana dabei.

Weglaufen? »Immer schlecht!«

Struller schlug die nächste Seite auf. Ein Streifenwagen kontrollierte drei auffällige Personen auf der Kurze Straße.

»Vor dem *Bierhaus Zille*!«

Die Kneipe hatte damals noch dem Peter Klinkhammer gehört. Mensch, war er da mal mit diesem Musiker versackt, wie hieß der noch? Hatte immer so einen weißen Overall an? Der bei *Kraftwerk* Schlagzeug gespielt hatte. Dinger! Klaus Dinger. Später *Neu!* und *La Düsseldorf*.

»Irgendwo hab ich doch noch die Platten liegen«, murmelte Struller und leerte die Flasche.

Gleich, gleich würde er mal auf die Suche gehen. Der alte Plattenspieler musste es doch auch noch tun!

»Erst die Arbeit, dann *Silver Cloud*!«

Er versenkte die Nase wieder im Ordner. Die drei Typen. Warum waren die den Kollegen verdächtig vorgekommen? Aha, die hatten sich in einem Hauseingang rumgedrückt. Einer von ihnen war Jugoslawe, ein zweiter kam aus Albanien.

»Ein Albaner? Die waren damals selten«, erinnerte sich Struller, leckte sich aufgeregt die Lippen, blätterte weiter und studierte die detaillierte Beschreibung der drei Personen.

Zwar stand im Bericht nichts von einem schwarzen, zweiköpfigen Adlertattoo auf der Brust, aber zwei Finger fehlten an seiner rechten Hand schon damals.

»Da schau an«, murmelte Struller höchst erstaunt, als er dann den Namen des einzigen Deutschen im Trio las, der seinerzeit mit speckiger Lederjacke und -kappe als Rocker unterwegs war.

Struller entschloss sich nachdenklich, eine weitere Flasche Bier zu öffnen.

7. Kapitel

Jensen klappte den Kragen seines Hemdes verwegen hoch und kontrollierte sich vor dem Verlassen der Wohnung im bodentiefen Flurspiegel. Ein junger Mann blickte ihn enttäuscht an. Ein Mann, dem es nicht gelungen war, eine Kollegin zu überreden, nach einem verheißungsvollen Auftakt bis zum Frühstück zu bleiben. Und das nur, weil er …

»Na ja.«

Das war gestern sicher nicht die coolste After-Sex-Szene aller Zeiten gewesen. Doof. Aber da machst du nichts, ein Trottel frühstückt alleine. Das kam davon, wenn man Dienst und Sex nicht trennte.

»Anfängerfehler.«

Man musste auch mal abschalten können. Da musste er dran arbeiten. Apropos arbeiten: ein Blick auf die Uhr. Er war spät dran. Schnell schloss er hinter sich die Wohnungstür und spurtete die Treppe runter, ein bisschen neugierig darauf wartend, was ihn heute auf dem Treppenabsatz vor seiner Haustür erwarten würde. Welche Räuberpistole ihm sein zahnloser Lieblingsjunkie lässig schnurrend heute versuchen würde, für zehn Euro unter die Nase zu reiben.

Jensen riss die Tür auf. »Aha.«

Diesmal hatte der Junkie sich selbst anzubieten. Als lebloses Bündel lag der dreiste Kerl mit seiner verwaschenen, grauen Kapuzenjacke der Länge nach quer vor seiner Haustür.

»Na klasse.«

Jensen stupste den Burschen vorsichtig mit der Schuhspitze an. Der Kerl tat noch nicht mal einen müden Schnaufer.

»Mann, Mann, Mann«, zitierte Jensen einen Kollegen aus der Eifel, beugte sich über den Burschen und atmete versehentlich eine dicke, miefige Duftwolke ein. Junge, der hatte aber mächtig Körper.

Jensens Nase rebellierte prompt und entlud sich mit einem kräftigen, dröhnenden Nießer, der die schlafdösigen Tauben in den Platanen der Stresemannstraße aufscheuchte.

»Guten Morgen, Junge, aufstehen«, singsangte Jensen und rüttelte mit spitzen Fingern am Oberkörper.

Wie lange lag der Bursche denn hier schon? Knackensteif war der Kerl. Das konnte doch nicht bequem sein! Vorsichtig zog Jensen die Kapuze ein Stück zur Seite.

»He!«

Der Bursche war … blass. Ganz fahl. Das sah nicht gut aus, das sah ganz und gar nicht gut aus. Jensen ruckte etwas heftiger. Und der Mann rutschte leblos vom Treppenabsatz.

Entsetzt zog Jensen sein Handy aus der Tasche, drückte drei Tasten und brüllte: »Einen Notarzt, Stresemannstraße, fast Ecke Oststraße. Ich steh hier und winke! Leblose Person!«

Jensen steckte das Gerät wieder zurück ins Hemd und beugte sich über den Junkie. Seine Finger ertasteten die Stelle am Hals, an der normalerweise ein Puls das Leben durch den Körper pumpte …

* * *

Struller knallte erfreut den Hörer ins hellgraue Plastikschälchen. Das waren wirklich sehr gute Nachrichten. Den angeschossenen Kollegen hatten die Ärzte aus dem künstlichen Koma zurückgeholt. Der Patient war ansprechbar und in einem ausgesprochen guten Zustand. Glück gehabt! Glück, Glück, Glück!

Bei so viel Glück wollte er gleich mal seines versuchen. Es gab Menschen, die behaupteten, dass eine Polizeiinspektion vom Inspektionsleiter geleitet werde. Daher das Wort. Dies bedeutete nicht, dass der Inspektionsleiter der wichtigste Mann seiner Dienststelle war. In der Polizeiwache Bilk hieß der wichtigste Mann mit Vornamen Udo. Und den suchte Struller jetzt auf.

»Morgen, Udo!«

»Morgen!«, grüßte der Kräfte- und Gerätewart zurück.

Udo stand zwischen Kästen, Kisten und Kartons mitten in seinem Raum und hielt einen Autoreifen prüfend ins Licht der Deckenbeleuchtung. Struller kramte eine Taschenlampe aus seiner Jeanshose, die er vor wenigen Minuten nach langer Suche hinten in seinem Spind zwischen einer schusssicheren Weste und einer Bodenfliese gefunden hatte. »Udo, bei dir landen doch die Verlustmeldungen, wenn ein Kollege seine dienstliche Taschenlampe verloren hat, oder?«

Udo machte mit dem Autoreifen eine raumeinnehmende Geste. »Bei mir landet alles.«

»Ich habe diese Taschenlampe hier gefunden. Kannst du nachgucken, ob das die ist, die der Kollege neulich verlustig gemeldet hat?«

»Du meinst, ich soll die Nummern vergleichen?«

»Genau.«

»Kann ich machen«, erklärte Udo fröhlich. »Muss ich aber nicht. Hier ist keine Verlustmeldung eingegangen.«

»Aber nach der Lampe wurde schon gesucht«, blieb Struller hartnäckig.

»Vielleicht ist sie ja inzwischen gefunden worden. Brauchst du einen Autoreifen? Fast neu. Nur kaputt?«

»Welche Farbe?«

Udo grinste, Struller verabschiedete sich, wechselte in den Flur und kratzte sich nachdenklich den Kopf. Keine Verlustmeldung … Dann stellte sich die Frage, was Alfred Gerlach Sonntagnacht auf der Kesselstraße am Hafenbecken gesucht hatte. Etwa ein Butterflymesser?

»Guten Morgen, Herr Struhlmann. So früh schon im Dienst?«, riss ihn der Leitende Staatsanwalt aus seinen Gedanken, der mit raumgreifenden Schritten um die Ecke gekurvt kam.

»Der frühe Vogel würgt den Wurm.«

»Sind Sie im Fall schon weiter?«

»Auf jeden Fall. Zuerst hatten wir zwei Leichen, jetzt haben wir schon fünf.«

Foxton schnaufte fröhlich. »Das läuft ja. Weiter so! Geben Sie sich Mühe!«

»Mühe? Der Dienst ist für mich keine Last sondern Lust.«

»Deswegen sind Sie auch so … lustig«, grinste Foxton und war schon wieder weg.

Struller blickte ihm nachdenklich hinterher. Leitende Staatsanwälte mit guter Laune machten ihn misstrauisch. Er stieß die schwere, hölzerne Feuertür zum Treppenhaus auf und stieg die Stufen hoch. Im Büro wurde er erwartet.

»Morgen, Chef«, grüßte Jensen, der sich am kleinen Waschbecken in der Ecke die Hände wusch.

»Du bist spät dran, Sportsfreund.«

»Ich habe einem Junkie das Leben gerettet. Ich dachte, der hat es hinter sich, aber ein Minütchen die Brust gepumpt, dann war der schon fast wieder fit. Den Rest haben die Sanis aus dem Krankenwagen gemacht. Ich hab gerade telefoniert, der Gute kommt durch und kann mir schon bald wieder vor den Hauseingang kacken.«

»Das hört man doch gerne«, freute sich auch Struller.

Jensen roch an seinem Hemd und verzog das Gesicht. »Riecht jetzt ein bisschen streng.«

»Macht mir nichts aus«, murmelte Struller.

Nein, dachte Jensen, seinem Chef machte ein bisschen Körpergeruch nichts aus … »Und ich weiß, wie Anna Blomquist gestorben ist.«

»Ach? Hast du Foltervideos studiert?«, fragte Struller.

»Folter? Nein. War alles freiwillig. Quasi. Die Lösung war eigentlich ganz einfach. Nur *er* war schwer. Deutlich zu schwer.« Jensen schritt zur Magnetwand und tippte auf das Foto von Bill Robert Tyler. »Er hat sich bei der Vergewaltigung auf Anna Blomquist gelegt. Sein Körper war die großflächige, weiche Masse, von der Doc Stich gesprochen hat. Sein Gewicht hat Annas Brust zusammengepresst und sie erstickt.«

Struller klappte der Mund auf. »Ja, das kann stimmen. Verdammt, das *wird* stimmen! Auf so etwas Grässliches muss man erst mal kommen. Wann fällt dir so was ein?«

»Ähm …«

»Egal. Hast du in der Immobilienfrage etwas ermittelt?«

»Ich hab heute Morgen ein Telefonat geführt, ich kriege jeden Moment einen Rückruf«, erklärte Jensen und wollte sich setzen.

»Kannst gleich stehen bleiben«, forderte Struller und pflückte die rechts beschwerte Sommerjacke vom Kleiderhaken. »Ich habe gestern zu Hause – während du wahrscheinlich brav geschlafen hast – die Nebenakte durchgeackert.«

»Geackert habe ich auch. Hast du was Interessantes gefunden?«

»Das will ich wohl meinen. Bei der Tatortbereichsfahndung fiel den Kollegen nicht weit vom Tatort entfernt ein Trio auf, das dann in der Folge der Tat nicht zugeordnet worden ist. Einer der drei Männer war ein Albaner, dem zwei Finger fehlten.«

»Nein!«

»Doch. Und einer anderen Person aus dem interessanten Kleeblatt werden wir jetzt auf die alle noch vorhandenen Finger klopfen.«

Jensen klatschte entschlossen in die Hände. »Wo geht's hin?«

»Wir besuchen einen Ex-Rocker. Rotterdamer Straße. Wir besuchen Mathiowetz.«

* * *

Eine halbe Stunde später schwankte, schwappte und schnarzte unter ihren Schuhen der metallene Bootssteg. Bedrohlich gurgelte das Rheinwasser. Ein paar Meter entfernt hielt am Ufer ein Angler mit stoischer Ruhe seine Rute in die Wellen.

»Was für ein beeindruckender Fluss«, schwelgte Struller heimattrunken und blickte mit zusammengekniffenen Augen über die glitzernden Fluten.

»Ja« stimmte Jensen zu und beobachtete, wie eine Ratte mit flinkem Schritt vor ihnen beiden in ein schaukelndes Bötchen flüchtete. »Guck nach unten! Pass auf, wo du hintrittst!«

Sie erreichten den breiteren Hauptpfad. Von Mathiowetz war nichts zu sehen. Oder zu hören. Überhaupt war es auffallend still. Im lauwarmen Wind klackerte der Metallstreifen einer Fahne gegen den Mast, und in einem der Boote, die vor Anker lagen, dudelte ein Radio. Sie passierten Preuningers Bootshaus. Die Kollegen hatten die Eingangstür mit einem silberfarbenen Streifen versiegelt. Schließlich erreichten sie das quadratische, hölzerne Blockhaus, das ein Schild als *Rezeption* auswies.

Struller klopfte an. »Hallo?«

Niemand meldete sich. Drinnen lief ebenfalls leise ein Radio. Struller drückte die Klinke nach unten und schubste die Tür auf. Der Raum war leer. »Keiner da.«

Sie traten ein. Die Hütte war nur zweimal drei Meter groß. An den Wänden hing alles, womit man einen mediterranen Partykeller auszustatten pflegte. Nebeneinander hängend grinsten eine Meerjungfrau mit Schlafzimmerblick, eine Taucherbrille und ein ärgerlicher Schwertfisch auf sie herab. Ein viereckiges, gelbes Schild mit schwarzer Haifischflosse warnte: *No swimming!* Die Decke war mit einem gefüllten Fischernetz verhangen. Jensen erkannte Krabbelzeug, Muscheln und einen roten BH. In der Mitte des Zimmers stand ein Tisch, davor lag ein umgestürzter Stuhl.

Struller trat an den Tisch, auf dem ein Teller, eine halb volle Flasche Asbach, ein Glas, Besteck und ein Becher mit Kaffee standen und lagen. Auf dem Teller ein angebissenes Graubrot, dessen schrumpeliger Belag nach grober Leberwurst aussah. Struller steckte einen Finger in den fast ganz gefüllten Kaffeebecher. »Kalt.«

Ein kleines Löffelchen lag neben dem Tisch auf dem Boden.

An Tagen wie diesen, sangen im Radio die Toten Hosen.

»Mathiowetz ist beim Frühstück gestört worden«, stellte Jensen fest.

Struller deutete auf den umgestürzten Stuhl und auf den Löffel. »Sieht nach einer Auseinandersetzung aus.«

»Ich informiere Faserspuren-Harald und Nadine, die sollen hier nach Verwertbarem suchen.«

Struller nickte und schob sich an Jensen vorbei wieder nach draußen. Nachdenklich ging er ein paar Schritte bis zum Boot, aus dem vorhin Musik zu hören gewesen war.

»Hallo?«, brüllte Struller.

Keine Reaktion. Struller stampfte mit seinem Fuß mehrmals auf den hölzernen Steg, der von der Anlegestelle aufs Boot führte. Die Musik im Boot wurde leiser gedreht.

»Hallo!«, brüllte Struller.

In der Mitte des Bootes wurde eine Klapptür geöffnet. Ein sonnenbraunes Gesicht mit Bartstoppeln wurde sichtbar. Der Mann war um die fünfundvierzig und sah unangenehm gesund aus. »Geht's noch?«

Struller zeigte seinen Dienstausweis. »Ahoi! Polizei. Ich hab eine Frage. Wir müssten den Bootswart, Mathiowetz, sprechen. Er ist nicht in der Rezeption. Eine Ahnung, wo wir ihn erreichen können?«

»Nicht die geringste. Ich hab ihn gestern Vormittag das letzte Mal gesehen.« Der Mann blinzelte mit den Augen, als er Jensen entdeckte, der die Rezeption verließ, und runzelte die Stirn. »Mathiowetz ist nicht da? War denn da nicht abgeschlossen? Wenn Mathiowetz geht, schließt er immer hinter sich ab. Ist ein misstrauischer Vogel.«

»Nein. War nicht abgeschlossen, nur zugezogen. War Mathiowetz allein?«

»Als ich ihn gesehen hab, ja. Der hat selten Besuch. Genau genommen: nie.«

»Also hatte er gestern auch mit niemandem Streit?«

»Mathiowetz stand vor seiner Hütte und hat eine Zigarette gequalmt, sie dann in den Rhein geschnippt und ist wieder in seine Bude verschwunden. Ich hab nur eine Angel ausgeworfen und mich noch mal hingelegt. Zehn Uhr rum wird das gewesen sein.« Der Bursche rümpfte die Nase. »Die Tür war nur zugezogen? Das ist wirklich ungewöhnlich. Hoffentlich ist nichts passiert.« Der Mann verschwand wieder ins Innere des Bootes.

Ungewöhnlich? Das fand Struller auch. Wieso verschwand Mathiowetz ausgerechnet jetzt?

»Harald und Nadine wissen Bescheid und kommen«, berichtete Jensen.

»Gut«, knurrte Struller. »Der Bursche aus dem Boot hat Mathiowetz zuletzt gestern Vormittag gesehen.«

»Passt zum Frühstück«, kombinierte Jensen. »Aber was ist dann passiert? Ob er ...?«

Gleichzeitig blickten Jensen und Struller in den Rhein. Wusste der schweigsame Fluss die Antwort?

Strullers Blick glitt stromabwärts. »Der taucht wieder auf.«

»Höchstwahrscheinlich«, stimmte ihm Jensen zu. »In Duisburg.«

»Ein Unfall?«, fragte Jensen ungläubig.

Struller zuckte mit den Achseln. Ins nachdenkliche Schweigen hinein klingelte Jensens Mobiltelefon. »Jensen? Ja, wir hatten heute Morgen wegen der Liegenschaft Bremer Straße 114 telefoniert. Ja, genau. Was? Moment! Ich stelle den Lautsprecher ein, damit mein Kollege mithören kann.«

Struller trat einen Schritt heran und lauschte, eine freundliche, weibliche Stimme wiederholte. »Die Immobilie gehört einer Firma in Zürich. *Suisse Invest*.«

Struller klatschte in die Hände. »Das gibt es doch nicht!«

»Sie kennen die Firma?«, fragte die Stimme.

Jensen schnaufte. »In unserer Angelegenheit haben wir es mit einer weiteren Immobilie zu tun, die ebenfalls dieser *Suisse Invest* gehört. Das wundert uns jetzt sehr.«

»Kann man wohl sagen«, zischte Struller leise.

Das war natürlich mehr als auffällig, dass genau *die beiden* Objekte, mit denen sie es zu tun hatten, ein und derselben Firma in Zürich gehörten. Das war nie und nimmer ein Zufall! Sondern eine Spur, eine verdammt heiße Spur!

»Andererseits hat uns die Information nicht weitergeholfen, weil wir bei der *Suisse Invest* keinen Ansprechpartner erreichen konnten«, knirschte Jensen niedergeschlagen.

Die Dame am Hörer lachte. »Das glaube ich gerne. Die *Suisse Invest* lässt sich ja auch durch einen Immobilienservice vertreten.«

Jensen und Struller warfen sich einen alarmierten Blick zu.

»Haben Sie vielleicht den Namen dieser Firma?«, wagte Jensen es hoffnungsvoll, leise die nächste Frage zu stellen.

»Natürlich. Moment, hier hab ich es doch gleich … Moment … nein. Hier. Da müsste es eigentlich …«

Struller verdrehte die Augen, Jensen hatte Mühe an sich zu halten.

»Ja. Hier, hier steht, dass *Suisse Invest* die Firma *BP Business Solutions* beauftragt hat.«

Jensen seufzte. »Das sagt mir so nichts.«

»Sagten Sie nicht, dass Sie aus Düsseldorf anrufen?«

»Ja.«

»Das passt ja. Die Firma hat ihren Sitz in Düsseldorf. Wenn es so dringend ist, dann versuchen Sie es vielleicht einmal selbst direkt vor Ort«, schlug die Frau vor.

»Das ist eine sehr gute Idee«, zwang sich Jensen zur Ruhe. »Wenn Sie mir noch schnell die Adresse nennen?«

»Ja, wo steht sie denn gleich. Hier. Nein, nur die Telefonnummer. Irgendwo hab ich doch … Hm. Wo habe ich sie denn gleich …? Moment. Hier. Nein, aber hier. Das klingt aber vornehm. Tja. Hören Sie?«

»Ja.«

»Klingt wie eine teure Adresse. Kaiser-Wilhelm-Ring 31.«

»Bernd Preuninger«, krachte Struller.

»Hab ich Ihnen helfen können?«, fragte die junge Dame.

* * *

Jensen peitschte den Dienstwagen über die Oberkassler Brücke. »Bernd Preuninger, Mathiowetz, der ominöse Polizist, die Beretta, das Motorboot samt Bootshaus, der alte Mord: Das gehört alles zusammen!«

Der Kombi jaulte auf der linken Rheinseite die Brückenrampe runter.

»Die Drogenküche, die K.-o.-Tropfen – alles!«

Von der Hausnummer 31 etwas abgesetzt schob Jensen den Wagen in eine freie Parkbucht. Struller tätschelte beim Aussteigen seine nuddelige Sommerjacke. »Welche Rolle Preuninger genau spielt, wissen wir noch nicht. Vielleicht ist er der Killer. Aufpassen!«

Sie traten die schmalen Steinstufen hoch, Jensen klingelte.

»Hallo?«, meldete sich in der Gegensprechanlage eine unbekannte, männliche Stimme.

»Struhlmann. Dringende, geschäftliche Angelegenheit.«

»Herr Preuninger ist nicht anwesend.«

»Ich möchte etwas abgeben.«

»Was denn?«

»Etwas für Herrn Preuninger. Es ist dringend.«

Knistern. Pause. Knistern. »Ich komme.«

»Ich warte«, antwortete Struller.

Sekunden später wurde die Haustür geöffnet. Vom Lampenständer.

»Guten Morgen, äh …«

»Hallo«, grüßte Struller. »Wir kennen uns.«

»Sie sind die Polizisten«, wurden Struller und Jensen ebenfalls sofort erkannt.

Der Mann lächelte freundlich. In Klamotten und ohne Schweinslederschirm um den Kopf herum sah der etwa Dreißigjährige vollkommen normal aus. »Richtig, wir müssten mal ganz schnell reinkommen.«

»Herr Preuninger ist, wie gesagt, nicht anwesend.«

»Es ist dringend«, erklärte Struller und schob eine Fußspitze über die Schwelle.

»Äh … Haben Sie einen Durchsuchungsbefehl?«

Struller nestelte ein zusammengefaltetes Stück Papier aus dem Blouson, von dem Jensen wusste, dass es ein ausgedrucktes Foto von Ronny Riemen war.

»Müsste ich einen Durchsuchungsbefehl jetzt wirklich zeitraubend vorlesen müssen? Es ist nämlich sehr,

sehr dringend«, erklärte Struller und drückte den Mann beiseite.

»Hallo? Ja. Äh, nein. Ich kann eine Nachricht entgegennehmen.«

»Bestimmt. Wo ist Bernd Preuninger?«, fragte Struller.

Der Lampenschirm schob sich Struller in den Weg und pumpte beeindruckend viele Muskeln auf. Um im Bild zu bleiben: der Lampenschirm war nicht von IKEA. »Er meldet sich nicht bei mir ab.«

Struller schnaufte bedrohlich. »Herr?«

»Richter.«

»Herr Richter. In welchem Verhältnis stehen Sie zu Herrn Preuninger?«

»Wir sind … befreundet.«

Sein Blick verriet: ein bisschen mehr als das!

»Arbeiten Sie für *BP Business Solutions*?«

»Ich bin dort als freier Mitarbeiter auf Stundenbasis angestellt.«

»Was machen Sie genau?«

Einen kurzen Moment schien Lampenschirm-Richter zu überlegen, die beiden Polizisten ganz ins Büro hereinzubitten, er entschied sich allerdings dagegen und antwortete. »Wir betreuen Geschäftsimmobilien. Die Liegenschaften als solche.«

»Das bedeutet im Fall alte Papierfabrik Kesselstraße und Bremer Straße 114 genau?«

Richters Gesicht bekam einen sachlichen Ausdruck. »Sie kennen die *Broken Windows Theorie*?«

»Nein«, sagte Struller.

»Ja«, sagte Jensen.

»Geht in einem leer stehenden Gebäude erst mal eine Scheibe kaputt, wirft ein Trottel gleich die nächste ein und ruck-zuck ist das Gebäude verhunzt und nur noch die Hälfte wert. Wir kümmern uns um diese Liegenschaft. Im gewissen Rahmen natürlich. Ich kontrolliere, ob es einen Rohrbruch gegeben hat. Oder Stromausfall, Sturmschäden. Sind die Eingänge aufgebrochen, ziehen Stadtstreicher ein. Es gibt Objekte, da fahre ich jeden Vormittag hin und mache das Licht an und abends mache ich es wieder aus. Persönlich-aktive Werterhaltung!«

»Verstehe.«

»Vor manchen Immobilien ist es wichtig, dass ab und an ein Fahrzeug vorfährt. Schon die durchgebrannte Glühbirne einer Außenreklame kann den Wert eines Objekts um mehrere Prozent senken.«

Wie das J und das A und der fehlende Punkt auf dem I beim Club Jamaika, dachte Struller, sagte aber: »Und eine Firma wie die *Suisse Invest* mit Sitz in der fernen Schweiz kann *BP Business Solutions* dann beauftragen, sich vor Ort zu kümmern.«

»Ganz genau. Wir arbeiten aber nicht ausschließlich für die *Suisse Invest*.«

Ein Firmensitz am teuren Kaiser-Wilhelm-Ring? Wohl kaum, dachte Jensen.

Struller wechselte das Standbein und den Tonfall. »Ich brauche eine Liste mit den Objekten, die *BP* für *Suisse Invest* betreut.«

Richters freundliches Businessgesicht wechselte ins Defensive. »Eine solche Liste gibt es nicht.«

»Dann erstellen Sie bitte ganz schnell eine. Ich brauche sie nämlich«, bellte Struller.

Der Lampenschirm drückte sein Kreuz durch und holte Luft.

Jensen mischte sich schnell ein: »Sie arbeiten nicht nur für Bernd Preuninger. Sie sind befreundet? Eng befreundet?«

In Richters Augen flackerte es. »Ich wüsste jetzt nicht ...«

»Herr Preuninger steckt in gefährlichen Schwierigkeiten«, fand Jensen sich bestätigt und setzte leise und eindringlich nach. »Es ist von allerhöchster Wichtigkeit, dass wir Bernd Preuninger sprechen. Ich möchte nicht dramatisieren, aber ...« Jensen ließ die Worte ernst im Raum stehen. Weniger war manchmal mehr. Und er verfehlte nicht die erhoffte Wirkung.

»Da gab es ... heute Vormittag einen Anruf.«

»Was für einen Anruf?«, fragte Jensen leise.

Richter deutete nun doch hinter sich in Richtung Büro. Sie folgten ihm. Seine Stimme war plötzlich voller Sorge. »Ich weiß nicht, wer angerufen hat, aber Bernd war leichenblass. Er hat sofort alle Termine abgesagt. Ich habe ihn gefragt, was los sei, aber er hat mir nur gesagt, dass ... etwas passiert sei. Dann ist er aus dem Haus. Gegen halb zehn muss das gewesen sein.«

»Ohne zu sagen, wohin?«

»Er sagte nur, dass er heute Abend einen Termin hat und es lange dauern kann.« Er strich sich durchs Gesicht. »Und jetzt kommen Sie und sagen, dass er in gefährlichen Schwierigkeiten steckt. Gefährlich? Wieso denn gefährlich?«

»Vielleicht schauen wir mal in seinen Terminplaner?«

Richter deutete auf den Schreibtisch, Jensen schnappte sich einen Tagesplaner. »Er führt seine Termine nicht online?«

Richter schüttelte den Kopf. »Nein, aber Sie brauchen gar nicht nachzuschlagen. Das habe ich natürlich längst getan. Er hat den neuen Termin nicht eingetragen.«

»Wir brauchen Preuningers Handynummer.«

»Die gebe ich Ihnen gerne, aber sein Handy ist seit Stunden ausgeschaltet. Ich mache mir Sorgen!«

Struller zuckte mit den Achseln. »Wir machen uns sofort auf die Suche. Ich habe eine Idee, aber dafür brauche ich eine Liste aller Objekte, die *BP Business Solutions* für *Suisse Invest* ...«

»Ich stelle Ihnen eine zusammen. Es sind nicht viele Objekte. Vier im Hafen, eines in Meerbusch und ein leer stehendes Bürogebäude in Pempelfort.« Mit zitternden Fingern übergab Richter Jensen die eilig zusammengekritzelte Liste.

»Richten Sie Bernd Preuninger aus, dass er sich sofort bei uns melden soll, wenn er nach Hause kommt! *Sofort* ist in diesem Zusammenhang das wichtige Wort!«

»Das mache ich.«

Jensen legte Richter aufmunternd eine Hand auf die Schulter. »Wir melden uns, wenn wir was haben. Machen Sie sich keine allzu großen Sorgen!«

Struller hielt noch einmal inne und zog – einem spontanen Impuls folgend – das Foto von Ronny Riemen noch einmal aus der Sommerjacke. »Eine schnelle Frage noch. Kennen Sie diesen Mann? Haben Sie ihn schon einmal gesehen?«

»Ich dachte, das sei der Durchsuchungsbefehl?«, beschwerte sich Richter müde.

»Habe ich nie behauptet! Und?«

»Nein«, knirschte Richter. »Wer soll das sein?«

»Ein Sachbearbeiter«, erklärte Struller und faltete das Bild wieder zusammen.

Auch Jensen hatte noch eine letzte Frage. »Herr Preuninger ist mit seinem Fahrzeug weg?«

»Ja. Ein Jeep. Silberfarben. Mit Anhängerkupplung. Fürs Boot. Brauchen Sie das Kennzeichen?«

Jensen schüttelte den Kopf. »Wir melden uns!«

»Und finden alleine raus!«

Am Auto hielt Struller inne und schob eine Zigarette aus der Packung. »Verdammt, Bernd Preuninger ist verschwunden, Mathiowetz wahrscheinlich unterwegs über Duisburg nach Holland. Die Dinge überschlagen sich. Sportsfreund, check, ob wenigstens unsere Überwachungen reibungslos laufen!«

* * *

Kotten schob sich den Rest eines Schokoriegels in den Mund und warf einen sorgenvollen Blick in die Mittelkonsole. Sein Süßigkeitenvorrat wurde knapp. Da lagen nur noch fünf Snickers. Und so ein Vormittag konnte lang werden.

Sein Streifenpartner warf ihm einen skeptischen Seitenblick zu. »Du wirst immer fetter!«

Kottens rechte Hand fuhr unters grau-blau karierte Hemd aus zeitlosem Flanell und kratzte sich im Bauchnabel. »Ich gebe heimatlosen Kalorien ein neues Zuhause. Das ist alles erotische Nutzmasse, Kollege.«

Altschloss' Handy lärmte einen Song von den *Broilers*.

»Ja?«

»Wo steht ihr?«, fragte Jensen.

»Vor dem Haus. Alles ruhig. Höpfner scheint zu schlafen.«

»Es ist halb zwei Mittag. Um diese Uhrzeit schläft der noch?«

Kotten öffnete knisternd einen weiteren Schokoriegel.

Altschloss grinste. »Er war gestern mit seiner Dienstgruppe im *Bierhaus Bach* auf der Oberbilker Allee kegeln und hat gut getankt. Respekt, da kann man ihm nichts vorwerfen. Gegen 21.00 Uhr ist er breit wie lang durch den Seitenausgang raus, hat minutenlang in einen Blumenkübel mit Deko-Bäumchen gepinkelt und ist nach Hause getorkelt.«

»Und seitdem kein Lebenszeichen?«

»Nein. Wir haben korrekt guten Blick auf den Hauseingang.«

»Gibt es einen Hinterausgang?«

»Nein. Also. Theoretisch nicht«, antwortete Altschloss mit leiser Stimme und ahnte, dass der neunmalkluge Praktikant mit dieser Antwort nicht zufrieden sein würde.

»Was heißt das?«

»Das heißt: Er wohnt im Hochparterre. Mit Balkon nach hinten in den Garten. Also theoretisch könnte er …«

»Kontrolliert, ob er zu Hause ist!«

»Aber wie?«

»Lasst euch was einfallen!«, keifte Jensen und legte auf.

»Arschloch«, murmelte Altschloss. Dieser Hosenscheißer! Noch grün hinter den Ohren und schon so eine Klappe am Kopf.

Kotten schnippte gelangweilt einen Schokokrümel vom Hemd. »Jensen?«

»Japp.«

»Was will er?«

»Wir sollen nachgucken, ob Höpfner noch in der Wohnung ist.«

»Wieso? Ich frühstücke gerade. Rausgegangen ist er nicht, das hätten wir ja wohl gemerkt.«

Altschloss öffnete die Beifahrertür. »Du bleibst hier, ich geh mal hinten ums Haus rum gucken.«

»Gut«, brummte Kotten zufrieden, schubberte sich wohlig den Rücken im Fahrersitz und fingerte nach einem neuen Riegel.

Mit zügigen Schritten überquerte Altschloss die Fahrbahn. Zwischen zwei Häusern hindurch gelangte er in den Grünbereich hinter der Häuserzeile. An einer Stelle hatte wer auch immer den grünen Maschendraht zu Boden getreten, sodass er problemlos darüber in den Garten steigen konnte. Auf den Balkonen des dreistöckigen Hauses war um diese Uhrzeit nichts und niemand zu sehen. Irgendwer kochte, denn es roch lecker nach Gulasch. Gut, dass Raupe Kotten nicht an seiner Seite war.

Schnell erreichte er Höpfners Balkon. Er stieg auf einen grässlich-grauen Betonkübel, reckte seine bestialischen Eins-fünfundsechzig in die Höhe und lugte durch einen Spalt in der Balkonabtrennung in die Wohnung. Genau genommen sogar gleich ins Schlafzimmer. Aber zu erkennen war nichts.

Sollte er es wagen, auf den Balkon zu steigen und durch die Scheiben zu sehen? Besser als noch ein doofer Anschiss von diesem langhaarigen Showpraktikanten!

Altschloss blickte nach links und rechts, nach oben und unten: niemand zu sehen. Er zog sich hoch und stieg über die Balkonabgrenzung. Schnell drückte er sich zur Seite weg ans Mauerwerk und spinkste durch die Fensterscheibe.

»Was machen Sie da?«

Altschloss fuhr herum. Eine Frau blickte um die dunkelgrün gewellte Plastikbegrenzung herum, der ihren Balkon von Höpfners trennte. Sie trug ein neugieriges Lauern im Blick und mehrere, bunte Lockenwickler im Haar.

»Äh, ich bin der Fensterputzer. Ich guck, ob die Scheiben schon wieder fällig sind.«

»Ach so«, keifte die Frau. »Dann können Sie bei mir gleich weitermachen, junger Mann. Bei mir wird es auch immer dunkler!«

Der Kopf verschwand, Altschloss atmete auf. Das war jetzt laut genug gewesen. Höpfner schlief nach wie vor felsenfest.

»Oder …?«

Altschloss trat an die Balkontür und gab ihr einen Schubs. Sie fuhr geräuschlos nach innen. Unverschlossen. Altschloss schluckte. Vorsichtig setzte er einen Fuß ins Schlafzimmer. Und konnte es genau sehen. Es schnürte ihm entsetzt die Kehle zu.

* * *

Kotten knisterte die klebrige Verpackung des Schokoriegels unter den Fahrersitz und fluchte. Seit sie wegen des Rauchverbots die Aschenbecher in den Dienstwagen ausgebaut hatten, wusste er nicht mehr, wohin mit dem Schokoriegelabfall. Und da kam im Laufe einer Schicht eine Menge zusammen!

»Düssel 32/14 für Düssel.«

Kotten zuckte zusammen. Die Leitstelle. Was wollte die denn? Er griff zum Pyker. »Hört.«

»Steht ihr noch in Unterbach auf der Vennstraße?«

»Ja.«

»Bei uns hat gerade eine ältere Dame angerufen, die eine verdächtige Person meldet. 86 a ist eine männliche Person, dunkel gekleidet, hinten ums Haus rum und dann auf den Balkon der Nachbarwohnung geklettert. Sie sprach ihn an, er gibt sich als Fensterputzer aus. Geht es dämlicher? Vermutlich ein Einbruch.«

»Verstanden«, antwortete Kotten, öffnete die Fahrertür und wuchtete sich ächzend aus dem Fahrzeug.

86 a war Höpfner, der dämliche Fensterputzer Altschloss – und zusammen roch das nach Nachfragen und Erklärungen. Er spurtete im Rahmen seiner schwerfälligen Möglichkeiten an die Haustür und zwängte sich an einem älteren Herrn mit blauem Rollator vorbei, der günstigerweise gerade dabei war, das Haus zu verlassen.

»Fensterputzer«, knurrte Kotten und war in drei Schritten an Höpfners Wohnungstür.

Er wollte die Klingel über dem Namensschild *I. Höpfner* gerade drücken, da wurde die Wohnungstür mit einem Ruck aufgerissen. Kotten taumelte erschrocken zurück, griff hektisch zum Waffenholster.

»Scheiße«, sagte Altschloss. »Die Wohnung ist leer. Höpfner ist durch die Balkontür nach hinten weg.«

* * *

Jensen warf den Hörer auf die Basis. »Mist! Gerlach war heute nicht auf seiner Dienststelle. Er ist zum Anti-Stress-Training auf ein dreitägiges Seminar in Münster.«

»Da wollten die mich auch mal hinschicken«, summte Struller. »Warum auch immer.«

»In Münster ist Gerlach aber nur kurz gewesen und hat sich dann beim Seminarleiter krankgemeldet. Ich habe über den Leiter der Polizeiwache Bilk mit einer Legende bei ihm zu Hause anrufen lassen. Der hat nur Gerlachs Frau erreicht, die sagt, er sei zum Seminar.«

Struller fluchte. »Dann ist auch dieses Vögelchen ausgeflogen. Klasse! Das passt mir überhaupt nicht. Hier kann doch nicht jeder machen, was er will. Außer mir. Von den beiden hat einer wahrscheinlich eine tragende Rolle in unserem Fall. Scheiße, so was!«

»Und jetzt.«

Struller grinste. »Ich hatte da eine Idee und …«

Nach einem kräftigen Klopfen wurde die Tür aufgedrückt. Lange, rote Haare.

»Nadine!«, rief Jensen erfreut.

»Genau, ich bin es.«

»Was machst du hier?«

»Ich bin einbestellt worden«, erklärte Nadine.

Struller schnalzte mit der Zunge: »Sie ist Teil meiner Idee. Der Kernpunkt, um genau zu sein.«

»Ich verstehe nichts«, murmelte Jensen.

»Klar«, murmelte Nadine.

Struller klatschte in die Hände. »Ich möchte, dass ihr beiden Hübschen heute Abend ein lockeres Bierchen trinken geht.«

»Hä?«

»Ich habe mich die ganze Zeit gefragt, warum Anna Blomquist sterben musste und Jana Anderson erst als zweite dran war. Beide sehen hervorragend aus, sind peppig, verkehrten in der *Pferdebox* und sind auch den Tätern gleichzeitig aufgefallen beziehungsweise von ihnen angesprochen worden.« Struller stellte sich neben Nadine, die sich an die Magnetwand lehnte. »Und du, Nadine, bist auch ganz hübsch geraten.«

»Das stimmt zweifellos«, sagte diese.

»Ich glaube, dass letztendlich die langen, roten Haare den Ausschlag für Anna und gegen Jana als erste gegeben haben. Die Haarfarbe ist der einzige signifikante Unterschied zwischen den beiden Mädchen. Die rothaarige Anna hatte einen noch höheren Aufforderungscharakter als die blonde Jana.«

Nadine schüttelte ihr Haar. »Und da komme ich ins Spiel, oder?«

»Genau«, sagte Struller.

»Auf keinen Fall!«, rief Jensen entsetzt, der ahnte,

worauf das hinauslaufen würde. Struller und seine unorthodoxen Ideen. »Das ist doch viel zu gefährlich!«

»Ich kann gut auf mich aufpassen«, behauptete Nadine.

»Wenn das überhaupt stimmt, ja dann, dann sind die Täter Psychopathen! Vollkommen durchgeknallt.«

»Unser Vorteil, Christian, ist, dass wir genau *das* wissen!«

»Richtig«, stimmte Struller zu. »Das ist nicht ganz ungefährlich. Aber ich kann dir keine hiesige Polizistin an die Seite stellen, weil die allesamt in der Altstadt bekannt sind. Bei den Türstehern bestimmt, die kennen ihre Cops. Nein, Nadine ist ein unbekanntes, rothaariges Mädchen mit einem hübschen Gesicht, das keiner kennt.«

»Das ist zu gefährlich!«, maulte Jensen.

»Das ist gefährlich, ja, deshalb wirst du sie begleiten. Aber ihr werdet nicht zusammen an der Theke stehen, sondern du wirst dir einen gleichaltrigen Praktikanten deiner Wahl aussuchen und ebenfalls in die *Pferdebox* gehen. Mit entsprechendem Abstand wirst du Nadine unauffällig im Auge behalten. Sollte einer unserer Verdächtigen dort auftauchen und sie ansprechen, dann schnappt ihr ihn euch – und der Fall ist geklärt. Heute ist Mittwoch. In der *Pferdebox* wird viel los sein. Es sind seit der Tat einige Tage vergangen. Muss nicht klappen, kann aber sein, dass der Täter heute wieder zuschlagen will. Gerade, wenn wir ihn mit Nadine ein bisschen auf den Geschmack bringen.«

»Und wir sind vorbereitet, was er nicht wissen kann«, summte Nadine.

»Das ist immer noch gefährlich!«

»Zweifellos. Aber es ist einen Versuch wert.«

Jensen ließ den Kopf sinken. Polizistinnen und eine eigene Meinung? Da war sowieso nichts zu machen! Er drehte sich zu Struller. »Das habt ihr beide schon miteinander besprochen?«

»Wir haben heute Vormittag telefoniert.«

»Aha«, sagte Jensen und fühlte sich ein bisschen übergangen. Und überrumpelt. Sogar beides!

Gleichwohl wedelte Struller die beiden jetzt aus dem Büro. »Ich hab noch ein paar Telefonate zu machen. Ihr macht Feierabend und guckt zu, dass ihr heute Abend fit seid. Das könnte eine lange, lange Nacht werden. Ich hoffe, die entscheidende.«

Zwei Minuten später hatte Struller das Büro für sich alleine. Schnell griff er zum Telefonhörer. Es galt, noch einen Überwachungsauftrag loszuwerden! Kurz vor Feierabend, sagte die Uhr am Handgelenk, aber das sollte reichen. Er grinste fast schon lüstern. Seine angedachte Gesprächspartnerin war ausgesprochen ausdauernd.

»Ordnungsamt Düsseldorf, am Telefon ...«

»Hallo Helga-Süße, ich bin es!«

»Pit, du Tiger!«, gurrte Helga, Strullers Freundin beim Straßenverkehrsamt.

»Rrrrrrrrrrrrrr«, grüßte Struller zurück.

»Du wieder? Mensch, Pit. Wenn ich dich am Rohr habe, krieg ich sofort wieder einen dicken Kopf. Auf Bertie Spurtmanns Hochzeit, hat da außer uns eigentlich noch einer Prosecco getrunken? Was wir da für Mengen durchgezogen haben! Meine Güte, das Prickelwasser lief aber auch von ganz alleine!«

»Ich glaube, die Fläschlein haben wir ganz alleine weggemacht, Hase. Die meisten Flaschen hatten wir ja bei uns unterm Tisch gebunkert. Du hattest aber auch einen Durst!«

»Und von den vier Fläschlein für den Nachhauseweg sind auch noch zwei übrig, Tiger. Die müssen wir auch noch trinken!«

»Unbedingt, Hase, unbedingt. Äh, unbedingt müsste ich mal ganz schnell was wissen!«

»Och, du willst mich immer nur ausnutzen, Tiger«, schmollte Helga.

»Genau, Hase, genau wie du es magst. Also. Ich brauche die Fahrzeughalterdaten eines roten Toyotas mit dem Kennzeichen: MO-RD und dann eine vierstellige Nummer.«

»MO?«

»Moers. Wird erst seit Neuestem wieder vergeben, deshalb sollten nicht viele rote Toyotas in der Datei drin sein.«

»Sucht du etwas Blondes oder etwas Schwarzhaariges?«, zischelte Helga plötzlich gefährlich leise.

»Wieso sollte der Halter eine Frau sein?«

»Weiblicher Instinkt.«

»Du weißt, Hase, dass mich Äußerlichkeiten nicht beeindrucken können!«

»Was soll das denn heißen? Bin ich hässlich?«, fauchte Helga.

Struller zuckte erschreckt zusammen. Was hatte er denn jetzt wieder falsch gemacht? »So hab ich das nicht gemeint.«

»Nein? Also: ja! Oder wie hast du es denn gemeint?«

Vermintes Gelände! »Ich brauche nur die Personalien des Halters …«

»Ich melde mich«, zischte Helga am anderen Ende. »Und wehe, das ist eine Frau!« Helga legte auf.

Struller wischte sich den Schweiß von der Stirn. »Meine Güte!«

Das Faxgerät begann ratternd, Faserspuren-Haralds Tatortbefundbericht von der Bremer Straße 114 auszudrucken. Struller überflog die Zeilen. Es handelte sich tatsächlich, wie angenommen, um ein Meth-Labor. In den Kisten, die sich dort an der Wand gestapelt hatten, befand sich eine größere Menge *Chlorephedrin,* ein Stoff, der in Deutschland nicht verboten war, der aber als Grundstoff zur Herstellung von Crystal Meth diente. Keine Fingerabdrücke, keine DNA-Spuren. Die Meth-Köche hatten hinter sich so sauber durchgewischt, dass sich manche öffentliche Kantine daran ein Beispiel nehmen konnte. Crystal Meth wurde in definitiv sauberem Ambiente hergestellt als ein Döner vom Hauptbahnhof.

Tatwaffe war eine nicht registrierte, israelische Uzi, eine der bekanntesten Maschinenpistolen, neun Millimeter. Die Waffe war unbekannter Herkunft und polizeilich noch nie in Erscheinung getreten.

»Jan de Rooy«, murmelte Struller.

An seiner rechten Hand hatten Haralds Männer Schmauchspuren sicherstellen können. Gehörte ihm die noch fehlende Beretta? Hatte Jan de Rooy auf Kilian Bergstreckl und später auf den Polizisten geschossen? Wahrscheinlich!

»Die Spermaspuren.«

Zwei Spuren waren Big Bill Robert Tyler und Jan de Rooy zuzuordnen. Die DNA-Probe des Kerls mit dem Adlertattoo, dessen Identität immer noch nicht feststand, war überraschenderweise negativ.

»Verdammt.«

Dann fehlte ihnen noch einer der drei Vergewaltiger aus der Samstagnacht! Besaß der die Beretta? Das rappelnde Telefon unterbrach Strullers Gedanken.

»Hui, das ging schnell«, erkannte Struller Helgas Durchwahl im Display des Telefons. »Hallo ...«

»Ich wusste es! Ich wusste es! Rosemarie Brandenburger aus Kamp-Lintfort, Friedrichstraße 214. Herr im Himmel, Struhlmann! Eine Rosemarie? Du geiler Hund bist dir für nichts zu schade!«

»Was soll das denn heißen?«, fragte Struller, aber da hatte Helga schon den Hörer auf die Gabel geschlagen.

Und was war gegen den Namen Rosemarie einzuwenden? Gar nichts! Schnell notierte Struller sich die Daten, um sie nicht zu vergessen. Er hob erneut den Blick zur Wanduhr. Vier Uhr durch, die meisten Kollegen hatten jetzt schon Feierabend. Aber er wusste, dass sein Spezialagent noch im Gebäude darbte. Jetzt musste alles ein bisschen schnell gehen. Flink drückte er die Zahlenkombination.

»Hallo?«, meldete sich ganz vorsichtig eine brüchige, männliche Stimme.

»Hallo Böller! Ich habe einen Job für dich!«

»Aber ich kann doch nichts!«, wehrte sich der Mann, der noch nicht wusste, dass er ein Spezialagent war.

»Das bezweifle ich aufrichtig! Du schuldest mir einen Gefallen!«

Böllers Stimme klang verzweifelt. »Wofür?«

»Denk mal drüber nach, Böller!«

»Hab ich schon oft, aber ich komm nicht drauf!«

»Wie dem auch sei. In Kamp-Lintfort wohnt auf der Friedrichstraße 214 eine Frau Rosemarie Brandenburger …«

»Rosemarie?«

»Ja. Brandenburger. Fahr sofort los und ermittle dort, ob …«

»Ich kann nicht sofort losfahren! Ich habe hier Besuch!«

»Besuch?«

»Du weißt schon. *Er* ist da«, flüsterte Böller.

»Rod …«

»Ja. Wir bauen zusammen den M 30204 M nach. Den Postwagen der britischen Royal Mail, den die Posträuber am 8. August 63 bei Cheddington ausgeraubt haben.«

Struller musste sich wirklich wundern, was in den dicken Gemäuern des Düsseldorfer Polizeipräsidiums alles abging. »Okay. Mach eine kurze Pause, fahr den Postwagen ins Depot! Und zeig Rod den schönen Niederrhein. Er soll ein Lied drüber machen, aber nicht so was Lahmes wie diese *American-Songbook*-Kacke, sondern was Fetziges. Wie *Hot Legs*.«

Böller seufzte. »Hast du niemanden anderes?«

»Keinen, auf den ich mich verlassen kann!«

Ein paar Sekunden lang blieb es am anderen Ende der Leitung still, dann sagte Böller mit deutlich festerer Stimme. »Was genau ist unser Auftrag?«

8. Kapitel

Bolkerstraße. 22.10 Uhr. Der griesgrämig dreinblickende, kahlköpfige Türsteher nickte Jensen mit einem missmutigen Räuspern ins Innere der *Pferdebox*. Jensen steuerte zielstrebig einen zentral gelegenen Platz an der Theke an, von wo aus er den größten Teil der proppenvollen Disco überblicken konnte. Er bestellte bei einer drahtigen Kellnerin mit löchrigem Ludershirt einen *Mai Tai*, sah sich unauffällig um und konnte auf Anhieb niemanden Bekanntes entdecken.

Wie vorher abgesprochen tauchte ein paar Minuten später Nadine auf. Nein, sie tauchte nicht auf, sondern sie *erschien*. An der Garderobe hatte sie ihre kurze, knallrote Lederjacke abgegeben, jetzt raubte ihr Anblick den Männern den Atem. Obenrum kleidete sie ein gelbes, hautenges Top, das oberhalb des Bauchnabels endete und um Schultern und Hals herum sehr, sehr weit ausgeschnitten war. Nur andeutungsweise wollte das Kleidungsstück Nadines aufreizendes, bis über die Oberarme reichendes Tattoo verdecken. Untenrum trug sie perfekt sitzende, schwarze Lederimitat-Leggins, die Unterwäsche maximal erahnen ließ. Ihre Füße steckten in pinkfarbenen High Heels. Die zusätzlichen Absatz-Zentimeter machten sie noch unübersehbarer, als sie es ohnehin schon war. Das Licht der flackernden Diskothekenstrahler über der Tanzfläche ließ ihr rotes Haar leuchtend glänzen.

»Hammer«, flüsterte Jensen und nippte am Cocktail. Wenn ihr Kandidat heute anwesend war, *musste* Nadine ihm einfach ins Auge fallen!

»Hallo Christian, wartest du schon lange?«, riss ihn grinsend der von der Seite an ihn herangetretene David Immerda aus den Gedanken.

Jensen hatte sich für David als Unterstützungskraft entschieden, für einen kräftigen Kommilitonen aus seinem Kurs, aus dem man auch zwei hätte machen können. David hatte kurze, blonde Haare, einen schmalen Kopf und dafür umso breitere Arme. Jensen nahm an, dass ein massiger Schattenwerfer an einem Abend wie diesem hilfreich sein dürfte. Außerdem konnte David einiges an Getränken verpacken, ohne dass seine Einsatzfähigkeit darunter zu leiden pflegte.

David ließ sich neben Jensen an die Theke fallen, zwei Kumpel, die sich zur Jagd nach Beute auf der Piste verabredet hatten. Jensen orderte zwei neue Getränke.

David leckte sich die Lippen. »Wenn euer Mörder Nadine nicht nimmt, dann würde ich mich wohl opfern.«

Jensen grinste. »Sie steht auf intelligente Burschen.«

David pumpte mit seinen Oberarmmuskeln. »Am Arsch mit Intelligenz! Nadines Haare sind wirklich granatenscharf!«

»Reiß dich zusammen, David, wir sind nicht zum Spaß hier.«

»Soll aber doch so aussehen, oder?«

Die gewagten Tanzkreise mehrerer spätjugendlicher Dorfschönheiten um Jensen und David herum wurden immer enger. Die Mädels waren grellbunt geschminkt und einheitlich gekleidet, eine Art Piratenkostüm mit ein bisschen Lokführer und einem Touch Stewardess. Plus Strapsband am Oberschenkel.

Schließlich setzte eine der verwegenen Landperlen mutig zum Angriff an. »Hallo, ich bin Tanja aus Korschenbroich. Wir verabschieden eine von uns in die Ehe. Bist du von hier?«

Jensen wich vorsichtig aus. »Sind wir das nicht alle?«

»Hä?«

»Tanja, sei nicht böse, aber mein Freund und ich, wir warten hier auf unsere Freundinnen«, versuchte Jensen sich ganz unverfänglich aus der Affäre zu ziehen.

»Du hast eine Freundin?«, fragte eine zweite, dunkelhaarige mit beeindruckender Hochsteckfrisur.

»Ja.«

»Ich heiße Heidi. Eine *feste* Freundin?«

»Wir heiraten demnächst«, behauptete Jensen.

»Korschenbroicher Mädchen sind die Besten!«, krakeelte Tanja.

»Das finde ich toll, dass du demnächst heiratest«, lobte Korschenbroichs Heidi. »Super, dann bist du genau der Richtige! Ich steh nicht so auf feste Beziehungen. Hast du nicht Lust mit zur Garderobe zu kommen? Ein bisschen knutschen? Ich kenne da ein abgelegenes Eckchen mit Flipperautomat, wo uns keiner zusehen kann.«

Jensen blinzelte irritiert. »Äh …«

Sie legte eine Hand auf seinen Hintern. »Hm, knackig!« Hinternkneif.

»Ja«, wehrte sich Jensen entschieden. »Aber vergeben!«

»Da ist genug Hintern für alle da«, säuselte eine dritte Tänzerin mit weit geöffneten Augen und einem gespielten Schmollmund.

Jensen zuckte erschreckt zusammen. Die deftige Landfrau trug eine Brille mit Gläsern, die dicker waren als der Glasboden einer Colaflasche. Entsprechend gigantisch wirkten die Augen. Die Brille war zuletzt bei einem Sketch mit Hape Kerkeling im Einsatz. Jensen schüttelte sich und war aber doch baff. Wie dreist. Er hatte doch eine unmissverständliche Abfuhr erteilt.

Er reckte sich den Hals lang ans andere Ende des Tresens. Dort wurde Nadine jetzt von einem Zwei-Meter-Typen beflirtet, der nur aus Oberarmen bestand. Er kam aus Mecklenburg-Vorpommern, wo es die besseren Lover gab. Das behauptete zumindest der weiße Schriftzug auf seinem roten T-Shirt.

»Sei doch mal locker«, forderte ihn ein viertes Mitglied der wilden Horde auf, und Jensen meinte, gleich zwei Hände warmfeucht auf seinem Hintern zu spüren.

Derweil schob ein etwas üppigeres Exemplar der Truppe mit einem ausladenden Gebiss und einem ebensolchen Bauchladen schnaufend alle Mitstreiterinnen zur Seite. Jensen stellte bestürzt fest, dass das Mädchen zur Abwechslung ein Schweinekostüm trug. Und es ihr gut stand.

»Kommen wir zum geschäftlichen Teil. Ich bin die, die heiratet. Doof, oder? Ich muss den Schrott hier verkaufen. Brauchst du Kondome? Das Stück zwei Euro!«

»Du kannst sie auch gerne gleich ausprobieren«, kreischte Tanja.

Heidi kreischte mit!

Die Colaflaschenböden wackelten, Hinternkneif, Hinternkneif!

Jensen gingen die Mädchen inzwischen mächtig auf den Keks. Außerdem behinderten sie die Sicht auf Nadine.

»Ich würde wohl fünf nehmen«, opferte sich David, dem ein pummeliges Blondchen der aufdringlichen Truppe permanent durch die Kurzhaarfrisur wuschelte.

Hinternkneif, Hinternkneif!

»Mädchen, verzieht euch! Unsere Freundinnen tauchen jeden Moment hier auf. Sie boxen im Sportring Eller. Halbschwergewicht. Mädels wie euch zerkauen die morgens zum Frühstück. Mit Milch und Honig. Mit unseren Hintern kennen die keinen Spaß!«

»Boxring Eller?«

»Och nee«, flüsterte Tanja und tanzte mit ihren Kolleginnen davon.

»Jeder fünf Kondome, dann bin ich auch weg«, blieb das Schweinchen mit dem Bauchladen hartnäckig stehen.

»Ich zahle für meinen Kumpel mit«, sagte David und drückte ihr einen zerknitterten Zwanzigeuroschein in die Schweinepfoten. »Sind die Kondome mit Erdbeergeschmack?«

»Sie schmecken nach Schwein«, händigte die Frau mit dem Bauchladen die Kondomtütchen aus, und Jensen hatte den Eindruck, dass ihr das ganze Junggesellinnenabschieds-Tam-Tam ebenfalls mächtig auf die Nerven ging, was sie eigentlich wieder sympathisch machte.

Endlich nicht mehr belagert, nippte Jensen erleichtert am Cocktail.

»War die Hochsteckfrisur nicht dein Typ?«, grinste David.

»Eher nicht, Kollege.«

Jensens Blick kreiste durchs Etablissement. Die Stimmung war auf dem Siedepunkt. Trashiger Balkanpop peitschte die Stimmung hoch. Es wurde geflirtet und gebaggert, dass die Discokugel vor Scham errötete. Schweißdunst ließ die bodentiefen Spiegel an den Wänden beschlagen, es wurde gekreischt und gesungen. Endorphine tanzten Fox-Trott, das Testosteron Cha-Cha-Cha, es war eine Pracht.

»Hast du Nadine im Blick?«

David nickte Richtung Tresen. Der Typ aus Mecklenburg-Vorpommern verdeckte sein Gegenüber, von Nadine waren links und rechts seines Körpers nur die leuchtend roten Haare zu sehen. Und ein Arm, den sie um seinen Hals geschlängelt hatte.

»Es kommt nichts weg«, zwitscherte David.

»Scheiße«, rief Jensen, denn kein Tattoo kletterte den Oberarm hoch. »Das sind rote Haare, aber das ist nicht Nadine!«

Hastig und mit rasendem Pulsschlag rempelten sich Jensen und sein Kollege durch die schwitzenden, wippenden Partygäste und erreichten den Mann im MV-Shirt. Tatsächlich hatte das Mädchen, das gerade vom Hünen besabbelt wurde, die gleiche, auffällige Haarfarbe wie Nadine.

»Hör mal, kurz eine Frage ...«, setzte Jensen an.

»Geht's noch?«, maulte der Riese, als Jensen ihm eine Hand auf den Arm legte.

»Du hast hier gerade mit einer Rothaarigen gestanden, also einer anderen Rothaarigen. Gelbes Top, Tattoo am Arm ...«

»Und wenn?«

»Das ist meine Schwester. Sie hat den Autoschlüssel, den brauche ich kurz.«

»Ist das mein Problem, Alter?«, grantelte der Kerl.

»Sag mir einfach, wo sie hin ist«, forderte Jensen und kniff angespannt die Augen zusammen.

Der Idiot schüttelte heftig am Ohrfeigenbaum! Er schien schon wieder pampig antworten zu wollen, aber sein Blick fiel über Jensen hinweg auf Muskel-David, der ein bisschen Blut in die Arme gepumpt und einen fiesen Blick aufgelegt hatte.

»Alter, nerv nicht«, gab der Lover-Boy aus dem Nordosten Deutschlands nach. »Die ist vor ein paar Minuten pissen gegangen!«

Jensen drehte sich weg und zischte David zu: »Toilette!«

David hielt ihn am Arm fest. »Dann fahr wieder runter, Christian, sonst fliegt unsere Tarnung auf. Auf der Damentoilette haben wir nichts verloren. Geben wir ihr ein paar Minuten«, flüsterte sein Kollege.

»Hast recht«, beruhigte sich Jensen.

David winkte einer Kellnerin hinterm Tresen. »Zwei Cola.«

* * *

Nadine schnalzte erfreut mit der Zunge. Dafür, dass die Partybude rammelvoll war, waren die abgelegenen Personaltoiletten ausgesprochen leer. Nur eine einzelne, leicht derangierte Tänzerin richtete mit schiefem Blick am Spiegel über dem Waschbecken trotzig ihre Frisur. Nadine verschwand in eine Toilettenbox und seufzte. Okay, leer war es hier, aber sauber?

»Na ja.«

Als sie wenig später ihre Kabine wieder verließ, hatte die zerfaserte Tänzerin den Toilettenbereich bereits verlassen. Ihr Blick fiel in den Spiegel. »Hoppla.«

Grinsend richtete sie einen Träger ihres Tops, der frech von der Schulter gerutscht war. »Nicht übertreiben, Nadine.«

Jetzt aber zügig, sonst machten ihre beiden Aufpasser sich unnötige Sorgen. Vielleicht hätte sie sich vor dem Toilettengang kurz bei ihnen abmelden sollen, aber die beiden Schönlinge hatten ja gerade eine Horde paarungswilliger Tussis bespaßt.

Sie zuckte erschreckt und kniff die Augen zusammen. Im Spiegel … Hatte sich hinter ihr etwas bewegt?

* * *

»Wie lange dauert es eigentlich, wenn Frauen auf die Toilette gehen?«, maulte Jensen.

»Kommt drauf an, ob sie zu zweit, zu dritt oder zu viert unterwegs sind«, summte David. »Vielleicht muss sie sich nachschminken?«

»Wie denn? Sie hat ja keine Tasche dabei«, machte sich Jensen Sorgen.

Er blickte auf seine Armbanduhr. Fünfzehn Minuten waren inzwischen vergangen. Er gab sich einen Ruck. In fünfzehn Minuten konnte einfach zu viel passieren. »Ich geh nachgucken!«

»Auf der Damentoilette?«, fragte David skeptisch.

»Mir fällt schon was ein.«

Wieder kämpfte sich Jensen durch tanzende Körper. Mit einem letzten Ruck quetschte er sich an einem Bistrotisch vorbei Richtung Toilette und stolperte genau auf eine Frau zu, die exakt von dort kam. Schwankend wollte er nach links ausweichen. Und weil die Frau genau dasselbe vorhatte, stießen die beiden frontal zusammen.

»Hoppla, langsam, nicht so stürmisch!«, beschwerte sich die Frau mit dem Sterne-Tattoo am Hals.

»Sorry, ich ...«

Sternchentattoo am Hals?

Auch sie hatte ihn erkannt. »Ach, sieh an! Der Kommissar geht tanzen!«

Die Frau knipste Jensen ein Auge.

Und auch der hatte sie jetzt erkannt. »Karin. Karin Grabowski. Die Tontechnikerin! Hi!«

»Immer noch auf Mörderjagd? Oder warum so eilig?«

Jensen spürte plötzlich, wie sich seine schweißnassen Nackenhaare entsetzt aufrichteten. Kam die von der Toilette? Es raubte ihm die Sprache. Klar, sie suchten nach einem Mann, nach einem männlichen Mörder! Aber warum, warum konnte der Mörder nicht eine Frau sein? Fiele es einer Frau nicht viel, viel leichter, unauffällig K.-o.-Tropfen in das Cocktailglas eines weiblichen Opfers zu geben. Verdammt, war das die Lösung?

»Bleibt es bei einem *Hi*?«, hinterfragte Karin die Tatsache, dass Jensen wortlos blieb.

»Äh … Mir ging da gerade was durch den Kopf!«

»Ich hoffe, was Männliches?«, grinste Karin.

Jensen zwang sich zu einem Lächeln. »Was machst du hier?«

»Dasselbe wie du!«, antwortete die Tontechnikerin.

Das bezweifelte Jensen.

»Der große Antoine hat mir heute den Schein ausgestellt, den ich fürs Studium brauchte. Es hat sich ausgevögelt, kein Rudelbumsen mehr.«

»Och?«

»Mein Freund sitzt zu Hause auf der Couch und guckt irgendein Fußballspiel, aber mir war nach ein bisschen feiern. Und du?«

»Bergfest. Die Hälfte des Abschlusspraktikums ist rum und ich bin mit einem Mitstreiter unterwegs. Wir kippen ein paar Drinks, aber morgen müssen wir wieder ran.«

Wo war Nadine? Was erwartete ihn auf der Toilette?

»Hör mal, ich muss dringend auf Toilette. Siehst du den breiten Kerl da am Tresen, den mit der Kurzhaarfrisur? Das ist mein Kumpel. Ich bin gleich wieder da!«

Jensen ließ die verdutzte Karin stehen und marschierte zügig weiter. Schnell war der Gang zu den Toiletten erreicht. Links ging der Eingang zur Damentoilette, rechts ging die durch einen aufgemalten Fußball gekennzeichnete Tür für Männer ab. Vor Kopf befand sich eine alte Holztür mit der Aufschrift: *Privat/Kein Zutritt*

Daneben lockte der obligatorische Zigarettenautomat die Nikotinsüchtigen, darüber hing ein Regal mit Werbepostkarten. Aus dem Augenwinkel erkannte er eine Karte mit einem gemalten Buchcover, auf der eine Pistole im Schlamm einer Uferböschung zu sehen war. Darüber stand in dicken Buchstaben: *Krimi-Cops 6, Herbst 2017*. Entschlossen drückte Jensen die linke Tür zum Damenbereich auf.

»He!«, protestierte eine Frau.

»Hallo!«, grüßte Tanja aus Korschenbroich.

»Hast du es dir anders überlegt?«, fragte Heidi aus Korschenbroich.

Jensen riss unbeirrt und hektisch die geschlossenen Kabinentüren eine nach der anderen auf. »Nadine? Nadine? Wo bist du?«

»Was willst du mit Nadine, Süßer?«, gurrte Heidi.

»Halt die Fresse!«, keifte Jensen.

Die vorletzte Kabinentür war unverschlossen. Jensen schluckte und riss sie mit einem Ruck auf. Die Kabine war besetzt. Jensens irritierter Blick fiel auf einen Raubkatzen-Slip in Größe Triple XL, der sich in Knöchelhöhe zwischen zwei braunen Biker-Boots spannte. Die Frau zum Tiger-Slip hockte oder stand auf der Toilettenbrille und hielt in einer Hand eine Tasche, mit der anderen sich den knappen Rock hoch. Sie tat das, wozu sie hergekommen war. Jensen sah mehr als er wollte. Die Frau schrie.

»Oh. Sorry!«, stieß Jensen hervor und schloss die Tür.

Die Kabinentür ganz außen links war von innen verschlossen. Jensen klopfte. Erst leicht, dann hart.

»Aufmachen!«, donnerte Jensen.

Keine Reaktion! Nichts rührte sich! Keine Antwort. Das Mädchen in der Box nebenan schrie um Hilfe. Jensen trat einen Schritt zurück und winkelte das Knie an. Heftig trat er die Kabinentür aus der Verankerung. Die Tür sprang auf. Und gab den Blick frei auf einen zusammengesackten, weiblichen Körper. Die Beine waren weit gespreizt, die Bluse geöffnet, der Kopf lehnte leblos nach hinten gegen die Kacheln.

* * *

Die Rothaarige stand mit dem Rücken zu ihm an einem Waschbecken. Geräuschlos pumpte er Luft in seinen Brustkorb. Sie waren alleine in der Toilette. Jetzt! Mit einer fließenden Bewegung zog er die Knarre vorne aus dem Hosenbund, energisch trat er mit einem großen Schritt von hinten an die Rothaarige heran. Sie zuckte zusammen. Er griff in ihre langen Haare und riss den Kopf nach hinten, damit sie im Spiegel nicht sein Gesicht erkennen konnte. Gleichzeitig rammte er den Lauf seiner Beretta in ihren Rücken. »Wenn du rumzickst, knall ich dich sofort ab!«

Sie erstarrte.

Er hätte grinsen können. So reagierten sie immer. Zuerst. Sie erstarrten. Aber er hatte keine Zeit. »Wenn du dich umdrehst, bist du tot!«

Grob führte er seine Beute, die linke Hand immer noch in ihren Haaren, raus aus dem Toilettenbereich. Der Gang war leer. Die Rothaarige hatte einen groben Fehler gemacht, als sie nicht die große Toilette im Basement, sondern die kleine, abgelegene Toilette aufgesucht hatte, von der eigentlich nur wenige Stammgäste wussten, dass es sie überhaupt gab. Hart stieß er sie durch die als *Privat* gekennzeichnete Tür, die in einen Innenhof führte. Zu ihren Füßen brachten sich mehrere Mäuse in Deckung, es roch nach Kot.

»Aua«, wehrte sich Nadine, die humpelte, weil sie einen ihrer Schuhe verloren hatte.

»Klappe!«, stieß der Mann sie in einen weiteren Raum.

Dann ließ er ihre Haare los und zog einen schwarzen Seidenschal aus seiner Jeans. »Guck mich nicht an! Verbinde dir die Augen!«

Das Mädchen nahm den Schal und hielt in ihren Bewegungen einen Moment inne. Er musste grinsen. Das machten sie in diesem Moment ebenfalls immer. Innehalten. Denn jetzt dachten sie nach. Oh, er will nicht, dass ich sein Gesicht sehe. Er will nicht, dass ich ihn auf Fotos später wiedererkenne. Dann die Schlussfolgerung: Ich werde das Ganze überleben, wenn ich genau das tue, was er mir befiehlt.

Das Grinsen erstarb. So ein Quatsch!

Sie hatte sich den Schal umgelegt. Mit geübtem Griff kontrollierte er den Sitz, ihr die Mündung der Waffe immer noch brutal in den Rücken drückend.

»Jetzt weiter!«

Sie würde versuchen mitzuzählen, durch wie viele Räume und Hinterhöfe er sie jetzt schieben würde. Als er nach wenigen Minuten sein Ziel erreicht hatte, war er sicher, dass es ihr nicht gelungen war. Obwohl das im Grunde unerheblich war. Er versenkte seine Nase für Sekundenbruchteile in ihr langes, rotes Haar. Sie duftete gut. Nach teurem Parfüm und billigem Kneipenschweiß mit einem Stich echter Angst. Ein wirklich scharfer Feger, eine erstklassige Eroberung. Mit einem Finger fuhr er auf ihrem Oberarm das Tattoo nach und spürte die Gänsehaut unter seinen Fingerkuppen. Wie verdammt geil war das? Die Kleine war wie geschaffen für …

Das Verlangen. Er spürte es in jeder Faser seines Körpers. Ungewöhnlich. Ungewöhnlich intensiv. Warum? Warum jetzt schon wieder?

Er grinste. Ja, natürlich. Die Rote war ja auch tatsächlich etwas ganz Besonderes! Sie war eine Polizistin! Schon der Gedanke allein, dass ihm eine echte Polizistin hilflos zur Verfügung stand, ihm ausgeliefert war, schon dieser Gedanke reichte fast für eine, eine, eine …

»Verdammt!«

Er musste sich konzentrieren! Wo sollte das enden, fragte er sich und war sich gleichzeitig fast sicher, dass er das Ende schon kannte. Er schnippte zwei Kabelbinder aus der Jeans, die er hinter seinem breiten Ledergürtel versteckt hatte. Geschickt legte er sie seiner Beute an, bis diese sich nicht mehr bewegen konnte. Zufrieden musterte er sein hilflos zitterndes Werk. Er drückte sie hart in einen alten Bürostuhl und beugte sich über sie. Ganz tief runter. Er leckte sich die Lippen, die fast ihr rechtes Ohr berührten. Sie roch jetzt kaum noch nach Parfüm und fast nur noch nach Angst.

Sein Mundwinkel zuckte. Da ging noch mehr …

»Ich hab dich … kleine Polizistin.«

Sie zuckte zusammen. »Woher …?«

»Woher ich weiß, dass du scharfes, schlampiges Stück eine Polizistin bist? Das spielt keine Rolle. Weißt du, *was* eine Rolle spielt? Eine ganz entscheidende Rolle? Weißt du, *warum* du hier bist?«

Die Rothaarige schüttelte vorsichtig den Kopf.

Er bemerkte, dass sich die Haltung des Mädchens geändert hatte. Sie hatte ihren Körper angespannt. Da war nicht nur noch Angst, da hatte sich Neugierde in ihre Haltung gemischt. Neugierde? Die Neugierde einer verdammten Polizistin! Angst war ihm das wesentlich angenehmere Gefühl … »Du bist hier, weil ihr Scheißbullen mich wirklich verärgert habt! Weil ihr so dumm seid! Was macht ihr hier? Denkt ihr, ich würde euch auf den Leim gehen? Denkt ihr, ich bin nur schwanzgesteuert und falle auf dieses dämliche Spielchen rein? Wir schicken eine Rothaarige in die *Pferdebox* und warten, bis der notgeile Trottel sie anbaggert und versucht, sie zu vergewaltigen. Okay, Süße, das mit dem Vergewaltigen kriegen wir hin, aber der Rest?«

»Bitte! Ich bin doch nur eine Polizeischülerin …«

»Ich weiß! Netter Versuch, übrigens. Ich sage dir jetzt etwas, und du wirst es ausrichten. Egal, was gleich passieren wird. Merke dir das! Ihr Hurensöhne sucht an der verdammt falschen Stelle. Das schwedische Mädchen interessiert doch überhaupt nicht! Hallo? Mordkommission! Das mit dem Mädchen war ein Unfall. Doof, aber ein Unfall. Die Hinrichtung in der alten Fischhalle, das, das war Mord! Darum hättet ihr euch kümmern müssen. Das hättest ihr aufklären müssen! Der ist auch hinter mir her! Den müsst ihr suchen! Und finden! Bevor der mich finden kann.«

»Wer ist *der*? Wenn Sie etwas wissen, sagen Sie es mir!«

Der Mann hielt inne.

»*Wen* müssen wir finden?«, setzte sie nach.

Wie abgekocht war die denn?

»Wir werden Ihnen helfen, wenn …

»Am Arsch! Heute Nacht werde ich mich um das Problem kümmern! Wenn das nicht … klappen sollte, kennst du euren Auftrag!«

»Wir kümmern uns um den Mord auf der Bremer Straße 114, in der alten Fischhalle!«

Er strich ihr durchs Haar. »Genau, meine kleine, süße Polizistin, du hast es kapiert. Und jetzt, jetzt kümmere ich mich ein bisschen um dich.«

* * *

Struller hatte sich in den Besprechungsraum der Polizeiwache Stadtmitte auf der Heinrich-Heine-Allee zurückgezogen. Während Jensen, Nadine und der hochgewachsene Mitstudent sich in der *Pferdebox* amüsierten, würde er hier in der siebten Etage Unterlagen sichten. Mehrere Ordner lagen aufgeschlagen auf dem länglichen Tisch. Das große Fensterelement zu einem Balkon hin hatte er aufgeschoben. Hektischer Altstadtkrach drang von der Partymeile zu ihm hoch. Musik, Straßenbahngebimmel, hupende Taxis, Lachen und Lärmen, immer wieder unterbrochen durch kreischende Martinshörner der Einsatzmittel.

»Ein schlüpfriger Einstieg ist immer gut«, schlug Struller zunächst das an Seiten erfrischend übersichtliche Drehbuch auf, das Ronny Riemen ihm überlassen hatte.

»*Die Fleischpeitsche kehrt zurück.* Okay, wenn es sich nicht vermeiden lässt.«

Nach wenigem Blättern hatte Struller den haarsträubenden Plot erfasst. Ein junges Pärchen verbringt fernab der Zivilisation – vermutlich irgendwo bei Köln – ein Wochenende im Wald. Ein einsames Holzhäuschen, kleine Sauna, Kamin, Bärenfell. Sexuell fordert der Einzug in die neue Bleibe den beiden Darstellern alles ab. Ein zweites Pärchen erscheint, die beiden armen Menschenkinder haben sich verlaufen. Nun, da haben sie jetzt Glück gehabt, sie werden herzlich aufgenommen. Kleine Sauna, Kamin, Bärenfell und Fitnessraum.

Struller blätterte verwundert zurück. Es schien doch kein so kleines Holzhäuschen zu sein.

Nach und nach ergänzen ein Oberförster, die Eltern des Mädchens, ein Polizist auf einsamer Waldstreife und ein vom Kaminfeuer angelockter Feuerwehrmann die Szene. Der Feuerwehrmann wird – warum auch immer – von zwei Krankenschwestern begleitet.

Struller seufzte. Antoine L'Amour hatte für den dritten Teil seines Fleischpeitschenwerkes wirklich jedes Klischee verwurstet. Mit Niveau. Am Ende des Textes waren die Drehörtlichkeiten aufgelistet. Für einen Tag hatte Antoine ein Holzhaus in Holland gebucht, die Szenen im Sportstudio entstanden in einem Sportclub in Hassels. Es waren bei den Dreharbeiten nicht immer alle Darsteller anwesend, das hing von ihren Einsatzzeiten ab. Deshalb hatte Struller die nymphomane Mutter des jungen Mädchens – gespielt von Gloria Hole – in der Papierfabrik nicht angetroffen und kennengelernt. Lediglich in einer turbulenten Abschlussszene mussten alle gleichzeitig ran.

Struller ließ das Drehbuch sinken.

Ihm war etwas aufgefallen. Schnell blätterte er zurück. Sein Finger strich über die Szene. »Verdammt, ja …«

Er schnappte sich aufgeregt den Aktenordner mit den Vernehmungen und suchte hastig die richtige Stelle. Struller spürte, wie ihm ein hektischer Schweißtropfen vom Haaransatz die Stirn runterlief. Hatten sie etwas übersehen?

»Vernehmung, Vernehmung. Antoine, Kitty Titt, Kameramann Rainer, die Grabowski, Boris Bums, Gloria Hole.«

Struller hatte die Sequenz gefunden und las sie laut vor. »Dann ist das vom Ronny ja quasi ein Motivationsstoß? Kann man so sagen. Und wenn der Ronny und ich, also … mittendrin jetzt, wie gestern zum Beispiel, dann kommt der Boris als Polizist dazu und fragt mich nach dem Ausweis. Bamm, bamm, bamm.«

Struller schlug sich Bamm, bamm, bamm vor die Stirn. Gestern, das war genau nachgerechnet: Freitag. Die Tatnacht. Grob stieß er die Vernehmung zur Seite und zog sein Handy aus dem Hemd.

»Die Nummer hab ich eingespeichert. Da ist sie.« Schnell drückte er die Taste und lauschte dem Freizeichen. »Geh ran, Kerl!«

Und das tat Gregorius Scharfenstein dann auch endlich. »Ich kann Ihre Nummer im Display erkennen, was kann ich für Sie tun, Herr Struhlmann.«

»Sie können mir kurz und schnell eine Nachfrage beantworten.«

»Na, da muss ich aber erst überlegen, ob ...«

»Was ist an *kurz und schnell* so schwierig zu verstehen, Mann?«

»Okay, Sie sind angespannt, Sie haben es eilig. Fragen Sie!«

»In der Tatnacht haben Sie beim Motorboot am silberfarbenen Jeep einen Polizisten in Uniform gesehen. Sind Sie sicher ...«

»Ich unterbreche Sie ungern, Herr Hauptkommissar«, tat Scharfenstein mit süffisanter Stimme aber genau das. »Das ist so nicht richtig!«

»Wieso ist das so nicht richtig?«

»Ich pflege mich immer sehr klar und präzise auszudrücken. Das ist meist effizienter als kurz und schnell.«

Strullers Stirnader drohte zu platzen, aber er riss sich zusammen. »Ich habe Ihre Aussage in einem Bericht ...«

»Dann ist der Bericht ungenau. Sie enttäuschen mich an dieser Stelle ein wenig, Herr Struhlmann.«

»Der Polizist am Fahrzeug ...«

»Ich habe gesagt, dass der Mann, der vom Motorboot wegging und der meiner Meinung nach zur Bande dazugehörte, eine Polizeiuniform trug. Ich wiederhole: eine *Polizeiuniform*. Das heißt nicht, dass es ein Polizist war und ist. Speziell Sie als Kriminalbeamter sollten wissen, dass es einen entscheidenden Unterschied zwischen Schein und Sein geben kann.«

Struller drückte Scharfenstein weg und verstaute das Handy zurück ins Hemd. Im Fensterglas des Balkonzugangs spiegelte sich ein in sich zusammengesunkener Ermittler.

»Was für ein Fehler«, murmelte Struller, denn damit waren nicht nur Ronny Riemen und Alfred Gerlach im Polizisten-Topf.

Bamm, bamm, bamm.

Er schniefte beherzt. Zurück darf kein Seemann schau'n. »Nach vorn geht mein Blick!«

Doch bevor dieser justiert war, meldete sich im verschwitzten Hemd sein Diensthandy. Einen überheblichen, verbalen Nachschlag von Scharfenstein konnte Struller jetzt nicht verkraften. Nicht jetzt! Er ließ es brummen, bis die Mailbox ansprang.

»Ich bin es, Böller. Rod und ich sind in Kamp-Lintfort fündig geworden. Rosemarie Brandenburger ist Alfred Gerlachs heimliche Geliebte. Sie verbringen vergnügliche Tage und Nächte, hauptsächlich zusammen auf der Couch vor dem Fernseher. Im Moment gucken sie irgendein Fußballspiel. Nationalmannschaft, glaub ich. Rod und ich haben die beiden Turteltäubchen im Auge. Rod ist von unserem Job begeistert. Er lässt herzlich grüßen. Sein Lied wird *Cop Till You Drop* heißen!«

Struller vergrub seinen Kopf zwischen den Händen. Das durfte doch alles nicht wahr sein …

War es aber. Und real. Wie das Scheppern des Telefons auf dem Besprechungstisch.

»Mann!«

Hatte man nicht mal Zeit, drei vernünftige Gedanken zu Ende denken zu können? Struller beugte sich nach vorne und erkannte Jensens Handynummer im Display. Was wollte der denn jetzt schon?

* * *

Dutzende, blau kreisende Lichter und Hunderte Uniformen tauchten die Gassen der Düsseldorfer Altstadt rund um die *Pferdebox* in polizeiliches Blau. Ein rot-weißer Rettungswagen drängte sich durch die zähen Menschenmassen. Schemenhaft war zu erkennen, dass hinten im Fahrzeug ein Tropf schaukelte. Angetrunkene Touristen starrten beeindruckt, einige Besoffene pöbelten doof.

Struller flutschte unterm Flatterband durch. Einsatzleiter vor Ort war ein Kollege, den Struller letztens noch in Wersten bei der Arbeit gesehen hatte. Der Bursche bediente zwei Funkgeräte und ein Handy gleichzeitig und hatte die Lage im Griff.

»Hallo Pit, der Block ist umstellt. Bolkerstraße, Kapuzinergasse, Flinger Straße und Hunsrückenstraße. Hoffen wir, dass Täter und Vermisste noch im Karree sind, dann kommen sie nämlich nicht mehr weg und wir kriegen sie«, knurrte der Cop mit rauchiger Stimme zwischen zwei Funksprüchen.

Struller schubste sich an Türstehern und Polizisten vorbei nach innen in die *Pferdebox*. Bis auf wenige Personen, darunter Jensen und sein Kumpel David, war die Disco menschenleer.

Struller deutete hinter sich und fragte. »Wer war das im Krankenwagen?«

»Ein Mädchen, betrunken. Hab ich bewusstlos auf der Toilette gefunden«, erstattete Jensen Bericht. »Wir waren eine Sekunde abgelenkt. Nadine ist zur Toilette gegangen. Sie kam nicht wieder, ich bin ihr irgendwann hinterher, hab dort in einer Kabine aber nur eine weibliche Schnapsleiche gefunden. Nadine ist verschwunden. Vermutlich zunächst durch den privaten Ein- und Ausgang, denn ich habe im Flur dahinter das hier gefunden.« Jensen präsentierte einen von Nadines pinkfarbenen High Heels.

Hundegebell. Struller fuhr herum.

»Ich bin da«, erklärte sich der Hundeführer zum Offensichtlichen. »Ein Fährtenhund war angefordert?«

»Ja«, übernahm Struller das Kommando. »Du brauchst einen Geruchsträger?«

»Unbedingt.«

Jensen reichte Nadines Pinkfarbenen.

»Ich hole noch die rote Lederjacke aus der Garderobe«, sagte David und verschwand.

»Sollte dann reichen«, entschied der Hundeführer, der Hund blickte zuversichtlich.

Struller hatte die Frau entdeckt, die neben einer Polizeibeamtin am Tresen stand. »Ach? Das ist doch ...«

Jensen erklärte. »Die Gäste befinden sich alle in einer Diskothek nebenan. Ich lasse sämtliche Personalien feststellen. Ich dachte, die hier, die Frau willst du sofort befragen. Sie kam mir auf dem Weg zur Toilette von genau da entgegen.«

Struller nickte heftig. »Und ob.« Er trat an die Theke. »Frau Karin Grabowski?«

Frau Grabowski war sichtlich sauer. »Immer noch!«

Zickig? Kein Problem, das war Struller auch. »Sie sind Stammgast?«

»Wenn ich feiern möchte, ja. Ich hatte schon das zweifelhafte Vergnügen, vorhin Ihrem jungen Kollegen zu begegnen, der es dann für nötig hielt, mich hier einzubehalten. Wogegen ich protestiere.«

»Zur Kenntnis genommen. Sie haben sich mit meinem Kollegen schon ausgetauscht?«

»Kurz. Er wollte auf die Toilette.«

»Von der Sie kamen?«

Karin Grabowski grinste spöttisch. »Sie werden es kaum glauben, aber auch ich muss ab und zu mal.«

»Oh«, lächelte Struller falsch. »Ich glaube so einiges. Ich glaube, dass es ein sehr merkwürdiger Zufall ist, hier zu diesem Zeitpunkt auf Sie zu stoßen, wo wir gerade einer ganz bestimmten Person eine ganz bestimmte Falle gestellt haben.«

»Und in diese Falle bin ich jetzt reingetapst?«

»Womöglich. Deshalb reden wir ja jetzt miteinander.«

»Das ist bestimmt eine ganz, ganz geschickte Falle gewesen. So geschickt, wie Sie den ganzen Fall angegangen sind? Wen haben Sie in der Falle erwartet? Ingo Höpfner?«

»Wie kommen Sie jetzt auf Ingo Höpfner?«, fragte Struller leise. Und wieso Ingo Höpfner? Warum nicht Ronny Riemen? Wieso kannte sie Ronnys Echtnamen?

»Den suchen Sie doch, oder?«, zischte die Tontechnikerin mit einem süffisanten, überheblichen Lächeln.

Strullers Stirnader klopfte. Der Blick, den er ihr zuwarf, hatte das Potential zum Faustschlag. »Wie kommen Sie darauf?«

»Stimmt es etwa nicht?«, versuchte sie ein Spielchen.

Struller kürzte es ab. »Doch, das stimmt, den suchen wir. Woher wissen Sie das?«

»Von Ingo. Oder Ronny. Wie auch immer, ich habe da nie einen Unterschied gemacht. Er hat mir den Job bei Antone L'Amour vermittelt, nachdem das Tier-Ding in der Eifel ein Schuss in den Ofen war. Ronny ist mein Lebensgefährte.«

»Was?« Struller konnte es nicht fassen!

»Seit mehr als zwei Jahren.«

»Das hätten Sie uns sagen müssen«, zischte Struller gefährlich leise und spürte, wie seine rechte Hand von ganz alleine in die Außentasche seiner Jacke glitt.

»Ingo wollte das nicht. Und ich bin eine brave Freundin. Ihm sind die beiden Schatten im Wagen vor seiner Haustür aufgefallen. Sagen Sie dem einen, er soll weniger Süßigkeiten essen. An der Trinkhalle machen sie Witze über seinen Konsum. Und sein Aussehen. Das spricht sich rum. Natürlich auch bis zu Ingo.«

Struller schnalzte ärgerlich mit der Zunge.

»Weil er keine Lust hatte, sich auf die Finger gucken zu lassen, wohnt er ein paar Tage bei mir. Ich hatte Ihrem jungen Kollegen ja bereits gesagt, dass mein Lebensgefährte bei mir auf der Couch liegt und Fußball guckt.«

Struller konnte gar nicht so viel an Ärger schlucken, wie er wollte. Er drehte sich kommentarlos weg und zückte ein Handy.

»He, wie lange dauert das hier noch?«, rief Grabowski ihm hinterher.

»Altschloss?«, meldete sich am anderen Ende einer der beiden Beamten aus Ronny Riemens glorreichem Überwachungsteam.

Struller gab Grabowskis Adresse durch. »Überprüft, ob Ronny-Ingo sich dort aufhält! Nehmt genug Leute zur Unterstützung mit. Lasst ihn nicht entkommen. Wenn er nicht öffnet, seid ein bisschen grob, tretet die Tür ein. Ich will wissen, ob er überhaupt dort ist, und ich will wissen, wo er sich in den letzten beiden Stunden aufgehalten hat.«

»Hat das noch Zeit bis nach dem Fußballspiel?«

Struller sagte nichts.

»Okay. Wir fahren sofort los«, rettete Altschloss gerade noch einmal ganz knapp sein Leben.

Vom anderen Ende des Raumes winkten Jensen und David Struller heran. »Der Hund ist klar, es geht los!«

Der Hundeführer hatte Mühe, seinen Mantrailer zurückzuhalten. Das Tier hing stramm in der Leine, hatte Nadines Geruch in der Nase und wollte losjagen.

»Auf geht's!«

Der Hundeboss gab ein Kommando und der Hund stürzte los. Zielstrebig lief er auf die Tür zum Privatbereich zu.

»Sollte die Tür nicht verschlossen sein?«, flüsterte Struller.

»Ich hab nachgefragt, hätte sie eigentlich sein sollen, war sie aber nicht«, antwortete Jensen leise.

Der Hund japste, die Männer hatten Mühe, dem Diensthund zu folgen. Beeindruckend, wie zielsicher das kräftige Tier inmitten des sicher riesigen Spurenbildes in der Lage war, der einen, bestimmten Geruchsspur zu folgen. Und in welchem Tempo. Richtig zum Atemholen kamen die Cops immer erst, wenn eine geschlossene Tür den Hund stoppte. Und davon hatten die Männer schon bald mehrere geöffnet.

»Das ist der dritte Raum und der vierte Innenhof«, hechelte Struller.

»Ich hätte nie gedacht, dass hinter den Häusern noch so viel Platz ist, aber wenn man drüber nachdenkt, ist das eigentlich logisch. Immerhin passt auf der anderen Seite der Bolkerstraße eine ganze Neanderkirche samt Nebengebäude in den Hinterhof«, japste Jensen zurück und überkletterte eine hüfthohe Mauer.

Der Duft nach frischen Brötchen wehte aus einer nahe gelegenen Bäckerei herüber, in der zu dieser frühen Stunde schon gearbeitet wurde. Der Hund blieb zielstrebig.

»So wie der Hund zieht, bin ich sicher, dass wir was finden«, zischte der Hundeführer.

Die Frage ist, *was* wir finden, wollte Jensen seinen schlimmsten Befürchtungen gedanklich keinen Raum geben. Was … und in welchem Zustand! Er durfte es sich nicht ausmalen. Verdammt, er machte sich gewaltige Vorwürfe. Die nervige Frauentruppe … Scheiße, das war nur eine Ausrede, er hätte besser aufpassen müssen! Das war gedankenlos und unprofessionell gewesen. Nicht auszudenken, wenn …

»Hier ist von innen abgeschlossen«, meldete der Hundeführer.

Der Hund kratzte mit der Pfote am Holz der Tür und blickte sein Herrchen fragend an. Was ist los?, sollte das heißen. Weiter!

»Holen wir einen Schlüsseldienst, der das Schloss knackt?«

»Ich hab meinen Schlüsseldienst dabei«, knurrte Struller und winkelte das Knie an.

Der Hundeführer zog den Hund zur Seite, Jensen seine Knarre aus dem Holster. David trat einen Schritt zurück. Einer der beiden uniformierten Polizisten, die sie begleiteten, zückte sein Reizstoffsprühgerät, der andere schnackte seinen Teleskopschlagstock in die Länge.

»Jetzt«, warnte Struller und trat zu.

Die Tür flog auf, der Hund japste. Der helle Strahler des Hundeführers zerschnitt die Dunkelheit des Raums.

»Da ist jemand«, bellte der Mann.

Struller knipste neben dem Eingang das Licht an.

»Nadine!«, rief Jensen und spürte, wie ihm die Beine wegsackten.

Seine Kollegin saß auf einem schlichten Holzstuhl. Stramm um ihre Glieder gezurrte Kabelbinder hielten sie aufrecht. Ein schwarzes Band verdeckte ihre Augen.

Der Hund zu seinen Füßen ahnte, dass er gefunden hatte, was er suchen sollte. Struller holte laut zischend tief Luft und einer der beiden Polizisten riss sein Funkgerät an den Mund.

* * *

Jensen schüttelte vorwurfsvoll den Kopf. »Du solltest dich auf jeden Fall von einem Arzt gründlich untersuchen lassen!«

Nadine strich sich über die roten Druckringe an ihren Handgelenken. »Ich lasse gleich den diensthabenden

Arzt drübergucken, aber erst sollten wir die neuen Infos zusammentragen.«

»Das hat doch Zeit …«

»Hat es nicht«, schnitt Nadine ihrem Kommilitonen den Satz ab.

David stieß mit einer Fußspitze die Tür auf und jonglierte vier Becher Kaffee für sie in den Besprechungsraum. »Kaffee.«

»Der wird gut tun«, freute sich Nadine.

Jensen legte ihr vorsichtig eine Hand auf den Unterarm. »Tut mir leid, dass wir …«

Sie zog den Arm weg und sah ihm fest in die Augen. »Christian, es ist nichts passiert. Der Kerl hat mir Angst gemacht, eine Heidenangst. Er hat mir einen Pistolenlauf in den Rücken gerammt und mich mit Kabelbinder in einen muffigen Abstellraum gesperrt. Aber er hat mich nicht angefasst. Ich werde heute Nacht schlecht einschlafen, aber dann hat es sich. Ich habe neue Informationen, lass sie uns nutzen.«

»Okay …«

»Beim Kaffee.« Nadine nahm einen Becher entgegen und lugte nach oben.

Zum Besprechungsraum in der Wache Heinrich-Heine-Allee gehörte eine Empore mit allerlei technischer Ausstattung. Und einem Telefon. Das wahrscheinlich einzige Einsatzmittel von allen, das Struller unfallfrei bedienen konnte. Zumindest tat er es.

»Kaffee!«, brüllte David.

»Komme sofort!«, brüllte Struller zurück. Es schepperte metallisch und Struller polterte die Wendeltreppe zu ihnen herab. »Und? Geht es?«, fragte er.

Nadine nickte.

»Das ist die Hauptsache«, war Struller schnell fertig. Es galt Tempo zu machen. »Erzähl!«

Nadine nippte am Becher. »Er muss mir von der Disco aus gefolgt sein.«

»Wir lassen Überwachungsbänder checken.«

Struller schüttelte den Kopf. »Er wird auf keinem Band zu sehen sein. Er kennt sich in dem Laden aus. Der Kerl wusste, wo die versteckt liegenden Personaltoiletten sind, das wissen nur Stammgäste. Er kannte den Innenhof im Karree. Er wird mit Sicherheit wissen, wie und wo man sich bewegen kann, ohne gefilmt zu werden.«

»Wir überprüfen sie trotzdem«, sagte Jensen trotzig.

»Ich habe einen Pistolenlauf gespürt. Den hat er mir hart in den Rücken gedrückt. Das hat Eindruck gemacht.«

»Das wird seine Beretta gewesen sein.«

»Dann schob er mich in den Toilettengang, dann nach draußen, dann durch mehrere Zimmer und Hinterhöfe. Ich wollte den Weg nachhalten, aber das hab ich nicht geschafft.«

»Kein Thema!«

»Schließlich erreichten wir den Raum. Inzwischen trug ich eine Augenbinde. Er erzählte mir, dass wir seiner Meinung nach in die falsche Richtung ermittelt hätten.«

»Womit er teilweise nicht unrecht hat«, sagte Struller unzufrieden.

Nadine nippte wieder am Becher. »Das an der Kesselstraße sei ein Unfall gewesen, sagte er. De Rooy und

Tyler haben Anna Blomquist getötet, aber es war ein Unfall. Er hat dann geholfen, das Unglück glatt zu ziehen, was aber nicht gelungen ist. Aber: es soll ein Unfall gewesen sein. Wir Polizisten sollten uns jetzt endlich um den Fischhallenmörder kümmern. Um …«

Struller unterbrach sofort. »*Den*? Er hat *den* Mörder gesagt? Nicht *die*? Bist du sicher?«

»Absolut. Ich hatte zu dem Zeitpunkt keine Angst mehr, dass er mich umbringt. Ich habe ganz genau auf jedes seiner Worte geachtet. Er hat von *einem* Mörder gesprochen.«

Struller rümpfte die Nase. »Das wird dann so sein. Wir haben es mit einem Einzeltäter zu tun.«

»Oder das war ein Trick«, mutmaßte Jensen.

»Dann hat er gesagt, dass er sich noch heute Nacht selbst um das Problem kümmern wird.«

Struller schnalzte mit der Zunge. »Das bringt eindeutig zeitliche Thermik in die Sache. Das ist das, was mich kirre macht. Möglicherweise haben wir es mit zwei unabhängigen Tätern zu tun, die aber doch zusammenhängen, da jeder für sich nur ein eigenes Süppchen kocht. Und unser Mann aus der *Pferdebox* steht kurz davor, den anderen zu erledigen, was uns natürlich überhaupt nicht recht sein kann. Der Beretta-Kerl ist uns einen Schritt voraus.«

»Was sagt dir, dass das nicht alles nur ein großer Bluff ist?«, blieb Jensen skeptisch.

»Mein Näschen. Der Kerl ist gut, aber er hat trotzdem Angst, dass sein Plan misslingt und er derjenige ist, der diese Nacht den Kürzeren ziehen wird. Deswegen hat er uns sicherheitshalber für den Fall der Fälle über

Nadine eine Botschaft zukommen lassen, womit er ein großes Risiko eingegangen ist.«

»Mir fällt etwas auf«, murmelte Jensen. »Unser Plan war, dass der Unbekannte Kontakt mit Nadine aufnimmt, weil Nadine die gleichen langen Haare hat wie Anna Blomquist. Aber er tat es, weil er uns durch Nadine etwas zukommen lassen wollte. Er hat gewusst, dass Nadine eine Polizistin ist. Woher weiß er das?«

»Stimmt«, knurrte Struller.

»Er muss mich irgendwo gesehen haben.«

»Das kann nur auf der Bremer Straße gewesen sein, an der alten Fischhalle, nachdem du Faserspuren-Harald zugeteilt warst«, behauptete Jensen. »Wir sollten alle überprüfen, die vor Ort waren. Die beiden schwarz gekleideten Melder zum Beispiel.«

Struller schüttelte den Kopf. »Es stimmt. Der Täter wird dich auf der Bremer Straße zusammen mit uns beobachtet haben, aber er kann überall im Hafen gestanden haben. Auf der anderen Seite des Hafenbeckens oder noch weiter weg mit einem Fernglas.«

»Wir können ja mal eine Liste machen mit den Kerlen, die wir noch im Topf haben.«

In diesem Moment schnarrte oben auf der Empore das Telefon.

»Vielleicht wissen wir gleich mehr«, sagte Struller und rannte die Stufen hoch.

Jensen tauschte einen vorsichtigen Blick mit David und nickte in Nadines Richtung. Der zuckte ratlos mit den Schultern. Nadine schien den dramatischen Zwischenfall gut zu verpacken. Oder sie verdrängte ihn hervorragend. Jensen war sicher, dass das posttraumatische Elend noch kommen würde.

»Okay. Ja. Scheiße! Weiß ich Bescheid«, krachte Struller. Sich am Kopf kratzend stieg Struller langsam die Treppe wieder zu ihnen herab. »Das war Altschloss. Ronny Riemen hat definitiv für diesen Abend ein Alibi. Er war nicht der Typ in der *Pferdebox*.«

»Welche Personen haben wir noch auf der Watchlist? Bleibt als Polizist: Alfred Gerlach«, sagte Jensen.

»Der scheidet ebenfalls aus«, schüttelte Struller den Kopf und informierte seine Kollegen über Böllers und Rod Stewarts Ermittlungsergebnisse.

»Rod Stewart?«

Struller nicke. »Wir können jede Unterstützung gebrauchen.«

»Dann fehlt uns zumindest jeder Ansatz für den unbekannten Polizisten«, stellte Jensen fest.

Struller strich sich durch die Bartstoppeln und wollte gerade etwas richtigstellen, als Jensen erneut eine Hand auf Nadines Unterarm legte. »Fällt dir zu dem Unbekannten noch irgendetwas ein? Gestik, Stimme, Redewendungen?«

Nadine überlegte. »Ich hab sofort getan, was er gesagt hat. Ich hab ihn tatsächlich nicht angesehen. Aber ... die Stimme. Seine Stimme hatte was. So einen Singsang.«

»Singsang?«

»Er hat ... fehlerfrei gesprochen, aber mit einem leichten Akzent. Wie Sylvie van der Vaart.«

»Holländisch!«, riefen David und Jensen gleichzeitig.

»Das passt«, erklärte Struller und kramte die Protokolle der Vernehmungen heran.

»Was passt?«, fragten Jensen und Nadine gleichzeitig.

»Alles! Ich habe vorhin mit Gregorius Scharfenstein telefoniert. Er sagt, dass er beim Motorboot und am silberfarbenen Jeep nicht explizit einen Polizisten, sondern einen Mann in einer Polizeiuniform gesehen hat. Dann hat Gloria Hole bei ihrer Vernehmung eine Szene geschildert, in der sie in der Nacht des Motorbootunfalls von Boris Bums gef … also, einer Verkehrskontrolle unterzogen wird.«

»In Uniform«, begriff Jensen.

»Genau. Boris Bums alias Juri Garpinski ist im Besitz einer Polizeiuniform oder zumindest etwas Ähnlichem. Und Juri Garpinski besitzt einen niederländischen Führerschein, weil er lange in den Niederlanden gelebt hat.«

»Der Singsang in der Stimme, ich erinnere mich vage«, stimmte Jensen zu.

»Boris alias Juri ist unser Beretta-Mann«, schlussfolgerte David für alle.

»Um sicher zu sein, müsste ich dazu erst noch einmal seine Stimme hören«, gab Nadine zu Bedenken.

»Das ist kein Problem«, erklärte Jensen und sprang auf. »Ich hab noch die Fleischpeitschen-CDs.«

Nadine verdrehte die Augen. »Ich müsste ihn reden hören, nicht stöhnen.«

»Geht schon«, murmelte Jensen, klappte den Laptop auf und drückte ein paar Tasten. »Die Stelle müsste ich schnell gefunden haben …«

»Wieso?«, fragte Nadine.

Jensen startete die Sequenz. »Hier!«

»Guten Tag, allgemeine Verkehrskontrolle. Ich muss Ihren Airbag überprüfen«, sagte der uniformierte Boris Bums.

»Das ist er. Kein Zweifel!«, rief Nadine.

Jensen klatschte in die Hände. »Wir sollten sofort ein Team hinschicken. Garpinski wohnt auf der Potsdamer Straße, Hausnummer …«

»Das können wir sicherheitshalber machen, aber ich bezweifle, dass er zu Hause sein wird. Er hat doch angekündigt, dass er sich heute selbst um die Sache kümmern will!« Struller zog einen Zettel mit einer Liste aus dem Hemd, den er noch nicht eingeheftet hatte. »Das ist die Liste, die Lampenschirm-Richter mir geschrieben hat. Papierfabrik Kesselstraße, Fischhalle Bremer Straße … Die entscheidenden Entwicklungen ereigneten sich alle in Immobilien der *Suisse Invest*, die von *BP Business Solutions* betreut werden. Verdammt, und ich habe eine fette Ahnung, dass das so bleiben wird!«

* * *

Jensen kachelte den Dienstwagen über die Cecilienallee.

»Mist«, kommentierte David, der hinten auf der Rücksitzbank saß, und drückte am Handy den Aus-Knopf. »Im Moment ist an Einsatzkräften nichts zu kriegen. Große Schlägerei im Düsseldorfer Süden mit irgendeinem Familienclan aus Solingen. Da ist alles im Einsatz, was zwei oder vier Beine hat.«

Struller fluchte, Jensen nahm eine Ampel bei Rotlicht und bog rechts ab. »Dann werden wir den Überraschungseffekt nutzen. Mit uns rechnen sie nicht.«

»Ich werde was ganz anderes nutzen«, sagte Struller und klopfte auf die Tasche seiner Sommerjacke.

Davids Handy bimmelte. »Ja? Alles klar! Halt die Stellung!« David beugte sich nach vorne. »Das war Nadine. Sie ist vor Ort und hat es gecheckt. Juri Garpinski ist tatsächlich nicht zu Hause.«

Struller nickte. Er hatte nicht wirklich damit gerechnet, dass Juri alias Boris zu Hause war, aber er war auf der anderen Seite froh, mit diesem Job Nadine aus dem Showdown raushalten zu können. Die hatte genug mitgemacht. War sowieso mehr als unglücklich, dass er jetzt mit zwei Praktikanten unterwegs war. Jason Statham und Vinnie Jones wären ihm lieber gewesen.

»Da vorne ist das Gebäude«, wies Jensen durch die Windschutzscheibe nach vorne.

Struller entdeckte das leer stehende Bürohaus. Auf Lampenschirm-Richters Liste standen vier Objekte im Hafen, die Struller ausschloss. Dann eines in Meerbusch und eines auf der Jülicher Straße in Pempelfort. Letzteres war sein Favorit, aber sicher war er sich nicht.

»Da steht der silberne Jeep!«, rief David und deutete auf eine Parkbucht am Fahrbahnrand.

»Bingo«, murmelte Struller.

Jensen zog am Jeep vorbei und parkte hundert Meter weiter ein. Die Männer sprangen aus dem Auto.

Das frei stehende, unbeleuchtete Bürohaus war mit Baustellensteigern eingepackt. Die wiederum waren mit einer undurchsichtigen, hellgrauen Folie verkleidet. Das Gebäude hatte sieben Etagen, in gleichmäßigen Abständen reihten sich jeweils fünfzehn Fenster aneinander. Untenrum schützte ein Holzzaun die Baustelle vor unbefugtem Betreten. Die Jülicher Straße war um diese Uhrzeit menschenleer. Nur ein einzelnes Taxi durchschnitt die nächtliche Stille.

»David, du bleibst hier und sicherst die Vorderfront. Pass auf dich auf, kein Risiko. Wenn einer abhaut, lass ihn laufen: Was gut ist, kommt wieder! Und geh der Leitstelle auf die Nüsse, sie sollen Verstärkung schicken, sobald jemand frei wird! «

»Verstanden.«

Struller winkte Jensen hinter sich her. »Wir gehen über die Rückseite ran!«

Straßenlaternen hatten die Vorderseite des Gebäudes in milchige Helligkeit getaucht, aber um die Ecke rum verschluckte das hohe, weit vorstehende Gerüst sämtliches Licht.

»Keine Taschenlampen!«, brummte Struller.

Unter ihren Füßen knirschte Kies. Die beiden erlauschten die Geräusche einer Güterbahn. Die dazugehörige Schienentrasse führte hinter dem Gebäude entlang und verband den Düsseldorfer Süden mit Ratingen und Essen. Auch die Rückseite des Gebäudes war mit verhüllten Steigern eingeschalt.

»Wir sind richtig, Sportsfreund«, wisperte Struller und deutete auf einen leicht überstehenden Spalt im hölzernen Bauzaun, der das Gebäude umrundete.

Struller spinkste nach links und rechts: niemand zu sehen. Mit spitzem Finger schob er den Spalt weiter auf, bis Platz genug war hindurchzuschlüpfen. Jensen zog seine Pistole. Auf der anderen Seite des Holzzauns befand sich das Bürogebäude. Es war komplett entglast, Türen waren nicht gesichert, ein nackter Rohbau lag vor ihnen. Schnell drückte Struller sich durch eine Öffnung, in die später einmal eine Tür gehörte. Sie befanden sich in einem kahlen Treppenhaus. Es roch nach Beton und Kalk. Offene Stufen führten in die oberen Etagen.

»Von unten nach oben?«, flüsterte Jensen.

In diesem Moment schrie jemand über ihnen.

»Hoch!«, flüsterte Struller und hetzte die Betonstufen hinauf.

Aber je weiter sie sich vom Eingang entfernten, desto weniger Licht fraß sich ins Gebäudeinnere. Die Schatten verwischten. Sich an der Wand entlangtastend erreichten sie die erste Etage.

Struller hielt kurz inne und legte einen Zeigefinger über die Lippen. Über ihnen waren deutliche Geräusche zu hören, sie waren nicht allein. Ein Handgemenge?

Jensen löste eine Hand von der Wand, mit der er sich angelehnt hatte … und stutzte. Er trat entsetzt einen Schritt zur Seite. Im düsteren Licht der spärlichen Beleuchtung war Blut an seiner Handinnenfläche zu sehen. Er tippte dem vor sich stehenden Struller auf die Schulter und nickte zur Wand hin. Struller drehte sich um.

»Blut«, flüsterte Jensen.

Und zwar jede Menge Blut. Kein einzelner Spritzer! Hier hatte sich jemand extrem heftig blutend gegen die raue Wand gelehnt und einen riesigen Fleck hinterlassen. Das Blut konnte nur wenige Minuten alt sein, so taufrisch hatte das hier gesaftet.

»Der kann nicht weit sein«, flüsterte Struller und zog nun doch eine alte Taschenlampe aus der Sommerjacke.

Der Lichtkegel zerschnitt die Dunkelheit und glitt über den staubigen Boden.

»Bluttropfen«, murmelte Jensen und verstärkte nachhaltig den Griff ums Holster.

Hastig und auf jedes Geräusch achtend folgten sie den Tropfen die blanken Steinstufen hoch. Aber so sehr sie auch lauschten, über ihnen blieb es unheimlich still. Kein Streit, kein Handgemenge und erst recht kein Schuss. Weder aus einer Beretta, noch mit einer Uzi abgegeben.

Die vierte Etage.

»Kann nicht mehr weit sein«, murmelte Struller.

Und hatte recht. Das Erste, was er sah, waren die abgelatschten Sohlen eines ausgetretenen Paars Schuhe. Sie lagen mit den Hacken nach unten und den Spitzen nach oben. Und es steckte noch jemand drin! Der Lichtstrahl aus Strullers Varta strich über des Liegenden Gesicht.

»Garpinski«, entfuhr es Jensen.

Garpinski war es, der die Blutspuren hinter sich gelassen hatte. Seine linke Brusthälfte verschmutzte ein großflächiger Blutfleck, der sich bis in den Schulterbereich ausgebreitet hatte. Das fahle Gesicht sah nicht so aus, als ob im Körper noch Leben steckte.

Im gleichen Moment schlug der Mann die Augen auf. Sein rechter Arm zuckte, Struller riss die Taschenlampe hoch. Jensen brachte die Mündung seiner Pistole ins Ziel, aber Garpinski alias Boris war zu schwach, seinen Arm zu heben. Wahrscheinlich war die Beretta zu schwer, die ihm jetzt seiner rechten, weißen Hand entglitt und zu Boden sank.

Struller sprang auf ihn zu und nahm die Pistole an sich. Der verletzte Garpinski blickte ihn an, seine kraftlosen Augen drohten zu brechen. Mit letzter Kraft versuchten seine blutleeren Lippen ein Wort zu formen. Struller beugte sich über seinen Kopf.

»Oben«, hauchte Garpinski.

Sein Atem roch nach Tod. Dann schloss er die Augen.

Jensen zuckte zusammen. Geräusche von oben!

»Weiter!«, befahl Struller leise.

Jensen fuhr sich mit der linken Hand durchs Gesicht. Er wankte, der Boden unter seinen Schuhen drehte sich. Verdammt! In was für eine Situation hatten sie sich wieder reinmanövriert? Ihm wurde schwindelig, er suchte Halt an der Betonwand, stützte sich ab. Die gleiche Situation! Die gleiche Situation wie in der Papierfabrik, als er den Unbekannten verfolgte und der Kollege angeschossen wurde. Blut rauschte in seinen Ohren. Ihm wurde schwarz vor Augen …

Struller fuhr herum und stützte ihn.

»Geht schon«, flüsterte Jensen und sackte in die Knie.

Struller führte ihn vorsichtig zu Boden und verstand.

»Ich …«, setzte Jensen an.

»Du bleibst hier und kümmerst dich um Garpinski«, zischte Struller scharf. »Fordere einen Notarztwagen an und die sollen, verdammt jetzt, Verstärkung schicken. Leute mit großen Pistolen, je größer, desto besser!«

»Aber …«

»Du bleibst hier!«, befahl Struller entschlossen.

Mit einem Ruck stand Struller auf und marschierte weiter. Der Lichtkegel seiner Lampe tanzte vor ihm die

Stufen hoch. Fünfte Etage. Da war wieder ein Geräusch! Struller schloss für einen Moment seine Augen und lauschte. Da hatte jemand gerufen. Der nackte Rohbau trug die Stimmen an ihn heran.

»Stimmen?«

In seinem Gehirn ratterte es. Wieso denn Stimmen? Eine, eine Stimme, ja, die von Bernd Preuninger, aber mehrere Stimmen? Verdammt, mit wem hatte er es denn hier noch zu tun?

Struller zuckte zusammen. Gar nicht weit weg von ihm ploppte es. Struller war kein Weinkenner, aber sicher, dass dort gerade keine Flasche entkorkt worden war. Schalldämpfer, verfluchte Kacke!

Er hielt inne. Und das war nicht weit weg. Nicht weit ...

Er schreckte zusammen. Vor ihm trat ein Mann um die Ecke. Lautlos. Aber mit einer Pistole in seiner Hand. Struller hielt die Luft an. Der Mann blickte ihn an, die Pistole zielte auf seinen Bauch. Strullers Pistole steckte immer noch in der Jackentasche. Sowieso wäre es zu spät gewesen, jetzt ...

Der Mann visierte ihn an.

»Preuninger!«, rief Struller. Er dachte an Garpinski. Hatte Boris Bums alias Garpinski tatsächlichen den Kürzeren gezogen? Und war er jetzt an der Reihe?

Faszimiert blickte Struller Preuninger an. Der öffnete seinen Mund. Langsam. Struller bemerkte, wie sich die Pistole senkte. Dann entdeckte Struller den roten Fleck in Preuningers Brust, der immer größer wurde. Was, zur Hölle ... Der Mund! Blut schwappte über Preuningers Unterlippe, als ihm die Knarre aus den Fingern glitt.

Mit einem Ruck ging sein Gegenüber in die Knie und kippte dann mit totem Blick zur Seite in den Staub.

Struller sprang voran und beugte sich über Preuninger, der sein Leben bereits ausgehaucht hatte. Nachdenklich glitt sein Blick über den Toten, blieb an der Waffe des Toten hängen. Der Pistole. Der Pistole ohne ... Struller wirbelte zur Seite. Die Waffe in Preuningers Hand hatte keinen Schalldämpfer. Und war auch keine Uzi.

Keine Sekunde zu früh! Im gleichen Moment zischte es dumpf an ihm vorbei. Hinter ihm krachte eine Kugel in den Beton.

»Scheiße!«

Struller rollte sich zur Seite weg. Ein zweites Mal ploppte es in seine Richtung. Struller nestelte seine Pistole aus der Jackentasche. Blind ballerte er zweimal den Treppenabsatz hoch. Sollte der Dreckskerl erst mal wissen, dass er bewaffnet war!

Verdammt. Garpinski lag eine Etage tiefer, Preuninger ohne Puls schräg vor ihm im Dreck, wer, verdammt, wer ballerte da auf ihn?

»Pit?«, hörte er Jensen entsetzt rufen.

»Ich bin okay. Bleib bei Garpinski!«

Schritte!

Struller hörte Schritte. Schritte, die sich entfernten. Er rappelte sich hoch. Weiter! Nachsetzen. Seine Schüsse hatten den Kerl offensichtlich beeindruckt. Die Knarre hochgerissen jagte er den Schritten hinterher. Irgendwo weit vor ihm ging irgendetwas zu Bruch. Ein Mann fluchte. Verdammt, der war gar nicht weit weg!

Nicht weit vor ihm.

Dann sah er den Schatten. Breit. Breit stand der Mann vor ihm und zielte in seine Richtung. Struller schnellte zurück. Es ploppte, mehrmals und schnell hintereinander.

»Das, das ist eine Uzi!«, zischte Struller und brachte seinen Puls unter Kontrolle.

Blind ballerte Struller um die Ecke.

Von unten schrie Jensen seinen Namen. Struller linste vorsichtig und schnell um die Ecke. Der breite Schatten war verschwunden. Der breite … Schatten? Wer war diese Dreckssau?

Tritte. Tritte hasteten am Ende des Flures die Treppe runter. Struller schnellte voran. Hinterher. Er erreichte eine geländerlose Treppe, die nach unten führte. Sicher, das Schwein war im Vorteil, kannte sich hier aus. Die Mündung seiner Dienstwaffe suchte das nackte Treppenhaus unter ihm ab. Im schwachen Licht meinte er drei Etagen unter sich einen Ellbogen zu erkennen. Blitzschnell legte Struller an und drückte zweimal ab. Er kniff die Augen zusammen, aber eine Wirkung war nicht zu erkennen.

Hinter ihm rief wieder Jensen. Weit weg in einem anderen Teil des Gebäudes, stellte Struller erleichtert fest. Den angeschlagenen Jensen konnte er hier nicht gebrauchen.

Unter war niemand umgekippt, schrie keiner. Struller hatte seinen Gegner verfehlt.

»Weiter!«

Struller hastete voran, nahm zwei oder drei Stufen auf einmal, geriet ins Straucheln und fing sich. Weiter. Das war jetzt die dritte Etage. Oder schon die zweite?

Er bog um die Ecke. Der Mann stand plötzlich direkt vor ihm. Struller riss die Knarre hoch. Das tat der Mann im gleichen Moment auch. Struller drückte ab. Der Mann fiel in sich zusammen. Beziehungsweise das Spiegelbild des Mannes stürzte in sich zusammen.

»Mensch!«

Struller hatte auf eine Fensterscheibe geballert und sein Spiegelbild gekillt. Ein Jaulen!

»Verdammt!«

Der Mistkerl hatte ein paar Grüße von unten zu ihm hochgeschickt, die jetzt als tödliche Querschläger durch Treppenhaus pfiffen. Eine Kugel schlug krachend gleich neben ihm in den Beton. Scheiße, der Bursche verstand sein Handwerk! Hatte ihn aber verfehlt! Das war das Entscheidende!

Kein Pfeifen mehr? Struller setzte nach. Die Schüsse waren von unten gekommen, der Kerl musste die erste Etage schon erreicht haben, vielleicht sogar schon das Erdgeschoss. Holz splitterte. Struller beschleunigte. Der Holzzaun!

Er erreichte den Türdurchlass nach draußen, hielt sich gedeckt und lugte vorsichtig um die Ecke. Ein rechteckiges Loch im Holzzaun? Der Kerl hatte ein Bretterfenster im Zaun nach draußen getreten und war durchgeschlüpft.

»Hinterher!«

Struller stieg mit einem Bein voran durch das Loch im Holz, zog das zweite hinterher, reckte sich gerade … und spürte die Knarre an seinem Kopf.

»Pistole fallen lassen!«, schnaufte der Mann giftig, der auf der anderen Seite auf ihn gewartet hatte.

Struller verfluchte sich. Keine Chance! Was für ein dämlicher Anfängerfehler, blind durch das Fenster zu steigen! Bitter warf er die Pistole zur Seite. Hinter ihm hörte Struller Jensen rufen. Immer noch weit weg. Dann war sein Praktikant in Sicherheit. Struller spürte das Metall an seinem Kopf und den pumpenden Atem neben sich. Der Atem roch nach …

»Scheiß-Bulle!«, knurrte der Mann.

»Asbach«, flüsterte Struller und das Gesicht zum Getränk wurde schemenhaft sichtbar.

Noch bevor er den Kerl ansah, wusste er, wen er vor sich hatte. »Ich dachte, du bist tot!«

»Ganz falsch gedacht!«

»Ich hab dich in Duisburg erwartet. Oder in Emmerich. Du hast deinen Abgang nur vorgetäuscht!«

»Schlauer Bulle. Aber bald: toter Bulle!«

»Erklär mir, warum?«

Struller sah den Schlag nicht kommen. Ansatzlos schlug der Arm zu, der Schalldämpfer der Maschinenpistole hackte ihm eine Scharte in den Kopf. Struller taumelte, kippte in den Kies, Blut rann ihm die Stirn runter.

»Einen Scheiß werde ich«, giftete Mathiowetz, der sich jetzt breitbeinig über ihn stellte.

Mathiowetz hatte seine speckige Lederjacke gegen einen weiten, hellen Sommermantel getauscht. Das passte irgendwie nicht, fand Struller, aber der modische Ausfall seines Gegenübers war sein kleineres Problem. Das wesentlich größere war nach wie vor auf sein Herz gerichtet. Mathiowetz stand über ihn gebeugt wie weiland Henry Fonda.

In die nächtliche Stille hinein drängten sich plötzlich zwei Geräusche gleichzeitig. Ein Güterzug ratterte heran und – wesentlich lauter – näherten sich Martinshörner.

»Verstärkung. Das sind meine Kollegen. Du hast keine Chance. Das ganze Viertel ist umstellt.«

Mathiowetz legte den Kopf schräg. »Ich habe keine Chance? Geschissen, Bastard!«

Mathiowetz drückte ab. Struller schloss die Augen. Klick. Struller öffnete sie wieder. Blaulicht zuckte um die Ecke. Klick, Klick, Klick, Klick!

»Scheiße«, fluchte Mathiowetz.

Struller konnte für Sekundenbruchteile sein Glück nicht fassen. Mathiowetz hatte seine Knarre leergeschossen, keine Patrone im Magazin. Blitzschnell rappelte Struller sich auf.

Mathiowetz wirbelte herum.

»Bleiben Sie stehen!«, dröhnte ein Außenlautsprecher.

Mathiowetz rannte los.

Der Güterzug schoss heran. Struller krabbelte nach rechts, wo seine Knarre lag. Mathiowetz ruderte mit den Armen, hatte die Gleise fast erreicht. Dann drehte er sich plötzlich um und blickte Struller an. Ihre Blicke trafen sich.

»Fortsetzung folgt! Ich komme wieder!«, brüllte der Bastard.

Struller kroch weiter, hatte die Pistole fast erreicht. Der Güterzug raste heran. Mathiowetz taumelte vorwärts. Der Zugfahrer hupte dröhnend. Mathiowetz sprang. Struller hatte die Pistole ergriffen, riss sie hoch.

Mathiowetz hob ab, strauchelte. Der Zugführer trat auf die Bremse, Sand knirschte, Eisen quietschte.

Der weite Sommermantel von Mathiowetz wehte hell im Wind, verfing sich am Zug. Struller sah hin und schloss die Augen, als der Zugwind ihn hart nach hinten wegblies.

Struller spürte, wie Jensen von hinten an ihn ranstürzte und öffnete wieder die Augen. Ein Streifenwagen knirschte bremsend vor seinen Füßen. Der Zug jaulte von rechts nach links ratternd in den Stand.

»War das der Mathiowetz?«, schrie Jensen.

Struller nickte.

Der Zugführer hatte eine Notbremsung eingeleitet, aber das würde dauern, bis die Lok und seine sechsundfünfzig Anhänger in den Stand geratscht wären.

»Verdammt. Das war Mathiowetz … Sein Mantel … Der Zug hat ihn erwischt«, flüsterte Struller und schloss die Augen.

Zwei Streifenbeamte sprangen heran.

Jensen schüttelte den Kopf. »Pit, den Mantel. Der Zug hat den Mantel erwischt. Mathiowetz hat es im letzten Moment noch auf die andere Seite geschafft!«

9. Kapitel

Struller stand mit einem Becher Kaffee am Fenster seines Büros, qualmte und blickte runter in den Innenhof. Der Cabriofahrer hatte das Verdeck seines Fahrzeugs geschlossen.

»Sicher ist sicher«, murmelte Struller und blickte Spurtmann hinterher, der mit verantwortungsbewussten Schritten die Steinstufen zum Polizeigewahrsam hinaufschritt.

Bertie trug stolz seine S.E.X. PG-Kappe, geriet am obersten Absatz ins Stolpern, fing sich aber im letzten Moment. Ihre Blicke trafen sich. Spurtmann zuckte mit den Achseln und deutete vorwurfsvoll auf den Absatz.

»Ja, ja, der war gestern noch nicht da!«, rief Struller und winkte. Du machst aus Mett kein Marzipan, dachte er.

Hinter Struller öffnete sich die Bürotür. Jensen trat ein, kickte die Tür mit dem Absatz hinter sich zu und jonglierte mehrere Aktenordner auf Strullers Schreibtisch.

»Guten Morgen, Sportsfreund«, grüßte Struller.

Jensen warf einen heimlichen Blick auf die Gewerkschaftsuhr an der Wand. 14.50 Uhr …

»Morgen, Pit! Zwei sehr gute Neuigkeiten zu Beginn. Erstens, der angeschossene Kollege ist heute aus dem Krankenhaus entlassen worden. Er wird wieder topfit!«

»Das ist super!«

»Auf die normale Station verlegt wurde der Junkie, von dem ich dir erzählt habe. Doc Stich hat unter Kollegen an ein paar Schrauben gedreht und dem Kerl für nach seinem Krankenhausaufenthalt einen Therapieplatz in Hamburg besorgt.«

»Hamburg ist weit weg, da kackt er dir nicht mehr auf den Absatz!«

Jensen hielt inne. »So gesehen waren das sogar drei gute Nachrichten. Vielleicht benutzt er demnächst ja sogar wieder eine Toilette, ich halte das im Auge!«

Struller runzelte die Stirn. »Du musst das anders formulieren, aber ich weiß, was du meinst.«

Jensen trat an die Magnetwand. »So, und jetzt zum Fall. Ich sag mal: Wir haben ihn gelöst!«

»Natürlich«, nuschelte Struller und nippte am Becher Kaffee.

Jensen tippte nun bei jeder Personalie auf das entsprechende Foto an der Wand, wohl wissend, dass das Struller bekloppt machte. »Preuninger und Mathiowetz kennen sich seit Urzeiten. Zusammen haben sie in den Neunzigerjahren versucht, einen Türsteher-Schutzgeldring aufzubauen. Quasi ein früher Vorläufer der jetzigen Szene. Das ging allerdings schon im Ansatz schief.«

»Sie trafen auf Merten!«

»Genau. Preuninger hat ihn mit seiner Beretta erschossen. Sie sind zwar im Zuge der Tatortbereichsfahndung kontrolliert, aber als unverdächtig entlassen worden.«

»Kommt vor.«

»Preuninger und Mathiowetz haben sich nach Holland abgesetzt und dort erfolgreich ein paar Drogengeschäfte aufgezogen. Hier lernten sie unter anderem Jan de Rooy kennen, der ihr Partner in Holland wurde und der wiederum mit Juri Garpinski befreundet war. Preuninger und Mathiowetz zog es allerdings wieder nach Deutschland, genau genommen zurück nach Düsseldorf. Von hieraus stiegen sie vor einigen Jahren ganz vorsichtig in den Handel mit Crystal Meth ein. «

»Preuninger ist im Grunde genommen ein helles Köpfchen. Er gründete die *BP Business Solutions,* die Geschäfte liefen eigentlich recht gut. Keine Ahnung, warum er auf der schiefen Bahn blieb.«

»Vielleicht hat Mathiowetz ihn dazu gezwungen«, mutmaßte Jensen, dem das letztendlich aber auch egal war, Gauner blieb Gauner!

»Diese Tätigkeit gab ihm die Möglichkeit, über leerstehende Immobilien zu verfügen, zum Beispiel über die der *Suisse Invest.* Ideal für die Herstellung und Lagerung von BTM.«

»Mathiowetz kümmerte sich um den Vertrieb, einschließlich der Logistik. Sie transportierten den Stoff im großen Stil über den Rhein. Seine Tarnung als Bootswart in einem Yachthafen war perfekt. Sie setzten Preuningers Motorboot ein, die *Novo Homini,* und hatten direkte Vertriebswege über Holland, zu den Verteilerstellen und zu ihren Produktionsstätten, die – wie Bremer Straße 114 – entsprechend ausgesucht wurden.«

»Das Geschäft brummt vollkommen problemlos. Dann geht alles schief!«

»Für den tatsächlichen Transport sind der dicke Bill Robert Tyler, Jan de Rooy, Garpinski alias Boris Bums und der dreifingrige Albaner zuständig, dessen Namen ich vergessen habe. Letzterer vermutlich als eine Art Vorarbeiter.«

»Jetzt kommt der K.-o.-Tropfen-Zwischenfall!«

»Tyler, de Rooy und Garpinski suchen sich in der Altstadt regelmäßig Opfer, die sie mit K.-o.-Tropfen gefügig machen und im Keller der alten Fischhalle vergewaltigen. Gleich neben dem Meth-Labor der Bande. Zuletzt Freitagnacht Anna und Jana. Hier geht alles schief. Nachdem Garpinski die Gruppe verlassen hat, um in der nahe gelegenen Papierfabrik als Boris Bums Schwerstarbeit zu verrichten, erstickt Tyler versehentlich Anna Blomquist. Eine Art Unfall. Tyler und de Rooy geraten in Panik und wenden sich kopflos telefonisch an Preuninger und Garpinski.«

»Deshalb hat auch Freitagnacht Garpinskis Handy unpassenderweise am Porno-Set dauernd gebimmelt, wie Ronny Riemen berichtete.«

»Richtig. Denn Garpinski ist derjenige von den dreien, der über ein funktionierendes Gehirn verfügt. Noch in Polizeiuniform vom Dreh eilt er in einer Pause zum Hafenbecken, wo ihn die beiden Männer mit den Frauen im Motorboot und Preuninger im Jeep schon erwarten. Garpinski und Preuninger rasten aus.«

»Das ist der Streit, den Scharfenstein beobachtet hat.«

»Garpinski ist sauer, denn auf diese dämliche Art bringen Tyler und de Rooy den ganzen Sachverhalt samt Boot, Jeep und Leiche ins Hafenbecken 6 zu ihm. Preuninger ist genauso sauer, denn die kranke Extra-Tour der drei Männer gefährdet seine ganzen kriminellen, lukrativen Machenschaften. Da die beiden Frauen gleichwohl schon an Bord sind entschließen sie sich, die beiden Schwedinnen im Rhein zu entsorgen. Natürlich nicht gleich im Hafenbecken, in der Nähe zu Garpinskis Papierfabrik. Aufgrund eines technischen Defekts kommt es jedoch noch hier zum Unfall. De Rooy erschießt Bergstreckl mit der Beretta, die Preuninger immer in seinem Boot gebunkert hat.«

»De Rooy übergibt Boris Bums alias Garpinski später die Waffe.«

»Der Nächste, der durchdreht ist Mathiowetz. Er ist der eigentliche Kopf der Bande und will nun alle Spuren kappen, Menschen eingeschlossen. Er ist es, der im Keller unter der alten Fischhalle auf der Bremer Straße die drei Gangster mit seiner Uzi umnietet. Garpinski ist zufällig nicht anwesend, sonst hätten wir vier Leichen gefunden.«

»Aber Juri Garpinski alias Boris Bums will noch nicht abtreten und wehrt sich. Bei unseren Vernehmungen hat er den Eindruck, dass wir den Fall falsch angehen, er übernimmt die Initiative. Das mündet in der Entführung Nadines und schließlich in seinem Versuch, auf der Jülicher Straße Preuninger und Mathiowetz zur Rede zu stellen.«

»Oder zu töten«, meinte Struller.

»Zumindest behauptet er, dass er die beiden der Polizei ausliefern wollte. Ich hab vorhin mit der Uni-Klinik telefoniert. Es ist ein Durchschuss, da ist zwar viel an Adern kaputt gegangen, aber er wird durchkommen und will umfassend aussagen.«

Struller schniefte. »Bleibt nur ein ganz, ganz übler Fettfleck! Mathiowetz erschießt Preuninger, und tatsächlich gelingt dem Saukerl die Flucht. Die Fahndung verlief negativ, er ist uns durch die Lappen gegangen.«

Jensen winkte ab. »Ich hab neulich noch gehört: Was gut ist, kommt wieder!«

Struller grinste und runzelte die Stirn. »Fortsetzung folgt, hat er mir zugerufen. Ich hab es dicke mit dem Sauhund. In diesem Fall ist das wirklich zu befürchten. Killer Mathiowetz nimmt uns die Sache wahrscheinlich persönlich und wirklich übel!«

»Und er ist nicht zimperlich!«

»Das kann man ihm nicht nachsagen.«

Das Telefon lärmte, Struller ging ran. »Ja? Natürlich bin ich es! Wen hast du denn an meinem Apparat erwartet? Ja? Ja? Okay. Gute Arbeit, Kollege!«

Struller legte auf.

»Und?«, fragte Jensen, denn einige Fäden galt es noch zu verknüpfen.

»In der *Suisse-Invest*-Immobilie in Meerbusch haben die Kollegen einen LKW gefunden. Bis unters Dach vollbepackt mit Crystal, samt Zubehör. Der Marktwert ist kaum zu schätzen.«

»Volltreffer!«

»Das wird den Markt erst mal trocken legen!« Struller seufzte. »Bis irgendwer mit der nächsten Scheiße um die Ecke kommt! Aber immerhin. Ein paar Köpfe sind gerollt! Und jetzt? Gehen wir in die Kantine und belohnen wir uns mit einem Festessen?«

»Sorry. Ich bin mit Lena zum Essen verabredet. Wir wollen uns mal aussprechen.«

»Oh. In einem Restaurant? An einem Ort, wo Messer jederzeit in Reichweite sind? Ist das geschickt?«

»Vor allen Dingen ist das Gespräch überfällig!«

»Na dann. Guten Hunger. Und: sei vorsichtig! Ich brauche dich noch!« Struller fischte eine Einladungskarte vom Schreibtisch. »Wir sind Samstagabend eingeladen! 20.00 Uhr. Zieh dir was Schickes an!«

»Wir beide?«, wunderte sich Jensen.

»Exakt. Auf eine Vernissage. Was ist das eigentlich genau? Ist das was Versautes?«

10. Kapitel

Marvin Gaye war anwesend. Auf dem Barhocker neben Struller schlürfte Krakes Nachbar, Niko aus Laos, einen bunten Cocktail. Der Untergang des Abendlandes nahte, denn es schwammen sogar Früchte im Glas. Ansonsten waren Struller und Krake alleine im *Aquarium*. Krake trug eine schwarze Jeans und ein schwarzes Hemd, den linken Ärmel hochgekrempelt.

»Wer ist denn gestorben?«, fragte Struller.

»Ich hab mich noch nicht entschieden«, antwortete Krake.

»Du hast ja schon wieder schlechte Laune?«, fragte Struller.

»Jeden Tag«, pflichtete Niko im mit für ihn typischen Singsang bei. »Schlimm, schlimm.«

»Es gibt auch jeden Tag einen neuen Anlass, am Verstand dieser Menschheit zu verzweifeln.«

»Das stimmt«, räumte Struller ein. »Was ist es heute?«

»Ich hab Post von deinem Verein!«

»Fortuna Düsseldorf?«

Krake schob Struller einen Brief über den Tresen: »Bullerei!«

»Schlimm, schlimm«, murmelte Niko.

»Eine Vorladung?«

Krake beugte sich über die Theke. »Stell dir vor, den Blitzbirnen aus deiner Truppe ist aufgefallen, dass ich nur einen Arm habe.«

Struller zuckte mit den Achseln. »Wenn du unglücklich stehst, kann man das schon mal übersehen!«

»Sie haben diese Information, dass ich nur einen Arm habe, in ihrem Computer abgeglichen und haben festgestellt, dass es zwei Übereinstimmungen gibt. Zwischen 2006 und 2008 hat sich ein untenrum prächtig ausgestatteter, einarmiger Mann in Mecklenburg-Vorpommern mehrfach nackt in der Öffentlichkeit gezeigt. Und vor zwei Jahren soll ein einarmiger Zirkusartist bei Rothenburg auf der Tauber eine Dame ohne Unterleib mit einem Saxophon erschlagen haben. In beiden Fällen ist der Täter noch nicht endgültig überführt. Jetzt lädt man mich vor, um meine Alibis zu überprüfen.«

Struller schüttelte den Kopf. »Untenrum prächtig ausgestattet? Da biste raus. Und Saxophon spielst du doch auch nicht?«

»Bitte!«

Struller schnaufte. »Allerdings haben die Kollegen glatt den Fall aus Braunschweig vergessen, wo der immer noch flüchtige Einarmige auf dem Nordfriedhof die Gräber sämtlicher dort Liegenden mit dem Anfangsbuchstaben M beim Nachnamen umgeschubst hat.«

»Ich schubs dich auch gleich um«, knurrte Krake.

Niko aus Laos beugte sich zu Struller rüber. »Buchstabe M?«

Struller verdrehte die Augen. Laos hatte der liebe Gott an einem Freitagmorgen erschaffen. Aus dem Material, das in Honduras, Köln-Porz und Mosambik am späten Donnerstagabend übrig geblieben war.

»Das ist ein Scherz, Niko«, erklärte Krake milde.

»Verstehe ich nicht. Walum denn M?«

»Das ist Teil des Scherzes. Er hätte auch O sagen können.« Krake reichte Struller ein Altbier. »Und was macht dein Fall?«

»Alles aufgeklärt.«

»Sehl gut«, lobte Niko.

Krake beugte sich über die Theke. »Ist irgendein Promi unter den Tätern?«

»Wir sind bei der Polizei. Und nicht bei RTL 2«, erwiderte Struller. »Allerdings wird dich wahrscheinlich freuen, dass über die Ermittlungen zum Fall zwei richtige Polizisten ins Straucheln gekommen sind.«

»Erfreuen tut mich das nicht, aber erwarten tu ich das. Euch Cops ist alles zuzutrauen!«

»Ein Ronny Riemen …«

»Del mit del Fleischpeitsche? Del Polnostal?«, fragte Niko intelessielt, äh, interessiert.

»Genau, der. Ronny Riemen alias Ingo Höpfner war einer unserer Verdächtigen, ist raus, aber bekommt wegen seiner Pornofilmfilmerei ein Disziplinarverfahren.«

»Filmfilmelei?«, fragte Niko.

»Das ist Dialekt«, erklärte Krake. »Und der andere?«

»Ist ein Dienstgruppenleiter, der sich regelmäßig während des Nachtdienstes heimlich im Hafen mit seiner Geliebten getroffen hat.«

»Das ist ja fast romantisch«, summte Krake.

»Geht so. Wir haben ihn einmal fast dabei ertappt, in der Nähe des Tatortes. Da hat er uns eine Räuberpistole wegen einer verloren gegangenen Taschenlampe aufgetischt. Der Trollo hat uns die Arbeit nicht gerade erleichtert.«

»Trollo ist auch Dialekt?«, fragte Niko.

Krake nickte.

»Alfred Gerlach heißt der Kollege und jetzt wird er strafversetzt.«

»In einen Bereich, wo es keinen Hafen gibt?«

»Genau«, grinste Struller. »Er wird sich vor Wut den Arsch aufreißen.«

»Alsch kenn ich«, freute sich Niko aus Laos. »Alsch ist auch Dialekt.«

11. Kapitel

Das Erste, was Jensen auffiel, war, dass sein Chef und Tutor nach gut einer Woche endlich sein Hemd gewechselt hatte. Beim weiß-blau gestreiften war zuletzt das Weiße kaum noch zu erkennen gewesen. Das Blaue auch nicht.

»Schön hier«, summte Struller fröhlich.

Jensen war ehrlich beeindruckt. Im Sommer hatte er schon häufig bei einem Bier draußen auf den Stufen gesessen, aber drinnen, in der Kunstsammlung am Grabbeplatz, war er noch nie gewesen. »Da habe ich unseren Gregorius Scharfenstein aber unterschätzt. Dass der hier ausstellen darf, hätte ich dem nicht zugetraut.«

Struller winkte ab. »Was heißt: darf? Da bekommt der bestimmt auch noch Geld für. Ist übrigens alles *all in* hier, also hau gleich am Buffet richtig rein! Mach ich auch.«

Das war klar, dachte Jensen.

Sie erreichten einen weiteren, ganz in Weiß gehaltenen Raum. An den Wänden hingen als schreiender

Kontrast sehr farbintensive Bilder. Meist waren Alltagsgegenstände ins Gemälde integriert. Messer, Gabel, Löffel und auf oder in einem Bild erkannte Jensen einen tickenden Wecker. Nicht unbedingt etwas, das Jensen sich ins Wohnzimmer hängen würde, aber interessant und auf keinen Fall langweilig. Musik wurde im Hintergrund live gespielt, ein Mann am Kontrabass und eine junge Posaunistin groovten beeindruckend und zum Ambiente der Ausstellung absolut stimmig, die Atmosphäre war cool.

Dass es sich im folgenden Raum mit der komplexen Installation um das Highlight der Ausstellung handelte, darauf deutete die Menschentraube hin, die sich um das Kunstwerk gesammelt hatte. Es roch ein wenig streng nach Terpentin.

Jensen und Struller mussten schubsen und schieben, um einen Blick auf … auf das, ja, Kunstwerk zu erhaschen.

Struller beugte sich zu Jensen und flüsterte. »Was soll das sein?«

Jensen öffnete seinen Mund, aber der Mann, der lautlos von hinten an sie herangetreten war, antwortete. »Ich habe diese Installation *Feuer.Wasser.Leben.Tod* genannt.«

»Ach?«, fragte Struller.

»Danke für die Einladung«, sagte Jensen.

Gregorius Scharfenstein verzog das Gesicht. »Mit der Einladung für Struhlmann und Begleitung hatte ich mir eigentlich erhofft, Frau Struhlmann kennen lernen zu dürfen.«

Jensen wurde rot.

»Meine Frau lässt sich entschuldigen, sie dreht in Hollywood mit Chuck Norris.«

»Das ist schade.«

»Find ich nicht«, summte Struller. »Mein Kollege und ich, wir werden am Getränkestand gleich richtig fies zuschlagen. Jensen verpackt viel mehr als meine Frau.«

»Aha.«

Jensen schaute sich *Feuer.Wasser.Leben.Tod* inzwischen genauer an. Scharfenstein war seinem Stil treu geblieben und hatte wieder eine junge, schlanke, fast nackte Frau in die Konstellation mit eingearbeitet. Ganz links bewegte sich auf einer Schiene ein Bunsenbrenner zischend von links außen nach innen. Der Feuerstrahl erhitzte Stofffäden darüber, die nach einer Weile mit einem weichen *Pfuff* zerrissen. Es gab nebeneinander circa tausend dieser Fäden, die – alle am oberen Ende über Rollen zusammengeführt –, eine Metallschale in der Schwebe hielten. In der Schale loderte eine große Kerze mit hoher, giftiger Flamme. Mit jedem durchgebrannten Faden erhöhte sich die Spannung auf die verbleibenden Fäden. Sollten alle Fäden nach und nach reißen, würde die Schale samt brennender Kerze in ein großes Behältnis – mit einer Flüssigkeit darin – stürzen. In dieser gläsernen Wanne saß das junge Mädchen, nur mit einem knappen, schwarzen Bikiniunterteil bekleidet. Sie versuchte derweil ziemlich hektisch – nach rechts gerichtet – durch Reiben und Anhauchen mehrere kleine Eisblöckchen aus einem Eimerchen vor sich so zu erwärmen, dass sie zu Wasser schmolzen. Das so entstehende Wasser sickerte in einen Behälter, dessen Inhalt über eine Leine mit einem gläsernen Kännchen verbunden war. Je mehr Wasser sich unten im Behälter befand, desto mehr kippte oben das Kännchen zur Seite. Schließlich würde es komplett kippen und das Wasser nach links über die Flamme gießen, die sich in der Metallschale befand. Die Flamme würde erlöschen, bevor sie brennend in die Wanne stürzen könnte.

»Was ist das für eine Flüssigkeit in der Wanne, in der die Nackte sitzt.«

»Benzin«, antwortete Scharfenstein.

»Was?«, rief Jensen.

Menschen um ihn herum zischten erbost um Ruhe.

»Das kann sie umbringen«, zischte Jensen.

Scharfenstein grinste. »Ich bin mir sicher, dass das Mädchen genug Ehrgeiz und Tempo entwickeln wird, die Eisblöcke zum Schmelzen zu bringen. Feuer oder Wasser, Leben oder Tod?«

»Das ist krank«, zischte Jensen.

»Wo kriegen Sie nur die dämlich-doofen Mädels her, die sich für so einen Unsinn halb nackt hergeben.«

Scharfenstein lief rot an. »Das ist meine Tochter.«

»Oh.«

Jensen grinste.

Scharfenstein schniefte. »Ich dachte mir, dass Ihnen der Tellerrand fehlt.«

»Was Geschirr angeht, habe ich allerdings alle Tassen im Schrank.«

Scharfenstein grinste. Wie ein Haifisch. »Ich mag Sie trotzdem, Struhlmann.«

Struller warnte mit dem Zeigefinger. »Wenn das meine Frau hört, kommt sie mit Chuck Norris hier vorbei. Sie ist ausgesprochen eifersüchtig.«

Scharfenstein drehte sich weg und widmete sich einem anderen Gast, einem mit – vermutlich – deutlich mehr Tellerrand.

Jensen stieß Struller an. »Wir müssen was tun! Benzin?«

Struller lächelte. »Wie sagt Scharfenstein immer? Schein und Sein zu unterscheiden, ist so wichtig. Auch wenn es nach Benzin riecht und aussieht: ich wette Krakes rechten Arm dagegen, dass die Flüssigkeit in der Wanne nicht brennbar ist.«

Jensen blickte skeptisch. Er fand, dass dem Kunst-Spinner alles zuzutrauen war.

»Wir gehen jetzt mal gucken, was an Getränken am Start ist«, summte Struller.

Jensen und Struller marschierten los und hatten eine weiß eingedeckte Theke fast erreicht, da wurde Struller ein Arm auf die Schulter gelegt.

»Hallo, Herr Struhlmann. Ich ahnte nicht, dass Sie sich für Kunst interessieren.«

»Oh.«

Der Polizeipräsident.

»Er interessiert sich für die Getränke«, fügte dessen Begleiter hinzu.

»Der Leitende Staatsanwalt, Herr Foxton«, stellte Struller fest. »Ehrlich gesagt, unter uns: Ich bin wegen der halb nackten Mädels hier.«

Jensen hielt sich zurück.

Der Polizeipräsident lachte. »Immer einen passenden Spruch auf den Lippen. Aber ganz, ganz schnell auf ein Wort. Ich muss mich bei Ihnen bedanken. Die Frau Simone Sandmann macht sich auf ihrer Stelle ausgezeichnet. Eine wirklich ausgezeichnete Empfehlung.«

Jensen schluckte. Simone Sandmann? Neue Stelle? Simone Sandmann war Kitty Titt!

Struller nickte. »Ich hatte dienstlich erfahren, dass Frau Sandmann sich beruflich anders orientieren möchte. Und als ich im Intranet die Stellenausschreibung für einen Home Office Platz in Ihrem Vorzimmer gelesen habe, musste ich gleich an die pfiffige Simone Sandmann denken. Als dreifache, alleinerziehende Mutter ist der Job für sie ja wie geschaffen. Und sicher wird sie in der Lage sein, frischen Wind in den Laden zu bringen.«

»Das tut sie, das tut sie. Woher kennen Sie die Frau Sandmann?«

Struller knipste ein Auge. »Das möchten Sie gar nicht wissen, aber ich kenne sie wirklich sehr, sehr gut.«

»Ich soll auf jeden Fall herzlich grüßen.« Er beugte sich näher ran. »Wir sind hier zwar nicht im Dienst, aber auch die andere Personalie werde ich wohlwollend prüfen.«

»Das ist gut«, freute sich Struller.

»Sie haben ganz recht. Ein Mann mit der Erfahrung und dem Wissen eines KHK Böller, den muss man zielführender einsetzen. Und wo tatsächlich jetzt bei der Mordkommission etwas frei ist, warum sollte man es nicht probieren?«

»Genau. Mit Böller macht man nichts falsch. Ein guter Mann. Übrigens, Sie haben da noch eine Fahrradklammer am Hosenbein.«

»Oh«, zuckte der leidenschaftliche Fahrradfahrer zusammen und bückte sich.

Der riesige Foxton beugte sich zu Struller herunter. »Ich habe die Ermittlungsakte gelesen und weiß natürlich, wer Simone Sandmann ist«, flüsterte er. »Sie haben Kitty Titt einen Job besorgt. Herr Struhlmann, tief in Ihrem Herzen sind Sie ein Romantiker!«

Struller blickte ihm direkt in die Augen. »Ich habe kein Herz, Foxton.«

Der Polizeipräsident tauchte wieder auf und lächelte. »Passiert mir in letzter Zeit immer häufiger. Ich hab aber auch immer viel um die Ohren. Sie wissen nicht zufällig ein Gebäude, in das die Polizeiwache Stadtmitte einziehen könnte?«

»Ich höre mich um«, versprach Struller.

Foxton verdrehte unauffällig die Augen. »Herr Struhlmann, Herr Jensen, wir müssen weiter. Die Installation *Feuer.Wasser.Leben.Tod* soll atemberaubend spektakulär sein.«

»Ist sie«, bestätigte Struller laut und fügte so leise hinzu, dass nur Foxton es hören konnte. »Besonders obenrum.«

Schlussakt

Struller sichtete die Post. Ein Paket fiel ihm auf. »Aus Amerika? Wer schreibt mir denn aus Amerika?« Neugierig ratschte er den Briefumschlag auf. »Och.«

Ein Foto, ein kurzer Brief und ein Computer-Stick. Das Foto zeigte einen siebzigjährigen Mann mit hochgegelter Ananasfrisur, der ihn sympathisch breit angrinste.

»*Stroll on, Struller*«, las Struller. »*Rod Stewart.*«

Perplex ließ er die Autogrammkarte sinken. Sagenhaft! *Der* Rod Stewart! Hektisch breitete er den Brief aus.

»*Cop till you drop!*«, las Struller und erinnerte sich, dass Böller am Telefon behauptet hatte … Mensch, Rod Stewart hatte für sie ein Lied geschrieben. Und ihm jetzt den Text geschickt, aber …

»Meine Güte!«

Dann war auf dem Stick womöglich …

Hastig schob Struller den Stick in den Schlitz seines Computers und war heilfroh, dass er sich neulich noch von einem gewieften Computerexperten hatte erklären lassen, wie man einen Stick in einen Schlitz schiebt.

»So.«

Jetzt noch ein paar Buttons drücken, er hatte da doch irgendwo eine Liste, ja, genau. Struller hielt die Luft an. Kein *American Songbook*, kein *Have I told you lately that I love you*.

Ein rockiger Blues schickte Struller zum krönenden Abschluss des Falles in den Siebten Himmel …

Cop till you drop!

By Rod Stewart

The man is hard – the man is tough
Außer montags – da ist er schlaff.
He is by far – the best Cop in Town.
Ihn fürchten die Gauner – und ihn lieben die Fraun!

Stroll on Struller! Struller, stroll on!
Stroll on Struller! Struller, stroll oooooon!

Hot is his body – raw is his talk
He knows a gangster – with a look at his walk
He is from Düsseldorf – he is not from Danzig
He smokes ERNTE – ERNTE Dreiundzwanzig!

Stroll on Struller! Struller, stroll on!
Stroll on Struller! Struller, stroll oooooon!

He is fast with the gun – he is fast with the car
Wohin flieht der Gangster? – Struller ist schon da
Während die Gauner – noch mit Wasser kochen
Hat Struller schon – den Braten gerochen

Stroll on Struller! Struller, stroll on!
Stroll on Struller! Struller, stroll oooooon!

Struller wühlt mit der Nase – im Dreck ganz tief
Und erschnüffelt so – jedes Motiv
Der Täter kann – überrascht nur blicken
Da lässt Struller schon – die Handschellen klicken

Stroll on Struller! Struller, stroll on!
Stroll on Struller! Struller, stroll oooooon!

Gebt mir ein S
Gebt mir ein T
Gebt mir ein R
Gebt mir ein Uller
Strrrrrrullerrrrrrr !!!!!!!!

* * *

Vernissage. Ich hatte überhaupt nicht gewusst, was das ist. Ein anderes Wort für hemmungsloses Schlemmen?

Okay.

Von mir aus.

Nach einem halben Rattenleben Hafen und Keller durfte es zukünftig gerne auch mal *Kunstsammlung Düsseldorf* sein …

ENDE

Danksagung

Ein kriminelles Dankeschön gilt unserem Partner in Crime, Ingbert Köhler, der uns den Text von La Paloma als Strullers Quell für Zitate und Lebensweisheiten erfolgreich ans Herz gelegt hat. Auf Matrosen, ohe!

Wir danken Fritz Schulte! Wir genießen bei jedem Gewerkschafts-Seminar und bei jeder Gewerkschafts-Lesung den sprudelnden Quell an Ideen und einen durch den Raum wehenden Hauch an Inspiration!

Ein Daumen geht hoch für die uns unbekannten Hobbyfilmer, die in der alten Papierfabrik im Hafen nach ihrem heimlichen Horrorfilm-Dreh einen täuschend echt wirkenden, abgetrennten Daumen samt einer Unmenge Kunstblut zurückgelassen haben und die uns so auf die Wahnsinns-Idee brachten, dort Antoines Fleischpeitschen-Porno-Dreh anzusiedeln.

Ein fröhlich-dankbarer Gruß geht nach Versmold, wo sich bei einer Lesung für die Buchhandlung Krüger und die Stadtbibliothek Versmold das Publikum in einer spektakulären, turbulenten Abstimmung für den Titel KNOCK OUT entschied. Derartig inspiriert entstand gleich die Idee zum Kameramann Dieter, einschließlich Nasen-Bart-Haar. Schnauf. Prrrrrrr! Klasse!

Klaus Stickelbroeck dankt Rod Stewart für Hot Legs, Dirty Weekend und Stay With Me.

KBV KRIMINALROMAN

Die Krimi-Cops

GOLDRAUSCH

Taschenbuch, 336 Seiten
ISBN 978-3-95441-409-3
10,95 EURO

Es ist auch manchmal Blut, das glänzt …

Kriminalhauptkommissar Pit »Struller« Struhlmann ist bedient. Aber so richtig. Zuerst ist die Leiche in Oberkassel gar nicht tot, dann muss er sich um den Einbruch in die Düsseldorfer Kunstsammlung kümmern, wo doch Moderne Kunst aus dem Irak wirklich nicht sein Steckenpferd ist. Als man ihm versichert, dass nichts entwendet wurde, wird er stutzig. Es geht um die Details. Und um Gold. Gold hat die Menschen schon immer kirre gemacht. Gerade als Struller sich so richtig in den Fall reinkniet, wird direkt vor dem Polizeipräsidium ein Flüchtling erstochen.

Eine turbulente Mörderjagd führt ihn und seinen Ex-Praktikanten Jensen über die Dächer von Bilk, durch stickige, zu enge Flüchtlingsunterkünfte, zu Krake ins Aquarium und durch viel zu familiär geführte griechische Restaurants. Sie legen sich mit den Mitgliedern der SfD an, den Senioren für Deutschland, und nichts ist wie es scheint, niemand ist der, der er zu sein vorgibt.

Alles dreht sich um Gold. Struller und Jensen stellen fest, dass sich ein tödliches Räderwerk in Gang gesetzt hat …

»Dein Freund und Krimiautor«
(Die Welt)

Klaus Stickelbroeck

HAKEN DRAN!

Taschenbuch, 304 Seiten
ISBN 978-3-95441-392-8
10,95 EURO

Ende der Diskussion!

Wenn einfach kein gemeinsamer Nenner in Sicht ist, gilt es einen flotten, finalen Schlussstrich zu ziehen. »Haken dran!«, meint Klaus Stickelbroeck. In seinen schräg-spannenden Kurzkrimis werden hartnäckige Konflikte unter anderem mit Piranhas, Killerviren und ausrangierten Waschmaschinen gelöst.

Heiß geht es zu, wenn der Postmann zweimal fummelt, wenn in der Sauna gekillt, auf Borkum gefesselt und auf dem Hochsitz scharf geschossen wird. Auf dem Campingplatz in der Eifel kommt man sich näher, es geht hoch her auf dem Nebelhorn, und auch der Mallorcatrip entwickelt sich ganz anders als geplant.

In vier brandneuen Geschichten zeigt Stickelbroeck außerdem, dass sein Serienheld, Ex-Fußballprofi und Privatdetektiv Hartmann, den tödlichen Pass beherrscht.

KBV KRIMINALROMAN